DU CÔTÉ OÙ SE LÈVE LE SOLEIL

Anne-Sophie Jacouty

DU CÔTÉ OÙ SE LÈVE LE SOLEIL

ROMAN

Philippe Rey

TEXTE INTÉGRAL

ISBN 978-2-7578-0269-4
(ISBN 2-84876-046-X, 1re publication)

En 1695, dans la chapelle de Saint-Cyr, Bossuet sacrait François de Salignac de la Mothe-Fénelon archevêque de Cambrai. Le provincial, déjà membre de l'Académie Française depuis deux ans, connaissait là une dernière gloire qui parut couronner un parcours irrésistible et exemplaire : remarqué dans sa jeunesse par madame de Maintenon, soutenu par Bossuet qui lui prouva son estime, Fénelon avait su aussi retenir l'attention de Louis XIV dont il fut chargé d'éduquer le petit-fils, Louis de Bourgogne.

Cependant, la rencontre en 1688 avec Jeanne Guyon, grande figure du courant « quiétiste », à l'origine d'une doctrine du « pur amour » issue du mysticisme, avait déjà marqué son évolution spirituelle et devait peser sur le cours de sa carrière. 1694 vit les premières attaques de Bossuet contre les théories de madame Guyon, si gravement soupçonnées qu'elle fut enfermé à la Bastille.

Contraint à prendre parti, Fénelon refusa son soutien à l'évêque et se trouva entraîné dans une querelle de plusieurs années, dont 1697 marqua le paroxysme. Louis XIV ne se méfiait pas seulement d'un prétendu mysticisme qu'il redoutait à sa cour : il savait aussi les jugements sévères de Fénelon sur son pouvoir, que Maintenon ne lui avait pas cachés. La situation se dégrada dramatiquement entre Bossuet et l'archevêque de Cambrai, à tel point que le roi se trouva sur le point de trancher cette affaire devenue publique…

Salignac

1

Quand monsieur de Fénelon s'en retourna sur ses terres en Périgord et qu'il les eut de nouveau aperçues, bordant l'horizon, il conçut que près de trente ans étaient passés depuis qu'il les avait quittées.

L'après-midi était encore un peu frais et l'on devinait à ces teintes grises et brunes des collines du Causse que la saison tiède du premier été ne paraissait qu'à la qualité des lumières, sans oser poindre dans les éléments. À l'approche du pays de Dordogne, l'air s'était auparavant adouci avec l'abaissement des falaises, selon une lente décroissance qu'il avait suivie des yeux ; les roches, d'abord vigoureuses sur le ciel, s'étaient peu à peu effacées en déployant ces lointains que modelaient, par formes stables, les courbes rousses du Quercy.

Alors, après les dernières plaines, les voyageurs avaient pénétré dans la vallée de la Vézère. Le soleil sombrant sous les arbres, fragmenté par le jeu de leurs branches, amoindrissait le jour et versait de l'occident une ample lueur pâle qui blanchissait les champs ; le bocage s'était attendri au creux des reliefs où le fleuve, formé parmi les herbes comme une lame d'ivoire, frayait le rai lumineux de ses eaux. Parfois, la Vézère baignait une de ces églises dont le clocher semblait avoir des yeux, le courant scindait les clairières, partageait l'étendue d'un jardin, se heurtait aux falaises, reflétait l'ombre d'un château coiffé de lauzes qui miroitaient selon la course des nuages. Au-delà des forêts, un peu en retrait, les monts s'étendaient sur le ciel et se prolongeant l'un l'autre, apposant leurs pics brunis de clarté, traçaient une dentelure régulière, à perte d'horizon ; il était six heures du soir.

Monsieur de Fénelon regardait la campagne. Il voyait les plans de terre et d'eau, de lumière et de roche, les rayons le long des arbres traçant leurs têtes comme des couronnes, les sentiers scintillants de poussière alors que dans les prés où passait le vent, par gerbes souples et retombant sans bruit, les herbes ployaient en un ressac silencieux. Au loin, les collines avaient rosi, éveillant, à mesure que leur harmonie prenait corps, un souvenir dont l'apparition l'étonnait ; il songeait à ces heures où le soleil, frappant les carreaux pendant la prière, allongeait à ses pieds une traînée dont la douceur gagnait son âme, comme pour en étancher la sécheresse – c'est à la Chapelle Royale qu'il en avait pris conscience le matin où, découvrant ces lieux pour la première fois, étonné d'une telle richesse, charmé par la pâleur bleutée des stucs et les peintures sous la voûte, il s'était recueilli auprès de l'autel. Le rayon était depuis régulièrement survenu, par une grâce inexplicable : sans rompre l'oraison, monsieur de Fénelon l'accueillait et le suivait longuement des yeux, hissé à son contact vers cette perfection qu'il lui figurait, ramené en même temps au plus profond de son âme dans l'union de son offrande au halo immobile, blond sur le sol comme une étoffe d'Italie. Quand la lueur se retirait, ému de tant de beauté, il en gardait au cœur comme une légère brûlure qui appuyait la force reçue dans la prière, et lui portait le délassement devenu nécessaire à son existence intérieure.

Alors, pâlissant peu à peu avec le soir, cet éclat silencieux sur les monts de Vézère devint par décroissance aussi froid que le marbre, et monsieur de Fénelon demeura attentif face à ces mondes qui le dépassaient, pénétré de leur soudaine immensité…

« À quoi songez-vous donc, François ? »

Le prêtre sursauta et vit son ami, monsieur de Coly, qu'il avait retrouvé voilà une heure vers le vallon d'Auriac et avec lequel il faisait route dorénavant.

« Je regarde le soir venir, répondit-il, et la manière dont en use la campagne pour s'éteindre peu à peu. La ville est le monde des hommes, elle est plus prompte aux ténèbres et ne montre ce goût de la nuance ; peut-être l'obscurité lui convient-elle davantage… Alors mes yeux conservent l'habitude des jours sans crépuscule, ils ne savent maintenant où ils en sont, je mesure par eux l'habitude perdue des beautés délicates.

– Chaque soir d'été, murmura Coly, je vais à l'abbatiale de Saint-Amand y voir tomber la nuit, la lumière déclinant sur les toits, le porche de pierre baigné d'un soleil pareil à du brouillard, les forêts toutes frémissantes dans l'air stable, le vent tiède, je ne sais ici-bas, François, de plus grande merveille… »

Les chevaux avançaient péniblement vers Salignac. Le cocher descendait de temps en temps afin de lever des branches tombées sur le chemin ou quelque tronc gisant à terre ; on l'entendait frapper, déblayer, remonter après un instant, puis faire claquer son fouet pour ébranler la voiture et lui rendre, selon un cycle régulier, ce murmure aigre et doux… La nuit était parue dans l'air encore bleuté. Les lignes des lointains, la masse noircie d'une forêt se distinguaient une dernière fois avant de fondre dans l'obscurité, quelques oiseaux surpris au passage de la calèche s'envolaient des buissons alors que la lune, ronde, lumineuse, pareille à une grande hostie embrumée, glissait déjà son halo blanc sous l'étendue des nuages.

Monsieur de Fénelon goûtait le calme du crépuscule. Lentement, avec l'effacement de chaque élément, le soir avait ramené ses chères vallées à l'état vague et presque rêvé où les avait portées le souvenir, au fil des années passées loin d'elles. Le jour s'en était retiré comme jadis sa propre mémoire, pour laisser cette seule impression de paix que donne un retour désiré, quoique celui-ci fût causé par une disgrâce dont chaque instant hâterait le dénouement ; il demeurait attentif derrière la portière, ne sachant ce qui éveillait cette disposition d'union aux lieux qu'il retrouvait. Peut-être une inclination sensible l'y attachait-elle, ou bien le spectacle de cette nature transcrivait-il quelque chose de sa personne tant son âme fine, malléable ainsi que tout bon matériau, mais droite, prudente, révélait un équilibre de l'ordre du paysage, une délicatesse des pensées, des sentiments perceptible dans l'ordonnancement du visible ; et l'on n'eût su démêler, d'ailleurs, si ces espaces suivaient le modèle des cités intérieures qui l'habitaient ou si son être, par un mouvement spontané de sympathie, avait imité les endroits perdus de son enfance.

Surpris de la tendresse que ces lieux lui causaient, monsieur de Fénelon tenta de fixer l'instant où s'était amorcé le lent détachement qui l'en avait éloigné. Peut-être remontait-il à ce jour où son oncle le marquis Antoine de Fénelon, soucieux de lui apprendre son monde et d'y faire valoir ses talents, le menait à Versailles (le jeune abbé achevait alors d'étudier à Saint-Sulpice et, bien qu'habitant Paris depuis deux ans, s'était tenu assez retiré) ; au détour d'un chemin, alors qu'ils s'en allaient vers le bassin d'Apollon, ils avaient soudain rencontré un ancien camarade de séminaire, de la maison voisine de Noailles en Quercy. Monsieur de Fénelon l'avait aussitôt reconnu malgré le changement frappant dans toute sa personne. Jadis discret, presque timide, embarrassé de lui-même en dépit d'un esprit au-dessus du commun, le séminariste avait éclos en un personnage plus contourné, dont la robe affectait jusqu'au ton de la voix, à la manière de se tenir, d'habiter l'espace, comme s'il eût mû à lui seul les sphères du cosmos et que l'air alentour n'eût servi qu'à le porter : digne, empreint d'une gravité affermie dans une ample tenue mauve, Louis-Antoine de Noailles était devenu évêque de Châlons. Le climat de la Cour l'avait rehaussé à la manière du vernis dont le peintre, satisfait de son œuvre, enduit une toile ; il allait lentement, fier, plein de secret et de hauteur, regardant autour de lui pour ne manquer sans doute les saluts empressés dont on honorait son passage. À la vue de Fénelon, le prélat s'était arrêté.

« Comment donc, monsieur, je vous trouve en ces lieux ?

– Et c'est là vous qui, le premier, y frappez mes regards ? »

L'abbé et l'évêque s'étaient tacitement amusés de ces paroles rappelant le temps où, arrivés tous deux de leur province, unis l'un à l'autre par ce lien, ils osaient encore quelques innocentes libertés.

« Monseigneur, vous me voyez bien aise de vous

pouvoir féliciter de l'éclatante fonction où je vous trouve aujourd'hui, était intervenu le marquis.

– Vraiment, monseigneur, je suis très heureux aussi de ce succès, avait ajouté l'abbé de Fénelon, l'Église n'aura qu'à se flatter d'un pasteur tel que vous. Monseigneur est-il donc retourné en province pour partager la joie de cette nouvelle ? »

Monsieur de Châlons* s'était sensiblement refroidi, aussi vite qu'il avait montré sa joie de revoir son camarade. Ils avaient alors échangé un regard, le dernier où fût parue leur amitié ; puis, après s'être assuré que personne ne les écoutait, le jeune prélat avait ajouté d'une voix basse et légèrement mortifiée :

« Turenne, ici, jetait l'ombre sur notre commune contrée d'Aquitaine, monsieur de la Mothe-Fénelon ; ni votre motte ni la mienne n'égalent encore sa grandeur dont le roi est si nostalgique… Nous sommes de là où il plaira à Sa Majesté que nous soyons, m'entendez-vous ? Ne parlons donc point de province, monsieur, le séminaire n'est plus de mise, Saint-Sulpice est derrière nous, mesurez, je vous prie, que les temps changent, et que, si nous leur voulons survivre, certains renoncements les doivent accompagner… »

L'abbé n'avait manqué de recevoir la leçon et, consentant à se livrer pleinement au dessein que le ciel formait sur lui, s'était rangé à la réserve adoptée par Noailles avec quelque succès.

Alors s'effaçant peu à peu derrière Versailles, éclipsé par le mouvement de la vie et les engagements nouveaux, le Périgord s'était trop éloigné pour conserver autre consistance que celle du souvenir ; le temps avait

* Les prélats étaient aussi désignés par le nom de leur diocèse (ainsi Bossuet : Monsieur de Meaux).

patiemment achevé cette usure. Les premières lueurs d'un monde si riche de promesses avaient attiré ses regards, mais le séminariste s'était vite étonné de ce qu'il en devinait, tels ces promeneurs qui, passant le soir dans les rues silencieuses, se figurent à l'éclat des carreaux, aux ombres tracées par les fenêtres, à quelque murmure de musique, les charmes tout proches d'une fête inconnue… Chaque jour, monsieur de Fénelon longeait les hôtels du faubourg Saint-Germain et, alors que la curiosité, parfois plus vive que de coutume, ralentissait son pas, les portes s'ouvraient devant lui sur des cours ruisselant de flambeaux et de senteurs, où descendaient des dames en cape, des seigneurs empanachés, oisifs, ivres de beauté, dont les façons l'intriguaient profondément. Antoine de Fénelon, fidèle au vœu de son frère, projetait avec le temps de l'y introduire tout en craignant quelque heurt irréparable entre ce garçon sensible et des sociétés dont l'indélicatesse n'avait d'égal que le raffinement… Aussi l'avait-il fait appeler un soir ; le séminariste était paru, étonné de cette solennité. Mademoiselle de Fénelon, sa cousine, qui se trouvait avec lui, s'était éclipsée. Le marquis désignait un fauteuil.

« Mon oncle…

– Mon neveu… »

Antoine de Fénelon le regardait intensément, comme l'on fixe le visage d'une personne que l'on voit pour la dernière fois.

« Vous voilà tiré de province depuis déjà quelque temps, François, avait-il commencé, sans doute n'y retournerez-vous pas de votre vie, si les choses se passent ici comme votre père le souhaita…

– Mon oncle…

– Il vous faut apprendre maintenant l'air du monde,

François, qui seul permettra à ces dons que vous reçûtes de se développer dans le sens où le devoir le commande… Vos maîtres sont contents de vous et vous estiment fort, mais cela ne suffit à vous donner une position digne de ces mérites. Aussi, ma responsabilité m'oblige-t-elle à vous le dire : ne vous étonnez point de ce que vous découvrirez à Paris. Sans doute serez-vous très surpris, non que je vous tienne pour un enfant, mais la différence vous semblera grande d'avec le séminaire et ces années que vous passâtes en Périgord…

« Pourtant je vous crois capable de demeurer vertueux au milieu des pires dangers : votre cœur est bon, votre âme solide… Écoutez-moi avec toute l'attention possible, mes propos ne sont pas superflus car vous ne savez à quoi l'on vous expose. François, m'entendez-vous ? »

Le jeune homme avait acquiescé poliment – comment son oncle, qui restait assuré de sa conduite, pouvait le méconnaître au point de l'instruire sur ce qu'un peu d'observation et de sens de la vie lui figurait chaque jour davantage ?

« François, je vous aime si sincèrement que je ne veux que votre bien, avait achevé le marquis. Marchez toujours droit quoique l'on cherche à vous infléchir, fermez les yeux car vous ne changerez les hommes par votre seule intervention. Demeurez invariablement attentif, François, vigilant, ne faillez jamais, ancrez pour cela votre conduite en Jésus-Christ, soutenez-vous surtout par la prière et souvenez-vous toujours des principes que votre père vous enseigna en notre pays – sans doute sont-ils les meilleurs, dans leur simplicité, pour vivre ici en honnête personne… Me le promettez-vous, ferez-vous honneur au nom que vous portez et à notre Père qui nous regarde de là-haut ? »

Soucieux d'exécuter ce projet, Antoine de Fénelon l'avait bientôt convié à sa table, puis s'était mis à le mener le soir avec lui. Alors, à la fois séduit et anxieux, mesurant progressivement l'étendue et la nécessité de ce sacrifice, François s'était résolu à vivre comme une grâce l'inflexion brusque de son sort, se faisant même un devoir de ne plus guère songer à ce qu'il laissait derrière lui quand revenait parfois l'imprécise nostalgie du Périgord, ou le regret des séminaires qu'il fréquentait encore... Raffiné, charmant, tour à tour érudit et discret, l'abbé de Fénelon avait prudemment pénétré le monde avant de montrer davantage d'éloquence au fil de l'attention qu'on lui prêtait. Mademoiselle de Fénelon, fille unique du marquis, en suivait les progrès quotidiens ; la douceur et les qualités de cœur de son cousin s'étaient d'abord révélées, et le garçon n'avait manqué de s'étonner de l'intérêt que ce naturel causait autour de lui. Après l'avoir tièdement reçu, l'on s'était mis soudain à considérer sa personne, à l'écouter, à trouver ses façons courtoises, sa conversation précise et agréable, sa parole souvent saisissante de justesse, de profondeur, de compassion, mais surtout (et le jeune homme s'était surpris à recueillir la confidence d'un père démuni par la mort de son enfant) à goûter la paix et la consolation dégagées de sa seule présence.

D'une semaine à l'autre, Antoine de Fénelon le voyait changer, grandir, perdre peu à peu sa timidité, se tirer de lui-même telle une fleur qui eût, pour déployer ses grâces, attendu le lever de quelque lumière étrangère aux commencements de la vie. François hésitait moins, montrait davantage d'aisance, conversait avec des dames, des prélats, des gentilshommes ou encore, plus discrètement, avec de ces petites personnes isolées auxquelles il consacrait parfois un temps infini – il est vrai qu'au début, incertaines de ce jeune homme, les sociétés avaient devant lui diminué leurs travers, comme pour le mieux séduire... Son oncle s'était assez inquiété des facilités dont le séminariste faisait preuve, et le sentant échapper par un biais qu'il n'eût su définir, avait craint quelque fatal détachement d'avec les principes d'une jeunesse austère : le marquis ne voyait en son cœur, mais François de Fénelon aimait le monde. Alors même qu'il donnait l'impression de s'y perdre, le prêtre découvrait en lui une affection viscérale pour l'humanité, une passion de charité qui le consumait doucement et le faisait trouver dans le rapport aux hommes l'un des plus grands bonheurs de sa vocation.

Il observait beaucoup, tâchant de comprendre cette espèce singulière à laquelle il appartenait mais dont ses études n'avaient rien dit, s'exerçait à mesurer l'ampleur de l'étonnante créature qu'il était lui-même et que son devoir l'appelait à soutenir en ses frères : sans quitter son penchant solitaire, il avait davantage voué d'attention à la vie, aux sentiments et aux jeux humains, à l'orgueil et la faiblesse, au mal, à la détresse qu'il espérait soulager, à la bonté qui l'émerveillait, au mystère de la beauté, aussi, qu'il voyait passer devant lui comme l'on étudie la course d'un astre que la distance rend à jamais intouchable mais qui glisse en charmant les yeux ; et tout en apprenant le commerce du monde, le jeune homme découvrait de même la nécessité de préserver sa stabilité intérieure, de ménager cette réserve propre à celui qui ne se donne jamais et doit veiller au détachement de son cœur...

« Monsieur l'abbé, vous êtes bien bon de m'écouter comme vous le faites, moi qui ne suis rien qu'importun, si incommode… – Pourquoi serait-il, monsieur, incommode d'entendre les malheurs qui vous frappent ? – Parce que seule la gloire et l'éclat ont d'importance, ici, monsieur l'abbé, vous êtes jeune et peut-être cela ne vous apparaît-il pas encore, mais la gloire… Tout ce qui ne brille pas, monsieur l'abbé, est voué à s'effacer. Non à disparaître, mais à s'effacer. Tout, des malheurs, demeure, monsieur l'abbé, les bonheurs, eux, brillent mais passent vite… – Monsieur n'avez-vous point d'espoir en cette vie ? – L'espoir, monsieur l'abbé ? »

Antoine de Fénelon, rassuré, lui avait encore représenté son devoir et s'était effacé pour mieux veiller sur lui. Le marquis le croyait heureux. Mais là même où paraissaient les marques d'une réussite éclatante, le jeune homme taisait en son cœur une langueur dont le degré variait avec les jours et ne faisait, plutôt, que consentir au jeu où le plaçait sa naissance…

Il arrivait en effet qu'après quelque conversation on le surprît songeur, soucieux, fixé sur une pensée qui le laissait au bord de l'absence. Le prêtre paraissait brièvement immergé en lui-même avant de se rendre à la réalité qui l'entourait ; certains avaient d'ailleurs relevé ce mystérieux état où il sombrait par moments, devenant soudain tout autre, selon un insondable glissement qui semblait l'éloigner de ce monde comme une barque d'un rivage. Cela ne survenait toutefois que rarement car fort soucieux de son rang, encore confusément attaché à plaire, le jeune homme tâchait de dérober toute prise sur sa personne : l'abbé de Fénelon ne parlait en effet jamais de lui-même et l'on se demandait, derrière sa droiture et sa douceur, ce que pouvait receler cette personnalité ouverte aux autres mais muette à son propre sujet.

« Quelle est donc, Seigneur, demandait-il souvent en silence, cette angoisse que je sens, tue par la force des choses, au plus vif de mon corps ? Que veut dire cette soif infinie levée des richesses qu'il m'est donné de découvrir ? »

Il s'étonnait, ne comprenant ce qui survenait ainsi ; la plupart des religieux qu'il croisait, eux, semblaient bien insouciants et savaient badiner sans réserve – ce dont il était aussi capable mais avec la notion toujours plus nette d'un mal-être croissant, d'une insatisfaction le disputant à son succès, d'un mouvement de conscience dont le déchirement suscitait une souffrance connue de lui seul : au beau milieu d'une compagnie, brusquement surpris parmi ces fastes qui parvenaient à le séduire, il croyait voir, comme projetée par un miroir, l'image nue de son propre spectacle. Monsieur de Fénelon sursautait de lui-même, se troublait, s'assombrissait ; étonné de se voir si charmant, exemplaire, ne se reconnaissant en cet être aimable aux yeux des hommes, il rentrait en son sein et constatait l'inverse amas d'imperfections qu'il y présentait à Dieu. Là, aussi sec, froid, orgueilleux, qu'il offrait de grâces à l'extérieur, le prêtre demeurait impuissant et désolé de cette misère… Alors après de longues douleurs, l'idée du désert lui revenait et le silence, lentement substitué à l'agitation du monde, s'étendait en son cœur avec une clarté sans pareille. Il se sentait sevré de hauteur, enfoncé sans issue dans sa propre petitesse et, obsédé à la fois de perfection, se désolait des éternelles limites de son humanité ; l'habitude, née de ces désirs, lui était depuis revenue de lire saint François, saint Benoît, qui le passionnaient à Cahors, mais aussi Basile de Césarée, Clément d'Alexandrie et les Pères de la vieille Égypte dont il vénérait l'abandon sans retour. Le marquis n'avait relevé cet état mais mademoiselle de Fénelon, pour le bien connaître, s'inquiétait de le voir si soucieux. Lui-même s'en voulait des craintes où il plongeait sa cousine.

« François, disait-elle, voilà que je vous trouve changé, si froid, si inquiet, est-ce le monde qui vous donne cette hauteur dont mon père nous a toujours voulu garder ? Qu'avez-vous donc à ne plus rien montrer de cette tendresse qui nous lie l'un à l'autre ? – Vous ne pouvez comprendre le sujet qui m'oppresse, chère Françoise. Mon embarras est fort grand, c'est à peine si je le comprends moi-même. Soyez juste assurée, je vous conjure, que rien de mon affection pour vous et pour mon oncle… »

Un jour, traversant une galerie chez le duc de Mortemart après un dîner où sa conversation avait causé grande impression, le prélat qu'il raccompagnait s'était soudain arrêté, regardant autour de lui comme pour chercher quelque chose :

« Monsieur l'abbé, la circonstance est plaisante…, avait-il murmuré. Car voilà bien l'endroit où ce célèbre Armand-Jean de Rancé, filleul de feu le cardinal de Richelieu, devenu abbé de la Trappe, se serait pour la première fois senti *touché* par Dieu… Oui, oui, monsieur l'abbé, devant ces mêmes tableaux que vous voyez, une sorte d'illumination intérieure, d'appel absolu au retrait, sans concession. Je sais que c'est une étrange façon de passer à notre Père que de Le trouver en pareils endroits, de parvenir à L'entendre là même où les hommes parlent trop. Ce Rancé ne croyait pas le moins du monde, avant cela… Il est parti aussitôt, je pense qu'il chercha longtemps et souffrit beaucoup avant de s'enfermer en son abbaye et d'y découvrir, je le pense, sa forme propre de bonheur. »

Monsieur de Fénelon était demeuré frappé, il ne connaissait Rancé que de réputation, mais sa soudaine proximité avait encore avivé les réflexions qui l'agitaient : quel élément avait donc provoqué cette subite lumière quand, traversant ces endroits, parcourant des yeux ces espaces qu'il voyait lui-même, le jeune libertin avait brusquement choisi Dieu et la vocation la plus extrême que les hommes eurent imaginée ? – Depuis, monsieur de Fénelon se l'était souvent figuré sous sa coule blanche, descendant la nuit en cette chapelle que l'on disait aussi haute que les arbres d'Amérique, dont la tête parvient au ciel ; à l'instant où se dénouait son propre sommeil, le moine priait jusqu'à ces heures du matin où percent les premières lueurs par les vitraux de l'abside, si vives qu'il les croyait voir, si nettes au fond de son cœur qu'il les eût pu sentir… Tout s'éclipsait à ces pensées, et quoiqu'il mesurât l'âpreté de tels engagements, il eût abandonné jusqu'à sa vie pour réparer de ce sacrifice l'imperfection où il se débattait – car que savait-il donner de lui-même, et à quel bien misérable s'attachait-il donc ainsi ? En quelle vie se complaisait-il, lui qui avait formé dans sa jeunesse le dessein de s'offrir tout entier ? Le prélat rencontré chez Mortemart s'était étonné du silence qu'avait obstinément conservé l'abbé au sujet de Rancé. Craignant d'en avoir trop dit, il n'avait rien ajouté.

Le jeune homme était rentré rapidement en ces heures où se manifestait plus particulièrement son affliction… Chaque soir comme celui-ci, après avoir poussé la grille de Saint-Sulpice sur ce jardin plein de fraîcheur et monté l'escalier de pierre que tiédissaient les derniers instants du jour, le pas décomposé, le cœur empli de silence, l'esprit recentré en une semi-absence, il fermait sur lui la porte de la chambre où il s'était installé, les yeux liés aux toits bornant l'horizon par-delà les fenêtres. Quelques phrases d'une conversation, quelque éloge résonnait encore dans la solitude de sa condition. Le souvenir d'un visage, la courte réminiscence d'une odeur, d'un nom, d'une pensée, d'une peinture qui l'avait frappé se présentait une dernière fois avant le grand repos de la nuit, peu à peu dissous avec l'élévation de sa prière ; il demeurait à observer le déclin des lumières sur la ville, l'ondoiement amoindri des ardoises et la manière dont Paris s'enivrait de ténèbres. Alors peut-être, n'osant s'avouer l'exacte matière de cette mélancolie, essuyait-il l'idée des vallées de son enfance dont la constitution manquait à son cœur assoiffé d'espace, de hauteur, de beauté, et il leur devait adresser une brève pensée avant de s'endormir avec l'idée de son devoir, finalement assez solide pour surmonter ces paradoxes, faute de les vaincre tout à fait.

L'archevêque, qui ne parvenait à oublier ce long passé, regardait son ami. Coly devait pressentir le trouble singulier qui l'agitait et le laissait affronter en silence ces souvenirs dont lui-même ne savait que peu de chose, mais avec lesquels Fénelon devrait continuer à vivre quelle que fût la sentence que le roi rendrait bientôt en cette délicate querelle qui l'opposait, depuis deux ans déjà, à l'évêque de Meaux.

Le prêtre, se reprenant soudain, s'excusa de sa distraction.

« Cela n'est pas nécessaire, murmura monsieur de Coly, et le simple fait de vous savoir près de moi me suffirait si j'avais seulement la grâce de vous trouver en paix.

– La paix se mérite, je crois, répondit l'archevêque, et vous avez devant vous le plus indigne serviteur... Pour dire vrai, mon cœur se trouble à sentir ces endroits – la nature de l'exil où je me rends vous paraîtrait assurément étrange pour un homme de mon espèce, cependant ce retour m'est nécessaire, même si la raison vous surprendrait, Coly, pour moi que vous savez dans le souci du détachement... »

Alors sentant peut-être toute l'attention de son ami, monsieur de Fénelon hasarda quelques mots sur les derniers instants précédant ce départ.

Voilà près de dix jours, une nouvelle réunion de la commission en charge de l'affaire, menée par Bossuet, évêque de Meaux, s'était encore tenue à Versailles. Ce premier et l'évêque de Chartres, Paul Godet des Marais, suivis du nouvel archevêque de Paris, Louis-Antoine de Noailles, l'avaient ensuite laissé seul, après trois heures de débat, dans une antichambre du château ; le salon voisin était vide. Les miroirs, aux murs et aux plafonds, ne révélaient personne dans l'embrasure de la porte, la pièce semblait silencieuse, aucun bruit, hormis le craquement lointain des parquets de chêne, d'une boiserie saturée de moiteur, ne venait jusqu'à lui. Seule une rumeur de musique montait de l'extérieur, accompagnée parfois de grandes exclamations avant de se perdre dans le vide du palais désert. Il perçut quelques airs, les *Songes* d'Atys, la *Passacaille* d'Armide et la *Chaconne* de Phaëton, les danses de Scaramouche, Arlequins et Frivelins, les refrains de bergers, héros et autres seigneurs turcs dus à feu monsieur de Lully, auxquels répondaient les clameurs d'auditeurs aussi émerveillés qu'heureux de reconnaître des pièces survivant si fièrement à leur créateur…

Sans doute le roi avait-il tourné ce soir leur avidité sur d'autre matière car aucun courtisan n'était venu suspendre cette solitude nouvelle, quoique le débat qui les accusait par Monsieur de Meaux, son amie Jeanne Guyon et lui-même, suscitât la passion la plus étonnante qu'il eût connue à la Cour. Avant de promettre un bien triste dénouement, cette querelle avait profondément assombri les derniers mois, enflammant chacun pour ce qui relevait d'une chose à ses yeux si essentielle et délicate qu'elle n'eût, en temps normal, occupé que l'Église; l'affaire faisait vraiment grand bruit mais de quoi s'agissait-il en réalité, par-delà les disputes officielles et leurs autres visées, sinon d'étudier la conformité à la foi ecclésiale de cette expérience intérieure de Dieu, qu'avait exprimée Jeanne Guyon non sans témérité?

Monsieur de Fénelon, épuisé de fatigue, s'était enfin assis; cet échange lui avait encore coûté ses maigres forces, ruinées par des nuits sans sommeil. Pendant plusieurs heures, il s'était une nouvelle fois appliqué à prouver point par point la catholicité des pensées de cette femme et à défendre la probité de sa propre foi, dont on s'acharnait par répercussion à falsifier la nature… Pourtant, loin d'écouter les arguments que Fénelon s'évertuait à exposer, le parti adverse semblait toujours plus fermé à ses tentatives de défense, plus sourd que jamais aux réserves qu'il n'avait cessé d'élever lui-même, sans la priver de son soutien, envers certaines idées de Jeanne Guyon; malgré tant d'efforts, ses ennemis paraissaient indifférents au souci de justesse qui l'animait pour prouver toute la vérité pressentie chez cette femme, en nuançant ses expressions parfois maladroites, rectifiant quelques conceptions ambiguës, ou affinant les dispositions qu'elle peignait avec une sincérité dont la clairvoyance extrême désemparait Bossuet, qui n'entendait pareil langage : madame Guyon, que l'on traitait d'aventurière ou de sainte, était assurément étrange. Mais quoiqu'il sût toutes les bizarreries circulant sur son compte, monsieur de Fénelon ne pouvait nier la profondeur de sa foi et l'évidence saisissante qu'il avait trouvée en sa doctrine du pur amour…

Qu'était Dieu en effet, sinon tendresse parfaite, don d'amour d'abord exprimé en Sa pluralité de personnes selon la communion trinitaire – et qu'était l'homme (pour la plus grande douleur de l'archevêque), sinon une créature fondamentalement impure, repliée sur elle-même, incorrigible propriétaire dans l'être comme dans l'avoir, imbue de ses prérogatives et si malhabile à faire un pas hors d'elle-même ? De longues années d'expérience humaine et intérieure lui avaient prouvé combien la créature ne pouvait en effet, sans secours, se déplier, atteindre la simplicité, la pureté de l'amour : seul Dieu, par la substitution sanctifiante de son activité à celle de l'homme, parvenait à le tirer de lui-même et grâce à ce don surnaturel, à désapproprier l'âme en la purifiant de son égoïsme, afin de la faire aimer comme Il aime, l'unir à Lui sans attachement de propriété.

Monsieur de Fénelon avait retrouvé dans ses documents l'ébauche d'une lettre destinée à quelque ami au sujet de la querelle, qui depuis presque deux ans occupait l'essentiel de ses écrits.

« Voilà donc, y disait-il, ce qu'est cet *état passif* sous lequel Messieurs de Meaux, de Chartres et de Paris se figurent d'inavouables mystères ou quelque hérésie cachée, et qui concentre l'essentiel des forces investies en leur combat... Il ne faut pourtant point s'imaginer en cette expérience de Dieu, monsieur, quelque disposition extraordinaire toute pleine de transports merveilleux et de choses surnaturelles, comme l'ont pu décrire par le passé certains auteurs assez suspects. Bien à l'opposé de cela, il s'agit d'un moyen permettant de remplir une exigence essentielle à toute foi bonne – et non d'une quelconque méthode à la portée de chacun, qui inciterait à chercher son salut par soi-même, hors de la sainte communion de l'Église. Admettrais-je, moi, son serviteur que vous connaissez, pareille infamie ? Si Jeanne Guyon l'a pu donner à croire, monsieur, c'est qu'elle s'est simplement mal exprimée, mais la commission s'obstine par trop sur les formes et cependant, au vu des matières dont il s'agit, je ne saurais lui donner tort en ceci...

« C'est là, avait ajouté monsieur de Fénelon en bas du brouillon, ce que certains de ces messieurs ont résolu de ne point examiner : l'état passif n'est rien d'autre que l'extinction de l'activité naturelle de l'homme par le glissement en lui de celle de Dieu. Cette substitution permet seule l'amour désintéressé, un amour de ce fait placé plus haut que celui que conçoit l'homme par ses faibles ressources. Plus haut... Pourquoi donc, dès lors, contrairement aux affirmations de Bossuet, la vertu d'espérance serait-elle niée, alors qu'elle demeure, mais portée de même à un désintéressement qui lui offre de désirer mieux qu'auparavant, en aspirant à Dieu non pour elle, mais pour Lui ? Aimer sans posséder, voilà ce que je m'évertue, bien vainement ce me semble, à expliquer... »

En effet, monsieur de Fénelon demeurait encore

surpris de l'échauffement auquel Bossuet, emporté par sa propre passion, s'était livré lors de ces débats. Que causait donc une telle rage ? Quelle raison le poussait sans cesse à acculer son ancien protégé par des attaques blessant son intégrité depuis que Fénelon, insoumis à sa volonté, avait refusé de le soutenir contre Jeanne Guyon ? L'archevêque savait la part qu'il avait lui-même à la montée de ces tensions : ses réponses à Bossuet et les écrits, incessants, que son souci de vérité l'amenait à produire avaient prolongé leurs échanges par-delà les tentatives de conciliation.

Mais il ne parvenait à comprendre l'acharnement de Monsieur de Meaux à l'égard de cette femme. Car durant les années suivant sa rencontre avec Jeanne Guyon, loin d'être inquiété, le prêtre l'avait même conduite à Saint-Cyr où madame de Maintenon, que l'on disait sensible aux qualités de l'abbé, rassurée par sa droiture et ses conseils, l'avait déjà introduit avec un certain succès ; les deux femmes s'étaient d'ailleurs appréciées. Cependant monsieur de Fénelon s'en était toujours tenu à ce que la marquise souhaitait de lui, l'appuyant sans jamais témoigner ce zèle courtisan qu'elle recherchait après un passé dont l'obscurité lui donnait, sans doute, le goût des hommages éclatants ; par son refus des honneurs et la simplicité de sa conduite, le prêtre ne dut répondre exactement à ses desseins et s'attirer plutôt une redoutable inimitié… Un jour, Maintenon lui avait d'ailleurs présenté son nouveau directeur spirituel, l'abbé Paul Godet des Marais, homme très pieux qu'il avait connu au séminaire de Saint-Sulpice et que la marquise fit aussi vite nommer à l'évêché de Chartres qu'elle avait signifié sa froideur à Fénelon. Peut-être Maintenon gardait-elle rancœur de ce qu'elle devait tenir pour un affront, ou bien, comme le murmuraient certains, Godet avait-il trouvé le moyen d'asseoir un pouvoir encore récent : très soucieux de doctrine, scrupuleux à l'extrême, cet évêque s'était en tout cas inquiété de la révolte malheureuse de quelques novices portées à l'agitation en ces lieux de silence et, cherchant la cause d'un tel désordre, l'avait cru trouver dans l'influence de Fénelon et Guyon sur ces demoiselles.

Les deux prêtres s'étaient estimés dans leur jeunesse mais la peur l'avait aisément emporté. Sans doute Godet avait-il envisagé les soutiens dont bénéficiait le provincial auprès de ses amis dévots, son prestige à la Cour où il assurait depuis deux ans l'éducation du duc de Bourgogne, petit-fils du roi, et l'impression irrésistible qu'il exerçait sur certaines dirigées de Saint-Cyr comme cette madame de la Maisonfort, sans parler même de l'influence moins nette dont madame de Maintenon, aigre et méfiante, se défendait pour elle-même avec une surprenante vigueur. Alors flattant par son travers cette âme inquiète sans le savoir, donnant en même temps une arme à sa rancune, Monsieur de Chartres, quoique peiné de combattre un confrère, s'était sincèrement appliqué à prouver les *dangers* de la spiritualité induite par Fénelon et mesurant la patience qu'il lui faudrait en cette tâche délicate, avait attendu près d'une année avant d'y parvenir tout à fait…

Fénelon n'oublierait jamais l'émotion où la rumeur grandissante avait plongé Jeanne Guyon. Son premier mouvement avait d'ailleurs tendu à l'apaiser en demandant à l'évêque de Meaux, qu'il affectait, confirmation de la probité de ses écrits ; Jacques Bossuet avait rendu un verdict assez favorable qu'il devait mystérieusement durcir un an plus tard, à mesure, sans doute, que s'accroissait l'hostilité de Saint-Cyr dont la pression l'effrayait. Une première commission s'était alors réunie à son initiative, et qui se composait en outre de Louis Tronson, directeur du séminaire de Saint-Sulpice et Louis-Antoine de Noailles ; les échanges n'avaient dès lors que brièvement cessé, suspendus de quelques trêves sans durée. Monsieur de Fénelon, peu écouté, mal compris, éclipsant bientôt celle que l'on avait entre-temps fait enfermer à la Bastille, était devenu l'étrange adversaire de son propre maître qui, sur ordre du roi, l'avait encore sacré archevêque de Cambrai avant de l'abattre par un texte où Godet et Noailles souscrivaient à sa condamnation…

D'ailleurs, dans l'emballement du conflit, après la formation hasardeuse des deux camps, tous, jusqu'aux moins croyants, s'étaient saisis de la querelle à mesure qu'elle amplifiait, prenant parti, cherchant même des appuis pour peser sur le cours des débats. La controverse, théologique, et d'une portée que Fénelon tenait pour décisive, s'était malgré lui transformée en une curieuse dispute à laquelle tout homme bien né avait sa part naturelle, aussi légitime que les conseils dont Colbert avait par le passé honoré Bernin en matière de sculpture, ou de Fouquet qui, au temps de sa gloire, s'était un jour avisé de reprendre le style de Pellisson. Que n'avait-il entendu dire, lui-même comme ses proches amis, en tout endroit du château, tâchant d'ignorer ce qu'il ne devait tenir pour des offenses ? On avait par la suite profité des activités de Fénelon en son lointain diocèse pour gagner le roi et l'affaire s'était patiemment jouée vers la disgrâce qui menaçait maintenant.

Alors, toujours seul en cette antichambre du château, monsieur de Fénelon s'était remis à écouter les airs de musique montant des jardins. Le ciel avait imperceptiblement pâli par le glissement du soleil à l'ouest, derrière les collines dont les forêts traçaient un demi-cercle en lointaine bordure du domaine royal. La lumière, duveteuse, teintée des couleurs qu'elle absorbait sur son passage, suspendait l'atmosphère autour de lui ; il entendait les voix et les rires, les harmonies dont ne parvenaient à l'intérieur que les lignes épurées : la basse, ferme et vigoureuse, quelques ellipses de mélodies sans autre consistance que l'air où elles s'évaporaient, le timbre triste et cuivré des violes, l'éclat soudain d'une trompette marine, écho lointain des héroïsmes du roi parmi les fastes de la Cour.

Monsieur de Fénelon s'était relevé et lentement retourné sur ces ors qui l'entouraient, sur ces tapis qui couvraient le sol par endroits et amollissaient le pas, les lustres de cristal ployant à son passage, statues, peintures, étoffes et soieries qu'il voyait tournoyer autour de lui en un ballet si réglé qu'il s'y était habitué, en dépit de tout. Il était demeuré derrière une fenêtre, le regard perdu vers les bassins du parc. Le Nôtre les multipliait à un rythme presque frénétique ; pas un mois ne passait sans que le roi en fît l'inauguration. Il s'avoua l'éblouissement qu'il en avait reçu, quand son oncle l'avait mené à la Cour. Les cascades, les fontaines avaient bien fait frémir le jeune provincial avant que son œil s'y habituât et en mesurât bientôt la dépense superflue. Que disaient ces richesses, ces ostentations magnifiques, de leur ordonnateur ? Quel était cet esprit hantant les conversations, jusqu'aux regards des femmes, charmantes sous leurs coiffes de rubans ? Messieurs Lully, Vigarani et Le Nôtre n'avaient-ils pas murmuré à ce maître qu'ils lui préparaient une *symphonie des sens*, ne se voulait-on pas griser d'artifices, n'avait-on d'ailleurs pas, voilà quelques années, tourné le parti dévot en ridicule et, avec lui, la vie d'obéissance et d'amour qui seule mène au vrai bien ? Suivant des yeux la gerbe d'eau lancée d'une nymphe étendue sur un rocher, il s'était pris un jour à songer au gouvernement courtisan qui lui semblait toujours plus menacer l'équilibre du pouvoir, à cette noblesse qui se corrompait et cette bourgeoisie âpre, tenue prête comme le serpent guettant l'enfant de l'Apocalypse ; il avait eu, aussi, le souvenir du sang versé dans le Palatinat, des campagnes ravagées dont rien de ces ivresses n'étanchait la souffrance ; et brusquement assombri, songeur, il s'en était retourné au château, déplorant la perte de l'insouciance qui l'avait mené au début à goûter quelque distraction dans les fêtes auxquelles le roi, fort enthousiaste d'abord, s'était d'ailleurs mis à le moins convier.

Entrant en lui-même d'une manière qu'il n'osait que devant Dieu, il avait alors pris la pleine mesure, avec le recul, du désert creusé en son âme par un monde où l'avaient retenu son *rang*, les obligations et les charges, l'amenant à perpétuer son devoir dans un constant déchirement intérieur. Car si la foi le rendait infiniment heureux, l'abîme opposant sa morale aux nécessaires compromissions n'avait cessé d'accroître la conscience d'une inexorable misère, par-delà les grâces dont le ciel, jusqu'aux lumières de Jeanne Guyon, l'avait richement comblé ; à mesure que ce carcan d'honneurs s'était refermé sur lui avec la reconnaissance de ses talents, son cœur avait en fait été pressé jour après jour, comme un fruit que l'on écrase…

Les attaques publiques qui l'assaillaient depuis quelques mois lui étaient revenues après cette dernière séance de la commission. Les blessures toujours voilées sous sa douceur s'étaient avivées dans la soudaine solitude du château, lui révélant leurs méfaits comme un aveugle à qui l'on rendrait brusquement la vue. Bien qu'il eût sincèrement joué sa partie de courtisan, l'appel qui l'exhortait à vivre en amour et en vérité s'était rouvert telle une plaie enflammée, plus impérieux que jamais. Monsieur de Fénelon avait alors éprouvé la qualité profonde de sa vocation qui le ramenait sans cesse à la simplicité... Les ors pesaient à sa tête, le pouvoir l'accablait, il eût voulu se dévêtir de chacun de ces attributs dont l'éclat l'affirmait aux yeux du monde ; il s'attendrit un instant sur le roi qu'écrasait depuis la naissance une charge plus lourde encore, quoique pénétré par ce masque qu'il prenait en public, cet homme se fût exercé à n'en jamais rien laisser paraître – *quels maux à souffrir ! Ô que les rois sont à plaindre, ô que ceux qui les servent sont dignes de compassion... Encore une fois, laissez-moi dans mon heureuse pauvreté...*

Peu à peu, abandonné au fil de quelques pensées qu'avivait la fatigue, monsieur de Fénelon s'était surpris à songer aux terres lointaines du Périgord de son enfance. D'abord la fraîcheur dégagée de ces visions à la manière du vent pénétrant quelque pièce demeurée close, l'harmonie simple de noms qui n'avait frappé depuis longtemps son oreille l'avaient sincèrement saisi avant d'apporter à ses blessures un baume dont il ne soupçonnait pas l'existence. Ému de la candeur qu'il découvrait inchangée au plus profond de son âme, il s'était bientôt attaché à discerner les ombres éclosant déjà, selon les mouvements de sa mémoire...

Quelques images s'étaient tracées, instables, irrégulières, pour se succéder et s'articuler avec une précision croissante : lentement, il avait revu les matins sur le château de Fénelon, ses tours blondes coiffées de lauzes, la lumière levée des collines, la Dordogne et les vallées. Et puis, soudain, ces tableaux jusqu'alors silencieux s'étaient peu à peu éveillés à la vie, révélant le froissement lointain des feuilles dans le vent, le murmure des herbes ondoyant à la raie des coteaux, le frémissement d'un buisson de glycine au coin d'un toit, d'une clairière de vieux chênes dont les feuillages ne laissaient plus même percer le jour ; il avait entendu la voix de son père parmi les cris d'enfants, les fermiers appelant les bêtes aux champs alors que paraissait sa mère, grande et pâle sur le seuil ; timide dans cette robe où il aimait tant cacher son visage, madame de Fénelon se tournait lentement vers lui, avant de disparaître. Déjà, l'image du domaine de Salignac s'était progressivement substituée à celle de la chère défunte, avec ses remparts ouverts sur la plaine, ses monts à perte d'horizons que battaient parfois les vents descendant du Quercy ; et puis il se mettait à suivre un escalier de pierre au bout duquel l'attendait, souriant, son oncle l'évêque… Monsieur de Sarlat le saluait et le menait à travers la bibliothèque dont le parfum rappelait les épices au comptoir du Levant, avec ce parquet ployant sous les pieds, le soleil frappant ses joues pendant qu'il tournait attentivement chaque page, émerveillé par les images, les écritures, les héros antiques, les déesses aux longs cheveux, les malédictions, Hercule sur son bûcher, Ulysse parcourant les mers, les îles mystérieuses et les créatures fantastiques, les saints, aussi, les Pères, grecs, égyptiens, de Cappadoce et de lointaine Syrie, figures et vies singulières que Monsieur de Sarlat, doucement penché vers lui, racontait comme on dit une histoire…

* * *

Monsieur de Fénelon demeura silencieux ; ces terres sombraient à présent dans le soir. Rien ne bougeait autour de lui et il songea que ce serait là, peut-être, l'endroit où la disgrâce l'amènerait à achever sa vie.

Alors que la nuit se pressait au loin il parvint avec monsieur de Coly à un petit prieuré ceint d'une maison et d'un potager que suivaient, par lisières parallèles, de longs tracés de buis. L'horizon faiblissait, mêlé de nuages estompés en traits diffus ; les collines s'effaçaient l'une après l'autre. Quand il fut descendu avec monsieur de Coly, il sentit le parfum des herbes glisser à ses pieds. Un vent passait depuis la Vézère et caressait leurs têtes. L'espace qui s'ouvrait à lui l'étonnait après ces longues années à la Cour et, le rendant soudain si seul, comme perdu dans cette nature à laquelle il cherchait un sens lointain, suscitait en son corps de lents frissonnements. Il avança de quelques pas ; monsieur de Coly était demeuré en arrière.

Serrant les bras pour se protéger de l'air, le prêtre éprouva le vide qui l'entourait. La fidélité de sa vie le présentait à Dieu dans la constance des vœux qui le liaient jusqu'à la mort et auxquels il était demeuré attaché contre les modes du temps : elle le ramenait au maître de sa conscience à la manière d'un enfant que l'on prend par la main, vers cette lumière paisible dont l'éclat maintenait en son cœur, par-delà toute souffrance, la soif vraie du ciel, le désir ardent de la beauté essentielle. Éternellement incertain de lui-même et plus que jamais donné, il se vit porter à Dieu le peu qu'il croyait être, sans partage, dans ce dénuement qui l'avait si longtemps meurtri. L'attrait parfois surpris pour le pouvoir, pour l'apparence, les aspirations malmenées de sa jeunesse, les constantes omissions et les calculs dont il se savait capable ne révélaient que la pointe visible de cette faiblesse, et il s'en repentit encore très sincèrement : des quelques vanités qu'il avait pu nourrir ne subsistait finalement rien de plus que cette obscurité où chaque chose, jusqu'à l'archevêché de Cambrai auquel le roi l'avait nommé, fondait comme le jour.

Mais, alors que l'aveu renouvelé de ses manquements ancrait encore davantage son âme en Dieu, le souffle du Créateur se porta à sa conscience pour lui révéler l'essence de cette force par laquelle il avait tenu sa mission et son grand engagement dans le monde ; il découvrit, tracée avec la clarté des lignes étoilées dans le ciel, l'unique voie menant du Fils au Père et qu'avaient conservée les bienfaits de la prière, de la persévérance, de la confiance nourrie de contemplation, de la tendresse désappropriée. Au fond de lui se tenait, éclatant et intouché, le Principe de son existence auquel il avait toujours rapporté ses actes, mauvais par lui-même, bon par ce Seigneur qui l'habitait ; monsieur de Fénelon éprouva qu'en dépit de tout, malgré les luttes et la nuit intérieure, les faiblesses, les lâchetés, les constantes pauvretés humaines, Dieu l'aimait, et n'avait jamais quitté son cœur.

Il s'était mis imperceptiblement à méditer. Les forêts bruissaient et chaque chose semblait, jusqu'au chant lointain d'une hulotte, au froissement des vieux arbres dans la nuit, au passage du vent sur les herbes, dire cette même Perfection à laquelle il devait d'exister et qu'il voulait glorifier de sa vie. Tout entier à cette adoration que la nature teintait d'une douceur particulière, il demeurait sans mouvement, vidé de lui-même, possédé de silence et de grâce.

Ce n'est qu'après un moment qu'il se rappela monsieur de Coly. Alors ne voulant l'impatienter, revenant peu à peu au monde comme l'on sort du sommeil, il traversa lentement le jardin du prieuré, incapable d'une parole. Son ami l'attendait et l'accueillit auprès de lui ; il ne demanda rien, comprenant le besoin que monsieur de Fénelon avait de demeurer seul.

2

Ils ne parvinrent à Salignac qu'à la nuit. Monsieur de Coly restait silencieux. C'était un grand homme habillé de noir, aux yeux inquiets. Le temps avait à la fois attendri et creusé ce visage qu'adoucissaient les mèches longues de ses cheveux ; un rabat de drap, sans dentelle, revenait sur sa poitrine. Voilà déjà quelques heures, à ce croisement de chemins où ils s'étaient attendus (l'un menant à Saint-Amand, l'autre allant vers Montignac, et au-delà, à Saint-Léon-sur-Vézère), tous deux étaient demeurés face à face, comme s'il eût fallu se raccommoder l'un à l'aspect de l'autre. Puis ils avaient avancé pour s'étreindre longuement. Monsieur de Fénelon s'était d'abord étonné d'entendre, quoique plus grave qu'auparavant, cette voix que seules des lettres avaient prolongée à sa mémoire ; c'était comme si sa vue avait dû se réhabituer à un univers demeuré en sommeil, ou bien que, hésitant entre la veille et le repos, il fût confronté à quelque esprit disparu.

Monsieur de Coly avait changé. Sans rien imposer du dehors, les années étaient insensiblement passées sur son visage, par une sorte de trouble pareil à ces cercles que forment, à la surface des lacs, les fonds de sable que les enfants passant dans une barque soulèvent du bâton ; et sans que l'on pût exactement définir ce qui tout à la fois le rendait autre et le laissait lui-même, se mesuraient le temps, les jours, les années écoulés, tout ce passé diffus dont l'érosion l'avait fait homme comme si l'épiderme révélait les strates d'une histoire trop complexe pour être dite…

Monsieur de Coly, quitté trente ans auparavant, reparaissait en son existence pour y jeter une inflexion nouvelle ; il lui donnait à voir le passage de la vie, esquissé jusqu'alors par intuitions éparses. L'archevêque se souvenait d'instants précis où la conscience s'en était déjà discernée, depuis qu'un samedi, levant les yeux vers l'icône de la Vierge de Cambrai et se rappelant une perception semblable à Cahors, il avait mesuré l'œuvre du temps et l'amour dont Dieu baigne la croissance humaine, tel un père regardant grandir ses enfants ; puis, un soir qu'il rentrait à Paris, la métamorphose des lumières au passage d'un nuage, le lent glissement du jour vers la nuit avaient doté la nature d'une moiteur presque triste, dont la tonalité avait suscité une réflexion sur sa propre fin, d'une acuité inconnue à ses années de jeunesse…

Quand monsieur de Coly demanda la cause de l'inquiétude qu'il percevait, Fénelon répondit que le silence l'étonnait et que rien ne surprenait davantage, après sa vie de cour, qu'une campagne dans la nuit. Tendant une lanterne vers l'extérieur, Coly espérait faire deviner le paysage à son ami. Monsieur de Fénelon regardait ; il avait laissé la vitre basse pour que glisse le vent qui battait la nature et en sentir le toucher, passant sur son visage. Un étrange souvenir le traversait depuis quelques instants, éveillé par le rideau pourpre de la calèche dont l'éclat lui rappelait un animal exotique qu'on avait un jour amené dans un bosquet de Versailles…

Fénelon promenait alors le duc de Bourgogne, et, s'étant assuré de la nature du spectacle, n'avait manqué d'y mener son jeune élève afin de le distraire d'une heure de latin. Les courtisans s'étaient écartés, leur permettant d'approcher de l'enclos où se dressait, sellée d'un tapis de drap rouge flamboyant, une bête énorme, qui surprit grandement le duc. Mille dames parlaient en poussant des cris parmi leurs éventails parfumés ; un peu plus loin, le monarque, très entouré, conservait cette invariable gravité dont on ne savait jamais si elle était réelle ou feinte et se faisait donner des explications par un homme qui semblait venu des îles.

« Fénelon ! s'était écriée une voix, approchez donc, plus près, plus près, c'est une chose à faire observer à votre élève, et qui lui apprendra bien mieux la vie que tous les manuels dont vous lui farcissez l'esprit… »

Le prêtre avait trouvé là Monsieur, frère du roi, attaché à observer la bête qui semblait l'intriguer profondément. Le visage du prince avait paru retrouver vie face à Fénelon ; Monsieur était très pâle, coiffé d'une longue perruque sentant le musc et dont le raffinement, poussé à ce degré qui attirait les regards, soulignait la délicatesse presque fragile de traits fins, souples et pleins. De grands yeux sombres appuyés de sourcils très noirs lui donnaient la mine de ces cavaliers italiens que l'on imagine dans les villas de Rome, pendant que son habit de satin bleu rebrodé d'argent, débordant de dentelle nouée de rubans soyeux, serrait une taille dont le tour jadis presque féminin commençait à se perdre.

« Ah, Fénelon, avait-il murmuré, Fénelon, je suis bien aise de trouver présentement une personne sensée dans cette ménagerie, car, voyez-vous, je tends plutôt à tenir toutes ces compagnies pour… Comment diriez-vous, avec vos mots délicats ? »

Puis baissant la voix, en guise de confidence :

« Je les considère tous comme des fous, Fénelon, et ils ne le savent pas. N'est-ce pas là une inestimable jouissance ?

– Monseigneur, je rends grâce de vos bontés mais, si je puis hasarder ceci, prenez garde, malgré tout, monseigneur, que l'on ne vous entende…

– Fénelon, vous me donnez de tels conseils ? s'était ironiquement indigné Monsieur. Je ne vous reconnais pas, et ne vous tiens plus pour ce que je vous croyais être.

– Et pour quoi Monseigneur me tenait-il donc ? avait interrogé le prêtre avec un sourire.

– Mais, Fénelon, vous me semblez soudain bien avide de compliments, et je ne vous en donnerai point. Contentez-vous de l'encens que l'on répand, pour le moment, en tout lieu où vous paraissez.

« Mon encens à moi, avait ajouté Monsieur avec gravité, l'encens dont j'honore autrui est assurément moins enivrant que tout ce qui se respire par ici, mais je le tiens toutefois pour un peu moins factice, Fénelon, je crois pouvoir dire, vraiment, qu'il monte du cœur. »

Puis faisant approcher le duc de Bourgogne qui restait, légèrement effarouché, ce prince avait repris :

« Regardez, Louis, ce tapis rouge que l'animal porte sur le dos… Regardez-le, comme il miroite au soleil, à la façon d'une petite tache de sang… Savez-vous bien ce que cela signifie ? »

Le duc de Bourgogne le fixait sans comprendre.

« Vous ne le savez pas, vous ? Cela représente sa servitude, cher petit, sa servitude…

– Ça, vous avez bien raison ! s'était exclamée Madame d'une voix forte, passant soudain derrière lui. Pour une fois que vous parlez droit en ce moment... »

Monsieur s'était retourné, étonné de trouver la Palatine, son épouse, à ses côtés. D'un regard il avait tâché de l'obliger au silence. La grande femme au teint rouge, à peine poudrée et coiffée comme une fille de ferme, lui avait alors tenu quelque propos à l'oreille avant de glisser vers son beau-frère le roi, délaissant Monsieur avec une indifférence manifeste pour suivre les discours du montreur des îles.

Le pauvre prince avait manqué ne pas retenir sa colère ; son visage s'était brusquement empourpré. Alors n'y tenant plus, laissant enfin paraître les blessures qui le devaient mortifier en silence, il s'était écrié, désignant la bête :

« Quelle est l'étrangeté de ces yeux si semblables aux nôtres, malheureux qui ne savons pas davantage où être à notre place ! »

Le roi, finalement dérangé par l'agitation de son frère, s'était bien sûr indigné. Comment s'attacher aux sentiments d'un animal, et les oser rapprocher de ceux des hommes ? La Palatine fixait son époux et s'était mise à agiter nerveusement un éventail. Puis après avoir jeté sur Monsieur un regard sévère, se détournant par cet air de grandeur qu'on lui voyait souvent en public, le monarque avait rendu son attention à l'Africain. Monsieur s'était tu avec un rire étouffé. Mais un instant après, comme égaré, ce prince s'était encore tourné vers Fénelon, lui donnant à éprouver l'extraordinaire rage contenue au plus profond de son cœur.

« Voyez-vous, Fénelon, semblaient lui dire ses larges yeux sombres, où une vigueur contrainte se noyait de mélancolie, voyez-vous bien la condition qui est la mienne ? La voyez-vous ? Qu'en dites-vous, Fénelon ? Fait-il donc si bon être de ce sang ? Et l'on se figure que je n'en ai la conscience ? Pour quoi les tenez-vous, Fénelon, les croyez-vous donc si fous de cruauté, ou victimes d'une misérable présomption ? Que faisons-nous ici, Fénelon, quelle est la plus grande misère de ce monde d'après vous, que disent les textes que vous prêchez : ne nous vaudrait-il pas mieux mourir de faim que de vivre le martyre de la fausseté ? Qu'est donc cette justice en laquelle vous croyez ? »

Touché du souvenir de Monsieur, l'archevêque serrait le rideau rouge de la calèche. Depuis quelques heures, en dépit des grâces qu'il rencontrait, il souffrait, sans connaître la cause, d'un mal dont la nature lui demeurait non seulement étrangère, mais l'éloignait surtout de Dieu. Malgré les bienfaits du Périgord, mille craintes l'agitaient depuis son départ, il n'était un moment sans qu'une force œuvrant en son cœur y levât quelque regret, la nostalgie d'un bien perdu, la douleur d'une absence ou d'instants à jamais passés ; quelles étaient ces peurs qui l'envahissaient et l'empêchaient de vivre simplement ? Que craignait-il, en quels détails s'égarait-il, lui, imitant maintenant ces courtisans qu'un brusque dépouillement avait tirés d'eux-mêmes – Louvois disgracié, La Vallière rejetée, Montespan écartée, Monsieur séparé du chevalier de Lorraine, pleurant toutes les larmes de son corps, Henriette d'Angleterre rongée par le dédain de ses amants… Rien de tout cela ne lui avait jamais ressemblé, par l'action de l'Esprit et la maîtrise, aussi, de cette extrême sensibilité dont il avait tôt mesuré le danger, entraînant les préventions d'une infaillible volonté ; pourtant, sa faiblesse le ramenait à présent aussi bas que ces êtres qu'il avait vus tristement déchoir, et semblait anéantir le peu qu'il avait gagné contre lui-même…

Monsieur de Fénelon se sentait désemparé. Sans doute le tentateur usait-il de l'instabilité de la situation, et cette idée le rassurait quelque peu ; ou bien des mouvements trop longtemps retenus, écrasés d'exigences, resurgissaient-ils en le démunissant contre leurs attaques… Il demeurait troublé, mesurant la qualité spirituelle de cette épreuve et la réponse qu'il se trouvait incapable d'y apporter ; sa volonté essuyait un échec absolu. Un instant de difficulté ébranlait à lui seul les plus sages dispositions, aucune victoire n'était jamais acquise, aucune progression définitive, l'homme avançait et reculait, il ne pouvait rien par lui-même, il souhaitait mais ne pouvait pas, ce qui accomplissait en lui n'était pas lui, le mal venait de lui, le bien de Dieu, tout était grâce et coopération à cette grâce. Voilà qu'il s'était cru libéré de lui-même, mais par cet événement, les passions reparaissaient pour frapper avec plus de force que par aucune circonstance du passé…

Que pouvait-il dire de cela à monsieur de Coly ? L'archevêque se sentait perdre à mesure qu'il affrontait ces tourments. Il demeurait silencieux alors que l'odeur des herbes au loin, rappelant son enfance à l'instant où la vie s'effaçait, suscitait à la fois ce désir de paix et une souffrance sans limite : le son de la nature lui parvenait, voix longue et continue comme une basse de viole ponctuée parfois d'un cri, et puis le lent crépitement des forêts, les cercles de la lune tracés dans les champs.

À Paris, il avait oublié ces heures d'obscurité, ces paysages où l'on se sent inversement réduire à la valeur d'un petit point et où l'individu, mêlé à l'infiniment grand, retrouve de ce fait sa place originelle ; monsieur de Fénelon découvrait avoir plus ou moins perdu le sens de la mesure par l'habitude du faste, des grandes perspectives, des compositions riches et merveilleuses, avec leur façon de distordre les proportions, de soumettre par illusion les dimensions vraies du monde... Mais en ces domaines dont tout demeurait finalement étranger à son goût, le roi avait eu beau combattre l'équilibre premier, les lieux, même vastes, ne parvenaient jamais qu'à des infinis artificiels – expliquant peut-être l'échec opiniâtre d'un projet absolu...

Fénelon avait d'ailleurs vite perçu l'intention profonde de Versailles, et combien cet endroit que le monde tenait pour le chef-d'œuvre d'un esthète assurait brillamment son rôle, plus proche, par ses ambivalences, d'un commerce du Pont-Neuf avec ses marchands d'orviétan que des palais apolliniens dont le roi revendiquait l'héritage... Seule la jeunesse avait d'abord préservé l'illusion dans ses yeux, longtemps sevrés de telles chimères ; avec l'expérience, sa clairvoyance y avait ensuite décelé l'instrument le plus propre à susciter la démesure et la vanité, la soif de gloire, de pouvoir et de plaisirs, autant d'asservissements que nourrissaient mille merveilles dont tout amollissait l'exigence morale et la liberté intérieure.

Car celui qui pénétrait les galeries se trouvait bien vite au centre d'une conjonction d'artifices dont l'apparent naturel n'avait d'égal que le calcul ; les miroirs des plafonds répondaient à ceux des murs où se multipliait déjà l'étendue des jardins tracée par les fenêtres, alors que les lustres de cristal fractionnaient les lueurs extérieures par touches saupoudrant, selon le moment du jour, une brume bleutée, ambrée ou rose sur les parquets de chêne. Puis, étourdi par les perspectives où bassins et allées rivalisaient pour prolonger l'espace, charmé par la délicatesse des carnations de déesses causant sur un lit de nuage, flatté d'exquises civilités, enivré par les parfums boisés et une lointaine harmonie d'orgue passant de la chapelle, aveuglé enfin par ce mélange des goûts que magnifiait parfois l'apparition de quelque beauté dont les jupes battaient le sol avec un léger froissement, le visiteur, vaincu, s'abandonnait sans retour au plaisir de se voir l'objet d'un tel ballet que, par la secrète complaisance des hommes, il ne manquait d'attribuer à sa seule valeur.

Avait-il d'ailleurs jamais vraiment cédé, lui qui les comprenait si justement, aux mirages royaux ? Il se rappela un soir où il s'était promené à Versailles avec Bossuet, peu après que son oncle l'eut introduit auprès de lui, et la solitude dans laquelle ils avaient trouvé le bassin de Neptune ; le prélat, serré sous une ample cape noire, prenait alors quelque repos, et avançant avec lenteur, goûtait la quiétude de ces instants. Le jeune Fénelon marchait à ses côtés. Le soleil, glissant verticalement derrière les arbres, flambait sur le ciel et voilait le château d'une lueur rose qui détachait chaque détail avec finesse, presque tristement ; la Chapelle Royale brillait comme une coiffe de fée. Là seulement, parce que l'heure devait en induire l'impression, il lui avait semblé que le domaine du roi touchait à une forme d'infini.

« Cette lumière n'est-elle point belle, monseigneur ? »

Bossuet avait souri.

« Vraiment oui, et je suis heureux de vous y voir

sensible, monsieur l'abbé. Mais ne dit-on pas qu'elle est encore plus sublime dans la région de votre enfance qu'en ces jardins issus d'une tête humaine ?

– Je ne sais, mais la Cour me semble supérieure au Périgord où je me suis trouvé de grandir, avait répondu l'abbé. »

Monsieur de Meaux avait jeté un regard sur Fénelon. Que pouvait donc vouloir ce petit provincial ambitieux dont le charme et l'esprit faisaient partout le meilleur effet ? Avant qu'on le lui eût officiellement présenté, il l'avait déjà croisé à plusieurs reprises, non sans curiosité pour cet étonnant jeune homme aussi grave qu'enjoué, dont le savoir et la fraîcheur d'âme séduisaient avec une grâce parfaitement étrangère à son propre tempérament.

« Ce spectacle ne présente-t-il pas à monseigneur l'idée de l'infini, avait repris l'abbé, sincèrement fasciné par le crépuscule, telle que nous la pouvons concevoir, habituellement de seule manière indistincte et discursive, dans la contemplation ? Chaque élément de notre monde, borné du fait de son état, ne contient-il pas quelque trace divine à partir de laquelle notre esprit, l'exhumant et l'assemblant à d'autres, se peut former une idée sensible de ce qui lui échappe communément ? »

Bossuet était demeuré surpris. Il avait encore observé l'abbé, comme pour donner un visage à ces propos que son austérité lui figurait extravagants dans leur indéniable séduction.

« L'infini n'est qu'un et ne saurait être partout où l'imagination humaine se le figure, monsieur l'abbé, mais je vous écoute non sans intérêt, avait repris le prélat. Je vous écoute car la souplesse de votre esprit ne semble nuire à sa capacité de rigueur. »

« L'honnêteté me refuse de nier l'estime en laquelle je tiens ce que j'ai entendu de vous... Monsieur Tronson loue vos travaux, et cela suffirait à en garantir la qualité. Mais savez-vous, monsieur l'abbé, que ce talent est souvent insuffisant, ici, pour parvenir là où nous serions pourtant en droit d'accéder ? Je me dois de vous le dire, et de ne pas vous laisser dans cette ignorance. La Cour, monsieur l'abbé... – sans doute suis-je mal habilité à faire cet aveu, mais la franchise due à votre jeunesse m'y oblige –...la Cour est un résumé des âpretés humaines, nous y souffrons, avec notre morale, les plus profondes mortifications. L'honnêteté y est à contretemps, quoiqu'on l'écoute et la respecte en apparence. La sincérité n'a qu'une part très modeste à toutes les effusions publiques de la religion et le roi, croyez-le bien, s'en afflige en son âme chrétienne. Loin de moi toutefois l'idée de tenir seul ce genre de discours. Monsieur Fléchier, évêque de Nîmes, ne vous parlerait pas autrement, en dépit de sa réserve ; c'est un constat que tout prêtre digne de sa fonction ne peut manquer de faire, et qui provient d'une dégradation générale des mœurs, monsieur l'abbé, aucunement de notre grand souverain.

– Je sais tout cela et rends grâce des conseils comme de l'amitié de monseigneur, avait répondu Fénelon. Monsieur le marquis de Fénelon et monsieur l'évêque de Sarlat, mes oncles, m'en avaient aussi fait le récit, et, avec leurs lumières, m'apportent de même quelque soutien. »

Jacques Bénigne Bossuet avait eu un sourire amer.

« Vous êtes bienheureux, monsieur de Salignac de la Mothe-Fénelon, chacun ne jouit de telles commodités, estimez-les à leur juste valeur, et surtout, je vous prie, usez-en avec adresse et droiture. »

« Voilà donc les choses qui vous affligent, dit monsieur de Coly qui l'avait écouté, je le comprends, François, quoique…

– Avec adresse et droiture, répétait monsieur de Fénelon. Ces propos ne s'appliqueraient-ils pas plutôt à un courtisan ?

– Le courtisan se soucie-t-il donc de droiture ?

– Vous avez raison, murmura l'archevêque. Ma tête se brouille et me ferait dire tant de sottises à cette heure, elle s'est déshabituée des vrais mouvements de la vie. Car, pour être franc, vous me voyez aussi perdu qu'un enfant, je suis stupide comme ces petits qui découvrent le monde, j'ai vécu hors de tout cela pendant tant d'années… Vous ne pouvez savoir ce que sont la Cour et le pouvoir… Il n'existe de mots propres à les dépeindre pour qui ne les a jamais connus. Comment ai-je pu les soutenir, les assumer si ce n'est par la force de Notre-Seigneur, comment y suis-je encore attaché en dépit de moi ? Par quel charme m'y suis-je laissé attirer ? »

Monsieur de Fénelon s'arrêta brusquement, comme étonné d'entendre sa propre voix dont le ton, d'habitude très égal, était légèrement monté.

« Peut-être certaines personnes que vous avez connues à Versailles demeurent-elles encore trop vivement à votre cœur, dit Coly, peut-être même vous y ont-elles retenu si longtemps… Alliez-vous laisser le duc de Bourgogne dont vous aviez la charge ? Et en quel autre endroit de France auriez-vous trouvé ces fonctions dignes de vous ? Sans doute vos talents avaient-ils besoin d'un tel espace pour se déployer, bien qu'ils l'excédassent de toutes parts. Je ne suis jamais allé à la Cour, je ne le voulais pas. J'étais, vous le savez, bien différent de vous, je ne sais manier le langage comme vous le faites, je n'ai d'ailleurs qu'un esprit médiocre, mais il semble que seul le roi était en mesure d'honorer votre valeur. François, vraiment, qu'auriez-vous fait ici ?

– Ah, mes talents, soupira l'archevêque avec un sourire. Vous êtes bon, et l'amitié vous fait parler : nous ne pouvons estimer notre valeur, personne ici-bas n'en a ni le pouvoir ni l'aptitude, c'est là-haut (monsieur de Fénelon pointa son doigt avec amusement), et là-haut uniquement que se tranche cette question dont le mortel s'entête jusqu'à sa fin… et j'ai tout lieu de craindre que nous ne valions par nous-mêmes pas grand-chose. Nous ne sommes rien hors de Dieu. Quelle certitude avoir seulement de sa propre existence, Coly, quelle certitude ? »

Monsieur de Fénelon s'arrêta.

« Sans doute, si je me suis trouvé à Versailles, Dieu le voulait-Il ainsi, Il m'enverra maintenant où bon Lui semblera. Je ne me plaindrai jamais de Sa volonté, je Lui obéis. Il a, pour chacun de nous, une vocation particulière, elles sont toutes égales à Ses yeux, il n'en est pas de meilleure que d'autre, chacune, pourvu qu'elle soit pratiquée avec droiture, répond à Son amour…

« Je parle tout haut ce soir, moi qui suis communément si peu bavard, et vous me prenez à des pensées bien troublées… Je tâche de me rendre à cette réalité qui me sauve : la grâce de vous revoir après tant d'années et de trouver ces lieux que je croyais perdus pour moi, mêlés à des souvenirs qui s'entêtent à revenir…

– François, je vous prie, reposez-vous, nous parlerons de tout cela demain, rien ne nous presse, nous demeurerons à Salignac.

– Vous avez raison, je n'ai jamais su compter mes forces… Je vous fatigue, pardonnez-moi.

– François, je suis si heureux de vous entendre, je prends plaisir à tenter de comprendre vos raisons, sans doute n'y parviendrais-je pleinement par moi-même…

– Peut-être pensez-vous que cet esprit que l'on me prête mérite mieux que le sort qui se prépare, que je devrais disposer de moi-même pour échapper à la ruine d'une carrière, pour perpétuer mon propre succès ; sans doute considérez-vous comme tous mes amis que le roi exerce un arbitraire qui n'implique pas le respect attaché à une sentence juste…

« Chacun sait à Versailles les triomphes de la rumeur sur la réflexion, les mille préventions employées contre moi, la défaveur où je tombai peu à peu par le fait de quelques-uns ; le monarque publie son dégoût de la théologie, n'a jamais dû lire une seule de mes justifications et cependant c'est lui qui dénouera la querelle, car il est roi. Peut-être sera-t-il injuste en conscience ou par ignorance, mais il est mon souverain et j'obéirai jusqu'à la fin : j'en ai fait le vœu le jour où je devins prêtre et ce vœu, je le répète chaque matin devant Notre-Seigneur, ce n'est pas une lâcheté, au contraire, c'est ma façon à moi d'être libre. Et si libre !… Je me sens plus libre ainsi que tous ces personnages que j'ai croisés, et qui avaient leurs passions pour guide. Ma passion à moi, c'est la croix. Savez-vous que Harlay, jadis archevêque de Paris, m'a presque regardé comme un fou quand je me suis un jour hasardé à ces idées devant lui ? Tant pis. J'attendrai ici, en notre pays, la décision du roi, après quoi je la suivrai.

– Hélas, tardera-t-elle donc, puisque vous y paraissez si résolu ?

– Le parti adverse a assurément gagné le souverain à sa cause.

– François…

– Ne craignez rien, tout cela n'est d'aucune importance… Le choix est sans gravité : peu importe où Dieu nous mène pourvu que nous Le suivions, il n'est dès lors plus de souci de grandeur ou de gloire, le plus petit même devient immense. Je sais que vous m'entendez, Coly, que vous pouvez comprendre cela… »

Les deux amis se regardèrent.

« Bossuet était d'une sorte bien différente, reprit monsieur de Fénelon, et l'histoire, sans doute, saura établir cette distinction. Je l'ai vite aimé pour son intégrité et le lui ai témoigné au début, l'on m'a assez accusé de le flatter… Je me suis égaré tout à l'heure ; il n'avait rien d'un courtisan, ou si peu.

– Mais Monsieur de Meaux ne vous a-t-il pas causé le plus grand tort ? »

Fénelon se tourna vers lui.

« Je ne vous entends pas, répondit sombrement l'archevêque, de quoi me parlez-vous ? »

Alors, se serrant tous deux dans leurs manteaux car le froid de la nuit emplissait la voiture, ils demeurèrent en silence ; l'obscurité passait par les carreaux. Monsieur de Fénelon ferma les yeux.

Après quelques instants, Coly vit son beau visage creusé par la rigueur et les veilles, cette peau pâlie de fatigue, ces lèvres qui, sans force à présent, s'abandonnaient enfin au repos… Dépourvu du torrent de ses regards, monsieur de Fénelon paraissait aussi vulnérable qu'un enfant. Le sommeil le détendait en levant de toute sa personne une singulière impression de fragilité, de bonté, de paix mêlée de tristesse qui montait de son cœur à la manière des brumes pointant, le matin, du fond de certaines vallées sauvages ; mais par-delà les qualités d'âme qui transparaissaient jusqu'en son sommeil, il lui sembla surtout très humain, passionné, débordant de tendresse et d'amour.

Monsieur de Fénelon demeurait sans mouvement, soulevé de sa seule respiration ; il revint bientôt à lui. Quand il eut repris sa pleine conscience, le prêtre s'excusa de cette faiblesse et ils s'en amusèrent tous deux.

3

Le cocher les prévint à l'approche de Salignac. Monsieur de Fénelon se pencha et ne devina à travers la vitre que quelques toits, blanchis par la lune. La calèche suivit un chemin élevé au cœur de la vallée. Elle traversa silencieusement le village, puis, en ayant gagné l'extrémité, s'arrêta face à l'enceinte du château.

Quand la vieille porte se fut ouverte, le souvenir de Versailles s'estompa peu à peu dans les mèches des flambeaux. Un vent sentant l'herbe fraîche passait sous les arbres. Les chevaux s'immobilisèrent : le prêtre descendit et avança prudemment, car il faisait très sombre, jusqu'au rempart qui barrait le ravin d'où s'étendait toute la campagne, d'Eyrignac aux lointaines crêtes de Terrasson ; il demeura à regarder cette étendue que l'obscurité rendait immense. Coly l'avait rejoint. Son pas résonnait sur le sol. Ils observèrent le ciel. La lune était proche de la terre et semblait en vouloir toucher la surface : glissant des hauteurs à la manière des astres de papier que les enfants s'amusent à faire disparaître dans les jeux d'ombres, elle pâlissait progressivement le vallon et donnait aux reliefs un éclat bleuté.

Quand Coly parla, ce fut pour évoquer une pensée

de monsieur Pascal qui lui était chère, et qui enracine les interrogations humaines dans le rapport à ces mondes invisibles. Puis, voyant que son ami l'écoutait, il murmura cette phrase qu'il devait si souvent redire en lui-même : « Jamais personne, pas même le roi, ne me l'arrachera de la tête, nous jetterions-nous au feu, mes livres et moi. » Un peu plus tard, alors que tous deux ne parvenaient à exprimer le bonheur de ce retour, Coly exposa des réflexions de Pascal, malade, sur l'infini ; et puis il en vint à évoquer ses derniers jours et la manière dont ce philosophe avait accepté la mort.

Sans doute aimait-il ce souvenir : il l'avait rencontré un soir, presque fortuitement, au Port-Royal de Paris, priant à l'office pendant que la nuit se faisait sur la ville. Les religieuses chantaient, leurs coules flottaient avec un mouvement silencieux qu'il devinait, lointain, derrière la clôture ; trois cierges tenaient lieu de lumière. Au bout du banc où Coly se tenait, abîmé en lui-même avec Sacy qui l'avait convaincu de venir, un petit homme maigre à la peau comme du parchemin lui était apparu, qui, les yeux mi-clos dans sa prière, feuilletait légèrement un missel. À la fin de l'office, après qu'eut résonné le *Salve Regina*, le petit homme s'était éclipsé et quoique Sacy l'eût cherché par toute la chapelle, on ne l'avait plus revu de la soirée. Monsieur de Coly n'avait jamais oublié la grâce particulière de cet instant passé sur le banc de monsieur Pascal ; par la suite, confusément attaché à ses pas, le provincial s'était encore rendu au Port-Royal de Paris, dans l'espoir de le revoir.

Ce n'est toutefois que trois mois plus tard, lors du retour des sœurs en leur maison des champs, que le philosophe était revenu dans le monde. Sacy s'était alors offert comme truchement et avait appelé Pascal à la fin de la messe ; humble, timide, délicat comme une herbe des champs, le petit homme avait bouleversé Coly par la simplicité de son entretien. Le Périgourdin était demeuré émerveillé de l'éclat de cet esprit en un corps que la souffrance avait rendu pareil à celui d'un enfant, de sa sérénité douce, de son infatigable bienveillance. Coly avait nourri pour Pascal un attachement qui s'était prolongé jusqu'à sa mort, suscitant l'étonnement du philosophe.

« Je ne mérite vos soins, Coly, disait-il, je ne suis digne de cette affection que vous me marquez, je suis même le dernier à la mériter. Cette disposition n'est pas bonne pour vous. Si je vivais, je vous devrais chasser pour que vous ne perdiez votre effort auprès d'un misérable. À présent que je m'en vais, vous le voyez, que ferez-vous de votre peine ? » Sentant son heure proche, Pascal l'avait alors écarté. Le lien devait pourtant être trop solide car désormais qu'il n'était plus, que la séparation avait tari leurs entretiens, Coly continuait de nourrir sa propre existence des textes de son ami, demeurant à son ombre comme ces hauts cyprès balancés auprès des tombeaux.

En l'écoutant, monsieur de Fénelon s'étonna de l'affection qui lui venait ainsi pour Pascal dont le parti lui demeurait odieux, mais que les paroles de son ami teintaient d'une telle humanité qu'il prenait part lui-même à cet éblouissement. D'où provenait cette forme de sympathie envers un homme qu'il n'avait pas connu, si ce n'est pour de graves erreurs qu'il combattait ? Que suscitait donc cette disposition nouvelle en lui alors qu'il s'était toujours montré intraitable à leur égard ?

Ils entrèrent en silence dans le château. Une servante leur tint la porte et annonça que Salignac le neveu s'en était allé dormir; elle chuchotait sous sa coiffe. Onze heures avaient sonné. L'escalier était sombre, une forte humidité montait des dalles; une senteur d'herbe, de bois et de poussière semblait passer des salles éteintes derrière les portes, des charpentes et du toit, en contact avec le ciel, pour emplir l'air autour d'eux, rendre les perceptions à la fois plus aiguës et plus vagues. Monsieur de Fénelon tâchait d'y voir. Le flambeau était très faible; des langues blondes venaient se peindre sur les murs avec le pas de la servante. Elle allait devant lui dans l'escalier et son dos courbé ressemblait à la tige d'une fleur que des gouttes de pluie font ployer vers la terre.

Alors le prêtre se souvint d'une sensation d'enfance. Peu à peu, selon ce rythme assoupi, des images envahirent son esprit; c'étaient des impressions du matin passant sur le plancher, une lumière versée des collines, les feuillages comme des silhouettes et puis les bruits d'une fenêtre que l'on ouvre, le grain d'une voix montant dans les odeurs de linge propre, de tentures et de cire, la tiédeur du vent sur la campagne, le lointain frémissement des herbes qui lui avait figuré le bruit de la mer, ressouvenirs projetés comme au travers d'une lanterne magique démultipliant les vues, creusant les contrastes, grandissant le petit et réduisant le grand, donnant à des contes l'épaisseur de la réalité: ces visions intérieures naissaient au gré d'intuitions glissées en son âme selon un prisme de pensées, tel l'or tamisé du fond de l'eau puis, portées à sa conscience, elles suscitaient cet étonnement propre aux esprits droits que vient soudain frapper quelque manifestation des sens. L'heure était tardive; aussi ne prenait-il le soin d'écarter ces idées et se laissa-t-il aller, quelques instants, à leur charme inconnu.

La servante poussa soudain une porte et s'arrêta. C'était une pièce très haute où se dressait un lit encadré de quatre colonnes ; des panneaux de tapisserie voilaient les murs en leur milieu et traçaient de grandes formes sombres. Un portrait de femme faisait face au buffet que dominait, cloué au mur, un crucifix d'ivoire. Intriguée, la servante observait les deux hommes ; la chambre mitoyenne avait été préparée pour monsieur de Coly. Elle s'y engagea la première, l'invitant à la suivre.

Quand l'archevêque se fut trouvé seul, il approcha de la fenêtre. Les murs étaient âpres comme ceux d'une prison. Le sol craquait. Une odeur de suie descendait de la cheminée avec les relents de bois mêlé aux cendres sur la pierre. Il songea qu'à Paris, la nuit, une lumière venait toujours dissiper cette disposition solitaire, un éclat de la lune par les carreaux, une étoile un peu plus vive au-dessus des toits ; parfois, une lucarne demeurait éclairée. Après quelques heures, le ciel s'éclaircissait, les cloches du séminaire sonnaient. Alors il se levait et regardant l'éclat levé lentement sur la ville, retrouvait des gestes pris depuis longtemps, des habitudes qui, peut-être, parvenaient à le rassurer.

Mais à l'instant où il se laissait aller à ces souvenirs, il crut entendre frapper et se retourna brusquement. Les coups se répétèrent ; il pensa aussitôt à monsieur de Coly. Il fit entrer et vit, dorée par la chandelle qu'elle tenait, une vieille femme qui le regardait. Elle demeura d'abord silencieuse.

« Monsieur, monsieur, dit-elle, monsieur, vous voilà revenu, pardonnez-moi de vous déranger ainsi, je voulais absolument vous parler, quand on m'a dit que vous étiez arrivé… »

Monsieur de Fénelon crut à une illusion de sa tête fatiguée. Mais la voix continua :

« Monsieur, je m'excuse encore, croyez-le, jamais je ne pensais vous revoir de ma vie, je savais que vous étiez parti bien loin d'ici, avec le roi, et puis voilà qu'on me dit que vous allez revenir, et à présent, on me dit que vous êtes là, comprenez donc que je n'ai pas pu attendre qu'il fasse jour, comprenez, j'ai tant pensé à vous en toutes ces années, j'ai prié pour vous tous les jours, je... ».

Il avança vers elle, sans parvenir à la reconnaître. Il n'osait parler. Elle-même s'était arrêtée, sans doute empêchée par l'émotion qui se lisait sur ses traits et que trahissait sa voix mal assurée, mais grave et douce comme un air d'enfant. Ils demeurèrent un instant face à face. Monsieur de Fénelon semblait immense devant elle.

« C'est moi qui vous ai nourri, petit, et qui vous distrayais quand vous n'aviez pas cinq ans », murmura-t-elle.

Un monde oublié revint soudain à lui, laissant surgir des espaces de sa mémoire, mis en sommeil par Versailles, par Paris, Cahors, Cambrai même... Ils n'avaient pas disparu tout à fait, ils s'étaient sans doute juste effacés devant un autre destin où s'étaient révélés le monde et sa conscience, où Dieu avait formé peu à peu toute perspective, réglant le tropisme de sa pensée et de ses affections, traçant la dimension spirituelle de sa vie, longues années durant lesquelles il s'était fait homme en apprenant à se plier à l'existence ; et voilà que des pans entiers de son passé se révélaient maintenant, comme une vallée sans soleil retrouve la lumière...

« Vous vous souvenez, monsieur ? Monsieur, je suis

si heureuse… Je n'aurais jamais pensé vous revoir, Paris est bien loin d'ici… Nous n'en savons rien, dans nos campagnes. Qui m'aurait dit, quand vous étiez petit, avec ces belles boucles brunes sur les joues, que vous iriez parler au roi ? Toujours en train de réfléchir, à écumer les livres de monsieur le comte, ça, c'est vrai. Mais que ce garçon que j'ai nourri deviendrait grand évêque – quand je l'ai su, j'étais bien heureuse, je ne voulais pas y croire, si madame la comtesse avait pu l'apprendre… »

Elle s'arrêta brusquement. Monsieur de Fénelon regardait en silence cette vieille femme dont le souvenir lui revenait peu à peu, ainsi qu'une image retrouvée dans un livre.

« Madame la comtesse… Monsieur, que je l'ai aimée, et comme elle vous aimait aussi… Quand madame s'en est allée… »

Elle demeura interdite.

« Monsieur, vous êtes le seul capable de comprendre cela, parce qu'elle était votre mère, et que vous avez le cœur bon. Il n'y a qu'auprès de vous que je puisse épancher la peine que j'ai de sa disparition, je ne m'en suis jamais vraiment consolée ; monsieur de Salignac, celui qui habite ici, ne veut pas en entendre parler – il est très dur, je ne sais pas pourquoi… J'aime parler d'elle, voyez-vous, monsieur. Peut-être ne savez-vous pas tout, non plus, et aurez-vous de la joie à l'apprendre… C'est elle, c'est votre mère qui m'avait choisie, à Sainte-Mondane, près du château, un jour qu'elle se promenait et qu'elle s'était arrêtée dans notre maison où on vivait avec mon mari, qui était fermier de monsieur le comte. Mon mari m'avait recommandée, et nous étions tombés d'accord. Un soir, elle m'appela à servir un monsieur, un prêtre, qui était là en visite. “Voici monsieur Vincent Depaul, Catherine”, dit-elle en souriant. Monsieur Depaul était bien gentil, lui aussi. Après avoir laissé madame, il demeura un peu avec moi. “Vous êtes une bonne fille, me dit-il, et vous avez la confiance de madame de Fénelon. Je vais vous découvrir quelque chose, que je pense que vous pourrez comprendre. Monsieur le comte n’a pas l’étoffe d’un rêveur… Je crois que l’enfant qui naîtra bientôt sera la gloire de son nom, tenez ceci dans votre cœur, bien caché, et occupez-vous du petit qui viendra. Il aura besoin de votre amour.” Oui, il m’a dit ça. Mon mari, le seul à qui j’en aie parlé, m’a traitée d’idiote… Monsieur Depaul ne l’a pas dit à la légère, j’espère que vous m’entendez bien, de la bonne oreille. C’était un prêtre sérieux, que monsieur aurait certainement estimé, il n’y a pas à en douter…

– Je n’en doute pas, murmura monsieur de Fénelon.

– Je sais qu’elle est là, monsieur, je prie chaque jour pour elle, un cousin met souvent quelque chose dans sa chapelle de Roc Amadour, pour lui montrer que je ne l’oublie pas.

– Je pense chaque jour à elle, reprit l’archevêque. J’ai bien pleuré de l’avoir laissée si tôt, quand je partis pour Sarlat chez mon oncle. J’étais très jeune, on le voulait ainsi, tout s’est accompli comme il se devait. Le seul regret est de l’avoir si peu revue depuis ; lors de la remise du prieuré de Carennac, elle était là, j’étais juste arrivé de Paris, quel saisissement à son aspect, elle m’a embrassé avec tant de larmes…

– Elle parlait tellement de vous, monsieur. On vous suivait sans cesse en pensée, quand elle me disait : “Catherine, que pensez-vous que mon fils fait à cette heure, croyez-vous qu’on le traite comme il faut, que le roi saura reconnaître sa valeur ?”, je laissais tomber mon occupation, car elle me voulait alors à ses côtés, et cela durait un moment. Ou alors elle souhaitait vous écrire, demeurait des heures à sa table et m'appelait ensuite pour me demander si les mots vous plairaient, si le style semblait bon, si cela donnait la vraie mesure de sa tendresse pour vous, si vous en seriez content – comment aurais-je pu, moi qui ne sais même pas lire, lui répondre comme il faut ? Monsieur le comte vous aimait bien, aussi. Quand il voyait madame silencieuse, il riait, vous accusait par jeu de l'éclipser dans ses pensées. Souvent, il parlait de vous avec beaucoup d'éloges, il disait à ses amis "mon fils, qui est auprès du roi…" Vous souriez ? Si, si, je vous assure que cela aussi est vrai. S'il était encore là, il vous le dirait lui-même comme je vous le dis.

« Elle est partie un matin, reprit-elle. Elle se disait fatiguée depuis quelque temps, ne sortait plus beaucoup, cela, vous le saviez. Madame ne voulait pas vous inquiéter, elle répétait toujours, quand je suggérais de vous faire venir : "Laissons donc François en paix, il a mieux à faire où il se trouve, je ne suis pas si malade, ne lui causons pas ces soucis." Les heures passaient sans qu'elle se sentît soulagée et puis, un jour, monsieur le comte passait à son chevet, je l'entendis dire à voix basse : "Pons, je crains de vous laisser seul pour la seconde fois de votre vie, comme je m'en veux…" Il mc semble que le visage de votre père s'est durci. J'ai eu peur de faiblir moi-même, je me suis enfuie hors de la chambre. Et puis…

« Oh, monsieur, murmura-t-elle en essuyant des larmes, que monsieur me pardonne, mais vous êtes un petit bout de moi-même, et je vous retrouve, et de vous voir si changé, si beau, je ne suis pas digne, je ne suis pas digne… »

Elle releva sur lui ses yeux brillants de pleurs.

« Et vous a-t-on bien traité, au moins, chez le roi ? demanda-t-elle. Ne vous ont-ils vraiment rien fait de mal, vous me le promettez ? Ne m'a-t-on pas dit que le roi vous…

– Le roi m'écarte de la Cour, compléta doucement monsieur de Fénelon, et je ne sais encore ce qu'il voudra de moi. C'est ici que je suis venu attendre son ordre ; Catherine, cela ne mérite vos larmes… Notre-Seigneur est seul juge véritable, Il voit dans mon âme mieux que les rois de la terre, je ne crains rien des hommes, je suis leurs ordres s'il le faut. Ce qui se passe au-delà ne dépend plus ni d'eux, ni de moi. »

Fénelon éprouva cette peine à s'exprimer, malgré la tendresse de son caractère. Il avait si longtemps emmuré le souvenir de sa mère, par la crainte confuse d'y engloutir ses forces les plus essentielles, par effroi d'une nostalgie qui l'eût déporté de l'existence… Constatant l'ampleur de ce mal, il avait préféré en éloigner ses pensées pour élever la défunte chaque jour dans la prière, le cœur serré de l'avoir perdue. Monsieur de Fénelon découvrait à présent cette existence qui s'était écoulée à mille lieues de sa propre destinée, parmi les bois du Périgord. Pour la première fois, elle devenait Louise de la Cropte, au-delà de cette robe accueillante à ses demandes, toujours prévenante, de ces doigts blancs passant dans ses cheveux et ce long buste où enfouir des larmes, qu'il avait tant aimés. Il revoyait madame de Fénelon et sa vie silencieuse, fragile, embarrassée d'une timidité qu'elle n'avait jamais surmontée ; il se figurait encore aussi la tendresse paternelle épanchée à mi-mot devant les enfants, et qu'il épiait avec inquiétude avant de retourner, rassuré quand Pons de Fénelon s'éloignait, se serrer entre ses bras…

Pour la première fois, elle reparaissait, elle dont l'amour, si vaste qu'elle s'en devait ouvrir à sa servante, avait continué de le suivre pas à pas, résignée à la séparation comme elle s'était pliée à son propre sort. La barque antique emportant les morts vers l'Hadès, dont l'image l'avait un jour arrêté chez la duchesse de Béthune, fille de Fouquet, traduisait à son esprit l'impression douloureuse de ce souvenir ; peut-être madame de Fénelon avait-elle erré sur la rive du Styx comme ces défunts sans tombeau, attendant l'obole de son fils. Ce fils la voyait, pour la première fois, dans ses habits d'au-delà, la saluait de la tête (car il savait pour connaître la mythologie que les vivants ne parlent à leurs morts), demeurait immobile face à elle en cet endroit brûlant et humide, tapi dans le ventre de la terre, où régnait le silence. Le nocher paraissait soudain et se mettait à agiter deux rames ruisselantes d'eau. Alors madame de Fénelon baissait les yeux et, suivant le geste du passeur, posait un pied dans sa barque ; elle était sans souliers. L'esquif, enfin, se dressait lentement pour s'effacer peu à peu, jusqu'à fondre aux roches noires de l'Hadès, le laissant seul sur la rive…

Par la conscience de cet éloignement, la servante Catherine amenait en lui la pleine mesure du temps passé, dont les horizons s'entrouvraient pour étendre jusqu'à lui des lumières qu'il n'avait pas connues, où la mort se mêlait à la vie… Monsieur de Fénelon éprouva aussi combien l'existence avait obéré une part de cette sensibilité vive et franche développée par son enfance paysanne, et comme les circonstances avaient voulu noyer sous les artifices cette simplicité d'âme, cette rigueur naturelle issue de sa jeunesse ; peut-être était-ce d'ailleurs à son éducation et, à Pons de Fénelon lui-même, qu'il devait une part de la droiture, de l'honnêteté presque obstinée qui l'avait gardé de fléchir à la Cour et suscitait souvent, en société, une affection particulière à son égard.

Quoiqu'il fût harassé par la fatigue, ils demeurèrent encore ensemble, à parler; ce n'est que tard dans la nuit, à quelques heures du matin, qu'ils trouvèrent la force de se quitter.

4

Salignac le neveu n'était point encore levé que monsieur de Fénelon était descendu voir l'aurore sur la terrasse du château, après avoir peu dormi. Le matin était frais. Cet air lui faisait du bien ; il sentait le besoin de réapprendre le langage de son pays, de se familiariser avec la respiration de ces campagnes. Ce furent les premières images qu'il eut de la vallée. Au point du jour, elle prenait des teintes bleutées ; la forêt, à l'est, était encore très sombre et ne commençait à se distinguer qu'aux lueurs des champs, éclairés du cœur de la terre tel un globe de porcelaine ; entre les aplats des bois, les prairies découvraient quelques bancs clairs de sables argileux. Plus loin, et l'endroit ne s'en pouvait définir (le petit matin étouffe les perceptions comme à travers un voile), le grouillement d'un ruisseau faisait mesurer, au retard de l'écho, des distances invisibles ; le vent s'était levé pour porter mille senteurs – buis, genévriers, parfums de fruits et de luzerne, de blé sec, de terre retournée, durcie par les longues heures de soleil –, avant de s'effacer vers les lointains dont la crête commençait à se teinter de blanc.

Le jour parut des collines, progressant peu à peu par touches lumineuses, et éclaira la nature. Les métamorphoses des éléments frappèrent monsieur de Fénelon: ce qui demeurait encore caché voilà un instant se portait maintenant à ses yeux, lui permettant d'en mesurer le détail, la densité, la couleur. Avec la révélation de ces richesses arrachées aux indistinctions de la nuit, la lumière le rendait aussi plus sensible à ce qui l'entourait, aux plans formant la vallée, au tracé des arbres, des prés, des toits, à l'alliance de la nature à la pierre, mais aussi aux obstacles qui se dévoilaient, aux imperfections unifiées jusqu'alors. Que se passait-il d'autre en une âme sur laquelle se levait le soleil intérieur qui l'animait lui-même, comme tout homme de la Terre – cette révolution de chaque jour, cet embrasement absolu du monde n'illustraient-ils pas exactement le mouvement essentiel survenu dans l'intimité de sa propre poitrine?

D'abord une lueur faible était parue en lui, insoupçonnée jusque-là bien qu'il espérât se donner toujours plus entièrement à Dieu; puis, après avoir reçu et respecté son consentement, selon une expansion intérieure subjuguant les sens pour gagner le fond de l'âme, cette flamme s'était substituée aux luminaires anciens de sa croyance avec une vigueur supérieure à tout ce qu'il avait connu en sa vie d'oraison. Alors, un paysage nouveau s'était lentement tracé en lui et hors de lui, arraché aux ténèbres par l'exactitude lumineuse qui venait révéler l'univers dans ses beautés et ses abandons, ses plaines et ses abîmes: la création s'était peinte en une multitude qu'exaltait ce surcroît de conscience, dont l'exigence surgissait à ses yeux et lui donnait la pleine notion de l'Amour qui l'habitait.

Après tant d'années d'une fidélité aussi absolue que fréquemment désolée par une sécheresse qui l'inquiétait, cette grâce, glissée dans l'interstice de faiblesse qu'entrouvrait sa prière, s'était levée en lui comme la lumière envoyée pour séparer les ténèbres du jour. Ce Seigneur qu'il avait si longtemps guetté en toute chose, cherché par l'analyse, le raisonnement, la méditation, la lecture, s'était toujours dérobé à ses prétentions pour Se révéler en fait, et avant tout autre endroit, présent au fond de lui : les visages choisis par Dieu pour parler aux hommes dans la première Alliance, ces noms sondés sans cesse afin d'approcher le mystère, tous les discours du monde sur la divinité ne disaient eux-mêmes qu'un atome de Sa perfection dont ce rayon, destiné à son humanité particulière, le touchait maintenant en affirmant une part sensible de l'héritage qui, quoique caché aux regards, s'avouait à sa soif… Avant de le rendre à la nuit de son âme, la brûlure d'amour l'avait brièvement ébloui alors qu'il s'observait, émerveillé, pointant spontanément sa poitrine pour s'y figurer le lien renouvelé qui durerait jusqu'à sa fin.

C'était un jeudi soir ; encore frémissant, familiarisé pas à pas avec la lueur éveillée en son cœur, François de Fénelon s'était saisi d'une bougie et, après avoir contemplé cette obscurité d'où s'était tirée la matière infinie dont le développement, jusqu'à l'emplir tout entier, repoussait les confins de son être, il avait gagné la bibliothèque pour y trouver les histoires de Paul, Augustin, Abraham.

Recueilli sur le corps blanc des livres, il lui avait semblé que le souffle qui le traversait s'était depuis quelques instants substitué à sa respiration habituelle, l'amenant à dépasser la gangue de ses propres poumons comme s'il se fût trouvé sur le col d'une montagne à l'air vif et parfumé, ou membre d'une communion aux contours invisibles. Les trois hommes s'étaient relevés devant lui, tirant leur chair de récits qu'ils connaissait mais qu'un seul respect extérieur, dû à l'adhésion de foi, habitait jusqu'alors... À mesure qu'il lisait et que s'éveillaient leurs existences, ces vies s'étaient incarnées pour approcher de la sienne, gagnant les profondeurs de son âme selon ce mouvement qui patiemment associe les consciences derrière le voile des textes et tisse les fibres humaines de l'Alliance, par-delà le temps et les lieux, en une constellation glorifiante ; pénétrant peu à peu les voies intimes de ces destins, s'accoutumant aux lumières dont la grâce les teintait, il avait éprouvé le sens de cette convergence des mots, des phrases et des images émergeant de chaque histoire à la manière du continent d'où se retire la mer, pour tendre depuis le firmament des Écritures vers une même vérité... Il songea à Augustin errant par ces allées d'Ostie, attentif au froissement du large, aux cris d'oiseaux marins, au soulèvement des vagues sur le sable et qu'une soudaine évidence avait saisi sous les traits du Christ ; à Abraham jetant sa face contre terre pour pleurer à l'appel du Seigneur ; à Paul, aveuglé dans sa folie, rouvrant les yeux par la foi qu'il avait combattue – tous, selon leurs humanités particulières, avaient accepté de reconnaître ce Dieu dont la voix les touchait, et ils exaltaient le même amour, enraciné en eux comme en lui désormais.

Seul l'apaisement des matins et des jours lui avait représenté combien cet ébranlement bienheureux le plaçait, homme parmi les hommes, sur la voie de la conversion perpétuelle et modifiait profondément son regard : l'amour porté en son cœur appelait à la patience, à l'obéissance, à l'abandon, la maîtrise de soi, la douceur et la liberté, il tirait la conscience de tout assoupissement, accroissait la vigilance, faisait du vivre un devoir et donnait à mesurer le détail de l'existence, la complexité des intentions, le bien et les ressources du mal, la perfection, l'imperfection humaine, la densité des objets physiques comme spirituels, la richesse de toute créature et la tendresse revenant à chacune.

Cet appel avait encore accru ses exigences morales, le rendant meilleur mais aussi plus scrupuleux et insatisfait de lui-même. Il avait soudain voulu cesser de raisonner, effaçant son ancienne sagesse devant celle qu'il nommait *vraie* par le dépouillement opéré au contact de cette grâce ; et, loin d'y voir une blessure d'orgueil, le prêtre se réjouissait de se trouver pareil à un enfant, plus fort et plus libre que tous les docteurs qu'il avait écoutés – car qu'était la liberté sinon la capacité d'accueil de la vie, du consentement et du don, l'amour désintéressé et la compassion gratuite, l'aptitude à choisir selon les principes d'une fidélité morale étrangère aux dépendances de ce monde ? Dans le secret de son cœur, la sainteté s'était de même ramenée à l'exercice de vertus simples, à une tentative de mise en conformité permanente de la croyance et de l'existence, comme il avait tâché de l'expliquer au jeune duc de Bourgogne qui ne comprenait comment *les plus grands saints,* selon la formule courante de François de Sales, pouvaient être aussi *les plus grands pécheurs*.

« Plus votre conscience s'ancre en Notre-Seigneur, avait répondu Fénelon à son élève, plus votre âme se rend sensible à ses propres actions et au mal qu'elle peut commettre, comme voir commettre au-dehors d'elle. La sainteté n'est pas un repos qui vous serait donné, un état acquis par fait définitif, mais une exigence supérieure de conversion toujours plus permanente et fondamentale, qui nous doit tenir, moi autant que vous, en éternelle attention. Comprenez-vous ce que je vous explique là, monseigneur ? »

Le soleil était à présent tout à fait levé et faisait luire les feuilles dans les hauteurs. Regardant autour de lui, monsieur de Fénelon vit un grand espace dentelé où de larges franges de verdure s'opposaient à des étendues de terres sèches. Personne ne l'observait ; il était à nouveau débarrassé du regard d'autrui et cette absence, qui le ramenait à un passé très lointain, laissait en son cœur une forme d'amer apaisement.

Alors il sortit du domaine et traversa le village. Avec la lumière, les paysans étaient retournés aux champs ; ils s'arrêtaient l'un après l'autre pour se décoiffer devant lui pendant que les bêtes, amollies par la nuit, avançaient d'un pas lent. Le chemin lui rappela soudain cette allée qui l'avait un jour conduit au roi. L'odeur des parquets cirés revint avec les relens poussiéreux, les lustres agités sur les têtes, chargés de bougies semblaient monter dans l'azur, les boiseries de chêne épandaient encore cette senteur ambrée qui persistait jusqu'en ses habits ; il se souvint de l'anxiété qui l'avait pris tout entier en pénétrant dans la cour de marbre pour se rendre chez le roi – bien sûr, il l'avait déjà souvent traversée, non sans se plaire à imaginer, derrière les murs et les fenêtres bleuies par le ciel, celui que chaque chose semblait secrètement évoquer, dont la présence omniprésente, délicate, toute-puissante, paraissait émaner du moindre objet – cet après-midi pourtant, il ne s'agissait plus de cela, il allait découvrir le maître de ces lieux et une telle idée creusait en lui l'intuition merveilleuse, dérangeante, que la discrétion de son passé tomberait bientôt à l'instant de cette rencontre… Il se rappela aussi cet air de musique flottant autour de lui, ces cris et ces rires montant du château, cette foule qui l'avait bousculé à l'entrée avant qu'un prélude de viole, au-delà de la galerie, ne lui rendît la force d'avancer – mille visages s'étaient brusquement tournés vers lui – quel est cet inconnu, qui est-il, que nous veut-il ? Il en avait à peine dormi la nuit précédente et conservait, depuis, le souvenir d'une agitation incroyable, que ses proches avaient sans peine devinée ; la voix du marquis de Fénelon lui revenait encore :

« Demeurez comme vous voilà, demeurez de la sorte, sans vous poser tant de questions. Vous êtes charmant ainsi. On ne vous sera que plus redevable de ce naturel qui les distraira de leurs misères…

– Oui, oui, disait la marquise sa tante. Point de façons, ne réfléchissez pas tant, la tête vous perdra. Allons, mon neveu, vous voulez voir le roi, je ne connais pas d'autre moyen que d'honorer l'audience que votre oncle et monsieur Tronson, du séminaire, ont su obtenir pour vous. Ce Bossuet et une madame de Maintenon dont on fait beaucoup de bruit seraient, à ce que l'on m'a rapporté, bien curieux de vous connaître. Vous voilà plus petit qu'un enfant, raisonnez-vous. Combien souhaiteraient cette position ? Savez-vous que j'en sais, et de notre rang encore, qui envieraient pareille circonstance ?

– On ne rencontre pas le roi en se promenant dans le parc de Versailles, laissez cela à d'autres, ajoutait le marquis. Dans notre maison, et depuis bien longtemps, nous parlons au roi. Votre père, mon frère, se fâcherait de vos réserves. »

Alors, après avoir entendu son nom retentir de l'autre côté de cette porte entrouverte ornée d'un Phoebus empanaché de rayons, il était paru face au trône d'où s'élevait une draperie étincelant de bleu et d'or, terminée en guise de dais par quatre plumets blancs. Une dizaine de gentilshommes en habits brodés et six prélats vêtus de pourpre encadraient le roi qui, coiffé d'un chapeau d'où retombait par degrés une brassée de rubans couleur de feu, demeurait immobile face au petit groupe introduit au fond de la salle et ne quittait sa réserve que pour accueillir les hommages, avec une sorte de hauteur amicale à l'égard des hôtes de bonne naissance, et davantage de froideur pour ceux dont le nom lui restait méconnu malgré les efforts du gentilhomme *nomenclator* qui s'agitait en tous sens. Enfin admis à paraître, monsieur de Fénelon put admirer aussi l'étonnant costume alterné de dentelle et la perruque qui, sertissant le visage du roi telle quelque pierre de valeur, découvrait des traits fiers, solennels et indifférents ; certains prélats s'étaient mis à parler en regardant l'abbé. Le chambellan passa bientôt devant la file des invités et après avoir brièvement consulté sa liste, s'arrêta devant le marquis pour lui signifier de le suivre. Antoine de Fénelon et monsieur Tronson avancèrent. Puis, s'écartant légèrement, ils laissèrent l'abbé s'incliner devant le roi.

« Que monsieur de Salignac de la Mothe-Fénelon se relève, dit le monarque dont l'air altier s'éclaira d'un sourire. Voici donc, à ce que l'on nous a rapporté, un membre prometteur de notre sainte Église ? »

Messeigneurs Bossuet, de Bouillon, de Noailles, Harlay de Champvallon, Fléchier et Massillon demeuraient attentifs. Derrière eux, trois dames le suivaient du regard.

« Madame de Maintenon est là, en noir, derrière Noailles, et Monsieur, frère du roi, en habit vert, à côté du cardinal de Bouillon, avait murmuré le marquis de Fénelon, accompagnant son neveu dans le salon d'audience. Faites bonne figure, François, bonne figure. »

« Je suis le très humble serviteur de Sa Majesté, dit l'abbé de Fénelon après s'être redressé, regardant le souverain dans les yeux.

– Est-ce bien vrai ? » plaisanta le roi.

Les prêtres s'étaient tus.

« Car nous ne voyons, monsieur de la Mothe-Fénelon, reprit le souverain, que désobéissance parmi notre jeunesse. Aussi la vertu nous y est-elle toujours d'aspect réjouissant...

– Que Sa Majesté me permette d'oser songer que là où vit la foi en plénitude, tout homme suit fidèlement son devoir, trancha l'abbé avec un aplomb mêlé de douceur qui fit murmurer le salon.

– Hé, voilà qui est d'intérêt, releva le roi en se tournant vers ses évêques. Quel est celui de ces messieurs (et il désigna d'un geste leur assemblée) qui nous oserait soutenir pareille chose ? Allons, nous sommes satisfait, que monsieur le marquis de Fénelon, monsieur l'abbé de la Mothe-Fénelon et monsieur Tronson se retirent, avec notre approbation. »

La porte s'était refermée sur eux – hélas, qu'était-il donc allé chercher à la Cour, alors que son cœur désirait si ardemment la plus humble piété ? Que faisaient là ces personnes qui semblaient déjà l'admirer ou le craindre, pourquoi le fixaient-elles ainsi, qui étaient ces femmes dont les regards le gênaient ? Le marquis rayonnait, Louis Tronson lui-même ne cessait ses compliments, mais l'abbé, perdu, tremblant, se sentait partagé entre l'envie de fuir et un charme redoutable qui le gagnait en silence... Car quoiqu'il ne parvînt encore à percer la nature du spectacle dont il avait été l'objet, François de Fénelon restait marqué par toute la personne du roi, étonné de cette bienveillance dont son oncle l'avait félicité en invoquant leur maison qui rendait grâce avec lui ; il revoyait aussi l'évêque de Meaux que sa solennité avait distingué entre tous, l'air de madame de Maintenon aussi blanche que le marbre, l'austérité de Colbert, le recueillement de Bouillon, la distraction de Monsieur dont chaque geste affichait le plus profond ennui, l'affabilité trouvée en Esprit Fléchier qui seul était parvenu, avec Massillon, à le soutenir ; ne sachant que dire et que penser de ces personnes dont le jugement, tel un implacable couperet, devait déjà s'abattre sur son sort, monsieur de Fénelon s'en était vivement allé vers les jardins, accompagné du marquis et de monsieur Tronson.

« Monsieur l'abbé !... Quelle audace, le bruit s'en est répandu aussi vite que le vent dans les campagnes, le roi a souri ! – Monsieur l'abbé, vous voilà donc, nous vous cherchions, le roi est fort content, on le dit très séduit de votre jeune talent... – Monsieur de la Mothe-Fénelon se rappellerait-il ce monsieur de Thenon, par lequel nous sommes, si mon souvenir est exact, cousins à quelques degrés de parenté près ? – Monsieur, est-ce donc vous dont on parle tant et dont j'entends des louanges telles que j'en voulais éprouver mes propres yeux ? Monsieur, croyez bien que je suis très honorée de vous pouvoir connaître, même si vous ne savez encore mon nom... Me feriez-vous l'honneur de nous revoir en quelque lieu moins venté que ces allées ? – Monsieur de Fénelon est trop bon. Je me refigure parfaitement monsieur votre père, on rapporte que c'est un homme d'une grande droiture et d'un courage tout particulier, mes cousins de Beaumont ne sont pas sans l'apprécier, monsieur l'abbé, on dit même qu'une demoiselle de vos sœurs… nous serions alors parents, monsieur de Fénelon. – Monsieur l'abbé a donc parlé au roi, et de quoi a-t-il l'air ? Savez-vous comment faire pour lui parler, j'ai là un fils qui… – Monsieur le marquis, comme je partage la gloire que traverse votre maison, votre neveu fait grand bruit, on dit que… – Monsieur l'abbé croit peut-être qu'une bataille se gagne par un seul trait d'épée, monsieur l'abbé ne connaît pas la guerre. La vie, ici, n'est pas ce à quoi elle ressemble, monsieur de la Mothe-Fénelon, et votre esprit qu'on assure si élevé saura en prendre la mesure. Nous aurons l'occasion dans quelque temps de traiter ensemble de ces belles matières… – François, m'entendez-vous, François ? Souvenez-vous de l'état qui est le vôtre et… »

Les souvenirs s'effaçaient peu à peu. Ils rétrécissaient progressivement, jusqu'à devenir plus petits qu'une vignette, à prendre le pli d'une fumée ; monsieur de Fénelon était seul. L'air s'étendait autour de lui, perdant sa fraîcheur à mesure que paraissait le soleil. Un vent passait chargé de parfums de bois et de feuilles qui, aiguillonnant les sens liés à son esprit, l'ouvrait au monde dans une disposition d'extrême conscience ; discrètement, il regardait les fermes, les paysans au travail, les ombres que formaient les jupes des femmes dans les champs, la terre ébranlée sous le pas alangui des bœufs suintant de lumière. Il aimait les murs aux pierres rousses et grises, la mousse glissée dans l'interstice inégal des blocs, les bories arrondies parmi les herbes, les lauzes dont les reflets profonds comme un ciel d'orage pâlissaient jusqu'à imiter ce vert bleuté qui couronne les vagues de la mer. Dans les cours, étendus sur les pavés saupoudrés de poussière, fourches, faux, serpes, socs dressaient leurs corps décharnés ; des paysannes sortaient de temps en temps des maisons pour vider un baquet noir de savon dont l'eau découlait le long des murs, pendant que des enfants s'agrippaient à un pan de jupe ou de tablier pour les retenir – mais elles, graves, pressées d'une hâte inexplicable, disparaissant aussi vite qu'elles étaient apparues, les repoussaient d'un geste sans douceur…

Par les fermiers paternels, Fénelon avait connu cette misère dans sa jeunesse, avant que la parenthèse glorieuse dont il goûtait les derniers instants ne l'en éloignât. La force qu'il retrouvait dans ces visages, le sens viscéral du devoir qu'il prêtait à ces destins dépouillés lui étaient souvent revenus à la Cour, alors qu'il y découvrait les méfaits de la misère intérieure. Versailles, loin d'être épargnée, connaissait en effet la pauvreté des cœurs et ces maux dont les plus riches sont affligés – le cercle stérile des passions, la paresse sans visée, la ruine morale de celui à qui tout cède, la vanité, les incessants défis, détresse terrible et aussi peu enviable que Fléchier avait un jour osé dénoncer en chaire, accusant la noblesse qui l'écoutait de se faire “sous des lambris d'or et d'azur, entre leur orgueil et leur mollesse, comme un printemps perpétuel dans les saisons les plus rigoureuses…”. Bien loin de là, le dénuement du Périgord s'avérait, lui, d'une intransigeance certainement supérieure par ses duretés quotidiennes. Qu'avaient donc fait ces hommes, ces femmes et ces enfants pour souffrir un sort si difficile quand d'autres passaient une existence dans la plus extravagante opulence ? Ils étaient, très simplement, nés là où il les voyait, et l'ordre du monde voulait qu'ils y demeurassent, et il était indifférent à Dieu qu'une créature fît le bien en une ferme ou sous les fresques d'un salon, pourvu qu'elle agît en conscience, qu'elle vécût en amour et en vérité, à sa manière, selon les moyens reçus par sa personne et son état – et plus l'homme recevait, plus il devait rendre, aussi, comme il lui arrivait de le suggérer à ses dirigés de haute naissance qui peinaient souvent à entendre ces paroles… De la naissance découlait le rang et du rang, les modalités de l'existence ; celles-ci ne touchaient cependant à l'individu, à l'enfant de Dieu, elles induisaient des devoirs, dont la portée était morale alors que les titres, eux, demeuraient terrestres et tombaient avec la mort…

Alors qu'il avançait sur un sentier un peu à l'écart du village, il vit paraître à contre-jour une jeune femme serrant son enfant contre elle. La robe de drap lui battait silencieusement le corps, mêlée aux langes du nouveau-né dont les plis retombaient sur ses bras nus. L'aîné, qui courait à leurs côtés, s'arrêta brusquement. La mère demeura interdite. Elle allait s'agenouiller quand l'archevêque l'arrêta.

« Redressez-vous, redressez-vous, dit-il simplement.

– Monseigneur, monseigneur, que Monseigneur ne croie pas que… Mon petit est malade et…

– Pourquoi cette crainte, quelle en est donc la cause ? demanda monsieur de Fénelon avec étonnement, frappé de tant d'effroi.

– Vous êtes un monsieur du château ? hasarda-t-elle dans un mauvais français.

– Monsieur de Salignac est en effet mon neveu. »

La femme pâlit.

« Soyez en paix, continua monsieur de Fénelon, ne craignez rien. Qu'a donc cet enfant ? »

Elle se pencha et découvrit son visage.

« Voyez, monseigneur, comme il est pâle, avec ces taches rouges sur les joues, dit-elle. L'autre est déjà parti comme ça, l'an passé, alors je voulais essayer de le faire sauver… »

Monsieur de Fénelon la regardait, surpris de la densité que prenait soudain la vie en cette femme. Une étrange douceur émanait d'elle, flottant au coin des yeux, sur la raie des lèvres, le long de ses pommettes rosées de vent et de soleil, et que voilait un duvet brun dépassant de la coiffe ; quand ses paupières se baissèrent vers l'enfant, l'archevêque s'avoua la grâce singulière qu'il trouvait en elle.

« Si vous pensez, dit-il, que nous vous pouvons être de quelque secours, je m'engage à ce soutien. »

La paysanne releva un regard effrayé.

« Mon mari ne voudra pas, se récria-t-elle, mon mari, il ne veut rien, comme il dit toujours, des messieurs du château, et moi, je lui obéis, je suis sa femme. Et pourquoi monseigneur veut nous aider ? On ne s'occupe pas de nous, on ne s'occupe jamais de nous, d'ailleurs, mon mari n'en a pas besoin. Monsieur le comte passe des fois, s'il me voit avec mon petit, ici…

– Monsieur de Salignac est donc bien redoutable ? » demanda l'archevêque.

La paysanne garda le silence.

« Vous n'avez là-dessus pas d'inquiétude à nourrir, reprit-il après un moment. Je suis son oncle et, si par mégarde il m'en revenait quelque chose, je saurais y mettre bon ordre. »

Elle se taisait toujours. L'aîné s'était rapproché du prêtre et le regardait avec curiosité.

« Votre petit garçon est en tout cas charmant, dit monsieur de Fénelon. Il a l'œil très vif, et semble en excellente santé.

– Oui, celui-là n'a jamais eu de maladie, répondit-elle. Que Dieu le garde, monseigneur, que Dieu le garde… »

L'archevêque se pencha vers l'enfant et lui parla doucement. Le jeune garçon, qui semblait ne pas comprendre ces paroles, l'observait de ses immenses yeux noirs. La mère demeurait silencieuse.

« La contrainte ne vaut rien, sourit le prêtre en se relevant, il ne faut pas contrarier les enfants dans leur timidité. Il s'en départira le temps venu. Il m'est arrivé d'en éduquer quelques-uns par le passé, et cela est une leçon que j'en ai pu retirer…

– Ces petits avaient donc perdu leurs parents ? » demanda la paysanne.

Monsieur de Fénelon hésita.

« En vérité, non, répondit-il, et leurs familles les aimaient même très tendrement, mais il s'agit là d'une sorte d'usage, pour certains. »

La jeune femme le fixait avec un étonnement presque naïf.

« Je ne comprends pas, moi, je les élève, reprit-elle. Je n'ai jamais pensé faire autrement, et je ne vois pas comment, de toute façon. Ce sont mes enfants malgré tout. »

Sombre dans sa robe de toile, elle semblait à peine tirée de l'enfance et cependant si consciente des poids de l'existence que toute sa personne en portait les traces prématurées. Sans doute n'était-elle pas plus âgée que Louise-Marie, la troisième fille de son ami le duc de Beauvilliers, à laquelle il enseignait parfois un peu de grec et qui révélait un don certain pour le clavecin – avant son départ, elle avait encore tenu à lui jouer un air de monsieur Couperin, assise à contre-jour, précise et appliquée dans une longue robe rose qui soulignait la fraîcheur de ses joues. La paysanne demeura immobile, puis, après avoir échappé un sourire, rougissante, baissa les yeux.

« Allons, dit enfin monsieur de Fénelon, voilà que j'ai pris de votre temps, chaque instant est précieux. Si vous deviez vous raviser, vous pouvez venir nous trouver au château.

– J'espère que monseigneur ne se moque pas de moi, murmura-t-elle. Ce serait mal de se jouer d'une femme.

– Je le sais, dit-il gravement. Vous semble-t-il que je me moque ? »

Elle ne répondit rien.

« Restez donc en paix, dit-il en baissant la voix. Je sais que la vie n'est ici pas si simple qu'on le pourrait croire.

– Oh non, monsieur, répéta-t-elle, elle n'est pas si simple. »

Elle sursauta à ses propres paroles, comme si elles lui fussent échappées par mégarde ou par une confiance irréfléchie. Leurs regards se croisèrent ; ils demeurèrent interdits. La jeune femme s'inclina, le visage au sol.

« Que Dieu vous garde, dit-il en la bénissant, vous-même, votre famille et vos enfants. »

Après avoir observé une dernière fois l'archevêque, elle remercia et s'éloigna avec son fils au bas du chemin. Monsieur de Fénelon demeura longuement songeur puis, gagné par d'autres pensées, il suivit le sentier jusqu'au col de la vallée.

5

Une idée l'arrêtait depuis quelques instants. Peut-être la jeune paysanne, qui lui rappelait mademoiselle de Beauvilliers, ou bien ces lentes adaptations dont l'effort opérait une sorte de clarification intérieure l'amenaient-elles soudain à songer aux êtres dont il était éloigné ; l'absence lui laissait une impression instable. Après de si longues années passées ensemble, la brusque séparation d'avec Beauvilliers, son vieil ami l'abbé de Langeron, ses neveux les abbés de Chantérac et de Beaumont, mais peut-être surtout d'avec le duc de Bourgogne, creusaient sa solitude, en rompant les rapports chers à son cœur. Il ne regrettait rien, pourtant, car qu'eût-il servi de déplorer une circonstance qu'il s'agissait d'accepter ?

Cependant Louis de Bourgogne lui manquait, car sa pensée allait spontanément à son soin, à imaginer sans cesse une leçon nouvelle, une distraction ou une lecture qui le pourrait instruire, dans l'espoir de son bonheur ; ils étaient si longtemps demeurés, jour après jour, associés, déchirés, puis réunis, Fénelon le voyant grandir et changer, le prince apprenant à écouter cet homme qu'il avait rejeté de toutes ses forces avant de l'aimer sincèrement, que leur lien ne se pourrait dissoudre : le prêtre s'était engagé avec une telle tendresse derrière son autorité attentive, avait voué tant de lui-même à cet enfant que l'attachement, il le savait, ne s'en dissiperait jamais vraiment… Très vite, monsieur de Fénelon avait ressenti de la sympathie pour cet être aussi violent que délaissé, dont les qualités ne manqueraient de paraître si l'on adoptait un langage qui fût entendu de son cœur, si l'on frayait en son âme brouillonne un chemin qui soumettrait ce désordre, dotant son esprit vif mais égaré des lumières nécessaires à devenir l'homme libre et le prince qu'il devait être ; les médisances s'étaient élevées, l'on riait encore de l'indifférence dont Bossuet n'avait jamais pu tirer le Grand Dauphin son père et du tempérament inversement indomptable de Bourgogne par lequel Fénelon, croyait-on, ne pourrait qu'échouer…

Il pensait de nouveau à ces proches qu'il aimait. Parce qu'il préférait le silence aux excès du cœur, par crainte que l'affection dont il se savait capable n'usât des circonstances pour s'exprimer sans limite, il s'était soustrait à tout adieu, se retirant très discrètement de Paris pour gagner le Périgord. À quoi bon accroître cette peine qu'il redoutait, aviver chez ses amis une douleur dont la force l'étonnait toujours, là où sa sécheresse le rendait si méprisable à ses propres yeux… Quelle qualité, alors qu'il ne considérait que ses manquements, avait donc suscité la fidélité d'étrangers que son sort risquait maintenant de perdre ?

Il excusait l'engouement suscité à ses débuts par le charme étourdi de la jeunesse, sa haute taille, ses façons délicates, peut-être cet air du monde qui, ornant un esprit gracieux, avait fait de lui l'objet parfait des conversations, la galanterie nouvelle à asseoir à toute table, le centre d'une curiosité doublée de l'agrément que trouvent les femmes dans la fréquentation des prêtres. À présent, il concevait combien la lente conversion de son cœur, cette rude quête de mort à soi-même avait dû, au contraire, le rendre si parfaitement détestable qu'il ne comprenait la bienveillance dont ses amis l'honoraient – l'agrément que trouvaient ses dirigées à l'entretenir, la joie des duchesses et de leurs enfants, ou de ses neveux qui manifestaient une tendresse étonnante ; il voyait encore nettement l'inquiétude de Beauvilliers, les longues conversations où ils s'étaient rappelé leur fidélité mutuelle, l'affliction de madame de Beauvilliers, fille de Colbert, l'indignation de son vieux maître Fleury, l'emportement de madame de Béthune, rappelée au sort de son père Fouquet, et puis la détresse où avaient sombré les vaillants abbés de Chantérac, de Langeron et de Beaumont face au triste constat de leur échec…

Mais au plus profond de lui, par-delà tous ses très chers amis, Jeanne Guyon seule n'avait cessé de paraître. Même s'il n'en disait rien, incapable de livrer l'intimité d'un lien que les mots de ce monde ne pouvaient que trahir, elle était toujours restée enclose en son cœur ainsi qu'un portrait qu'on ne regarde plus tant il est familier, mais dont l'esprit de bonté demeure silencieux et plane sur l'âme, la parcourant à la manière d'un grand oiseau. Monsieur de Fénelon savait qu'il n'était plus besoin, en l'état où leur union s'était portée, du moyen de la présence physique et que les regrets ne s'en devaient mêler : l'affinité de leurs âmes avait atteint une expression plus parfaite, au terme d'un certain combat sur lui-même où luttant pour tolérer les singularités de cette femme, il s'était rangé, hors de toute tendresse sensible, à sa profondeur spirituelle.

Si différents fussent-ils l'un de l'autre – lui, sérieux, plaisant, cérébral et tourmenté, brillant orateur, prêtre raffiné, théologien subtil ; elle sincère, malhabile, excessive, spontanée –, cette disposition établie entre eux révélait une surprenante force que nourrissaient de longues années de prière et d'ascèses respectives, relevant chez Jeanne Guyon d'une dévotion sans limites d'où naissaient les pensées les plus simples et les plus hautes, parfois traversées d'extravagances, toutes pétries de saisissantes intuitions intérieures, émanant chez lui des nuances plus raisonnées de son intelligence pour converger vers une étroite union de leurs âmes. Mais qui était-elle, par-delà les qualités qu'il lui reconnaissait, et l'intime vue qu'il avait acquise de sa dévotion ? L'on s'était étonné de les savoir liés, de leur amitié discrète, de ces conversations qu'ils avaient parfois en public ; faute de comprendre ce qui les rapprochait, certains s'étaient scandalisés que ce prêtre rigoureux semblât s'intéresser aux discours d'une femme si singulière. D'autres tenaient pour indigne qu'un homme de ce rang s'adonnât à la fréquentation d'une veuve obscure dont les livres déchaînaient d'étranges passions. Les conjectures ne tarissaient pas. Peu importait à monsieur de Fénelon, qui tâchait lui-même d'oublier leurs différences afin de mieux accueillir ce qu'il comprenait toujours plus comme une grâce : ils ne s'étaient rencontrés que cinq fois et, pourtant, il lui arrivait encore de la voir dans ses habits sombres, attentive, maternelle, prompte par ses actes mais capable d'une épuisante lenteur en ses raisonnements ; il la croyait parfois à ses côtés, parlant toujours de Dieu avec une sorte de délicatesse amoureuse, de familiarité paisible qui donnait à penser qu'Il se tenait là, si proche qu'elle

Le pouvait librement entretenir… Fénelon se surprenait à se figurer Jeanne Guyon, ou plutôt l'impression spirituelle qu'elle lui laissait, avant que l'image ne se ramassât en quelques paroles portées à sa mémoire telle l'harmonie simple d'un poème – une phrase qu'elle lui avait dite, la tournure d'une lettre qu'il s'était répétée – venant accompagner, éclairer sa prière, soutenir sa volonté, apaiser sa persistante rigueur… Alors, de la dispersion du souvenir éclosait cette communion dont la portée ne s'arrêtait à l'espace ; la rêverie abandonnée se muait parfois en méditation, et il demeurait recueilli dans le silence de ses appartements, tout entier absorbé.

« Monsieur de la Mothe-Fénelon, archevêque duc de Cambrai, confirmez-vous connaître personnellement Jeanne Guyon ?

– Oui, monseigneur, je la connais.

– Et en soutenez-vous la doctrine, monseigneur, comme vos récents mémoires semblent encore l'avouer ?

– Je m'en suis déjà expliqué. Sans lui retirer mon appui et mon estime, je l'approuve par endroits, la désapprouve en d'autres. J'ai toujours affirmé n'avoir jamais goûté madame Guyon, ni elle, ni ses écrits. Et cependant, je ne saurais nier l'intérêt où je tiens sa foi et sa personne. »

Monsieur de Fénelon sursauta de ce paradoxe que la distance creusait encore ; il savait en avoir eu conscience dès l'origine, sans comprendre la nature de cet invincible rejet. Car cette femme le rebutait et pourtant qu'était-elle, sinon l'âme dont la simplicité avait pu déchirer les nuages qui, obscurcissant la vue de Dieu en son cœur, l'avaient longtemps désespéré ? Ne l'avait-elle pas mené à se livrer en vérité, elle dont l'alliance attentive avait ôté l'habit du prêtre, du courtisan, relevant le voile par lequel il cachait sa détresse, afin d'en partager sans contrainte les douloureux mouvements – Jeanne Guyon n'était-elle, et elle seule, parvenue à percer ce désert où son esprit inquiet se débattait faute d'une issue qui le réconciliât avec lui-même ; sa douceur attentive ne l'avait-elle pas délivré des doutes, des échecs intimes, des manquements humiliants de sa vie cachée ?

Cette femme l'avait écouté et il s'était remis à elle, poussé par le pressentiment du secours dont elle était capable... Pour la première fois, il n'avait hésité à se confier, à avouer ses difficultés, à demander un éclairage qui touchât son intimité. Fénelon voyait en effet ses défauts s'accuser vers d'insondables imperfections qui corrompaient, pensait-il, la pureté même de sa dévotion. De cela, il ne montrait rien à l'extérieur, chacun le pensait profondément heureux mais les difficultés ne cessaient pas, l'oraison devenait toujours plus délicate, la prière lui coûtait beaucoup, il se surprenait à mille distractions indignes, *sentait* toujours moins la présence de Dieu, pensait Le mal servir, ne pas réussir à L'aimer ; alors, au fil des mois et des lettres où chacun s'ouvrait à l'autre, la veuve avait discerné ce qui lui échappait et s'était employée à le rassurer par des lumières étrangères à sa nature : sa sécheresse était demeurée, mais Jeanne Guyon avait découvert à Fénelon la voie de l'amour seul digne de Lui, ancrant en lui comme au plus profond d'elle-même le cœur à cœur étroit à Sa sainte volonté ; elle l'avait mené à s'abandonner, à lâcher prise, à ne vouloir que par Lui, à s'aimer, aussi, autant qu'il se devait, avec ses défauts et ses qualités, à cesser de se combattre lui-même. Et à mesure qu'il l'avait écoutée, confiant sur le chemin entrouvert après des années de souffrance, convaincu par cette sagesse surprenante de simplicité, son état s'était brusquement éclairé pour distinguer, présent dans l'amère raideur de son âme, ce Seigneur qu'il désespérait jusqu'alors d'éprouver…

Cependant, il ne savait la cause de cette répulsion qu'elle lui inspirait encore. Était-elle dangereuse ? Avait-elle donc menacé l'Église par la « glorification du dialogue intérieur », par le mépris de l'incarnation du Christ et des vertus chrétiennes, en vue d'une indifférence capable de sacrifier jusqu'au désir de salut ? L'avait-elle, lui que rien n'ébranlait, entraîné sur le versant délicat du mysticisme qu'il avait consenti à découvrir, pour son bonheur ou sa perte ? Fénelon ne savait même plus ce qui le dérangeait en Jeanne Guyon tant les disputes et les mémoires s'étaient amoncelés à son sujet, noyant sous mille subtilités cet amour de Dieu qui l'avait frappé avant toute autre considération, et dont la réalité s'imprimait si intimement à son cœur qu'elle s'était peu à peu faite certitude…

À cette heure où le propre destin de l'archevêque, lié au sien par la force des choses, se devait sceller dans les conseils de Versailles, monsieur de Fénelon se demandait ce qu'elle pouvait devenir. Il l'imaginait en ce couvent où Noailles avait libéralement décidé son transfert, seule devant une fenêtre d'où passait un jour blanc comme ses mains, amaigrie par les insomnies à la Bastille, la nourriture malsaine qu'on lui devait servir, toujours étonnée de ce sort contre lequel elle ne disait mot ; sans doute s'occupait-elle à prier ou broder quand elle ne priait pas, ne pouvant écrire faute d'encre et de papier, lire par interdiction du roi…

Le matin, dès l'aube, à l'instant où lui-même, épuisé après cinq mauvaises heures de sommeil, s'agenouillait sur son prie-dieu, il la savait en oraison, palpitant de cette invincible passion que rien ne saurait éteindre. Il voyait le cloître bleuissant, l'église juste éclairée, vers l'orient, d'un premier rai lumineux ; paraissant doucement au bout du portique, elle allait alors avec empressement, s'attardait peut-être un instant à regarder le ciel au-delà des toits puis, après avoir poussé la porte de la chapelle, demeurait un instant à en inspirer les parfums – les dalles comme des galets, la cire lointaine et le vernis, l'humidité levée de la terre vers les voûtes où filaient, par brins instables, les flammes pâlissant de cierges demeurés en veille durant la nuit. Là elle entendait les pas de l'abbesse dans le chœur, le grincement d'une chaise que l'on déplace, le froissement des coules encore assoupies, le souffle de l'encens élevé de l'autel, face au retable où se profilait par contrastes une grande Vierge en pied. Après être tombée à genoux, elle devait rester immobile, retrouvant peu à peu le point de gravité de son âme, ce lieu spirituel, visible et invisible dont la puissance unifiait toute sa personne (derrière elle, une sœur la gardait peut-être des yeux, femme douce ou un peu âpre, comme certaines religieuses qu'il avait connues par le passé), et elle se livrait tout entière au rythme de la psalmodie montant des stalles, se sentant seule, tendue et silencieuse, face à Dieu…

« Toute la résistance dans la souffrance, Toute la résistance ne sert de rien ; Perte sans assurance est mon soutien. Je suis à Lui sans feinte et sans contrainte, Je suis à Lui sans feinte, Il le sait bien. Périsse donc la contrainte ! Point de soutien ! Je suis à Lui sans feinte et sans contrainte… Connaissez-vous, mon frère, ce grand mystère, Connaissez-vous, mon frère, cet heureux sort ? C'est l'amour qui l'opère, donnant la… » Peut-être murmurait-elle encore ces airs qu'elle lui avait écrits un jour de ces mots enfantins et malhabiles, dont l'étonnante hauteur effrayait encore Fénelon – il songeait à elle, en ce pays éloigné de celui où elle trouvait asile aujourd'hui, et voilà qu'il se surprenait soudain à des regrets qu'il n'avait jamais eus. D'où venait soudain ce besoin si faible de la présence physique – et qu'aurait-il encore à lui dire, après des mois d'éloignement, qu'elle ne sût déjà, ou que la pénétration de sa prière ne lui figurât ?

Alors qu'il s'était arrêté à l'orée des forêts de Salignac, il lui sembla l'entendre. Il se retourna, la croyant derrière lui ainsi qu'au soir de leur rencontre, droite dans cette robe qui la dissimulait aux regards et, cependant, ne cachait tout à fait le bouleversement à l'œuvre au plus profond d'elle-même. Elle l'avait attendu, au château de Beynes, pressée d'un immense besoin de lui parler qui se lisait jusqu'au fond des yeux, comme si l'âme eût effleuré son corps…

« Quand je vous ai vu, je savais que Dieu vous donnait à moi pour fils, que nos âmes étaient si proches qu'elles ne pouvaient correspondre que par les liens les plus étroits… » « Un soir, disait-elle, je fus tout occupée de lui avec une extrême force et douceur. Il me sembla que Notre-Seigneur me l'unissait très intimement, et plus que nul autre. Il me fut donné un consentement : je le donnai ; alors il me parut qu'il se fit de lui à moi comme une filiation spirituelle. Il semble que mon âme ait un rapport avec la sienne ; et ces paroles de David pour Jonathan que “son âme était collée à celle de David”, me paraissent être propres à cette union. Notre-Seigneur m'a fait comprendre les grands desseins qu'Il a sur cette personne, et combien elle Lui est chère. Je n'osai le lui témoigner par respect et cependant il fallait quelquefois, pour évaporer ce que j'avais au-dedans à cause de la contrainte, que je m'écriasse : "Ô mon fils, vous êtes mon fils bien-aimé, en qui je me plais uniquement..." »

Le sentant sans doute trop mesuré, elle l'avait alors doucement prié pour qu'il montât avec elle dans sa voiture. Le prêtre était demeuré silencieux, assis à ses côtés, surpris de comprendre ses pensées sans qu'elle eût à les dire. Avec le temps seulement s'étaient éclairés ses desseins et monsieur de Fénelon, tenu toujours à la prudence, s'était peu à peu livré aux voies qu'elle entrouvrait.

Il retourna bientôt au château parce que Salignac et Coly le devaient chercher depuis quelques moments. De très loin, il vit un homme à la porte, qui semblait attendre. L'archevêque pensa qu'il pouvait s'agir de son neveu ; ils s'aperçurent. L'homme avança. Des images du baptême de ce garçon revenaient à monsieur de Fénelon. Il savait avoir souvent tâché d'imaginer son aspect et la qualité de son âme, demandant au ciel qu'il eût bonté du cœur et de l'esprit. Salignac son frère l'avait informé jusqu'à sa mort de ses progrès : à l'arrivée d'une lettre, il arrêtait ses travaux, relisait parfois un passage, heureux de savoir ici bas des enfants dont tout semblait annoncer la noblesse et la droiture ; mais, au fond de lui, s'éveillait une tendresse toute particulière qui, au-delà du simple intérêt pour ses neveux, les lui figurait aussi comme une forme naturelle de son propre prolongement...

Salignac le regardait descendre le chemin. Ils se

saluèrent, puis le jeune homme le fit entrer et alla quelques pas en silence. Les souliers à nœuds de satin s'imprimaient dans la terre avec un claquement sec. De temps en temps, il observait son oncle mais de biais, de façon dérobée, et se détournait ensuite de sorte qu'il paraissait toujours regarder devant lui. Quand ils furent parvenus au bord du rempart, Salignac s'arrêta enfin et prit le temps de le considérer.

« Mon oncle, je suis bien aise de vous voir, dit-il.

– Je m'en réjouis aussi, mon neveu, répondit Fénelon. Nous nous sommes vus à votre naissance, puis j'ai beaucoup entendu parler de vous par feu votre père, avec lequel nous étions tout particulièrement unis. J'ai suivi votre enfance, bien que de loin, avec un grand intérêt, et sais de vous tout ce que l'on peut. »

Le prêtre avait dit ces derniers mots avec amusement, de ce ton d'étonnante légèreté qui lui restait, sans doute, de l'habitude du monde.

« Il est vrai que l'on ne vous a point vu de longtemps, ici, repartit froidement Salignac. Mon père l'a regretté.

– Je le sais, et notre famille n'a pas été sans me manquer aussi, mais je n'ai moi-même décidé de cette vie que j'ai menée.

– Ce n'est qu'aujourd'hui que l'on vous revoit », insista le neveu.

Fénelon le regarda, comme pour comprendre l'âme qui se tenait devant lui.

« Oui, monsieur, dit-il avec gravité après un instant, ce n'est qu'aujourd'hui, et sans doute n'êtes-vous pas le seul à le regretter. Me dois-je donc justifier auprès de vous de ce que Dieu me voulait en d'autre place ? »

Le garçon se tut.

« J'entendais, reprit-il, que le souvenir de vos parents semblait ne revenir que maintenant.

– Monsieur, répondit calmement le prêtre, il me semble précisément avoir donné les marques de ce que je ne les ai jamais oubliés. »

Salignac gardait un air de grande distance. Ses yeux noirs brillaient au milieu de son long visage où l'enfance, à la finesse de la carnation, à la vigueur du teint, le disputait encore à l'âge d'homme.

« Mais parlez-moi de vos affaires, reprit Fénelon en adoucissant la voix. Vous voilà donc seul en ce domaine, vous faites-vous soutenir dans son entretien, avez-vous l'intention de prendre bientôt femme ?

– Pour moi, je ne sais pas, maugréa Salignac. Je suis encore jeune, je… »

Monsieur de Fénelon l'écoutait attentivement.

« Votre père, hélas, vous a laissé bien tôt, dit-il, et la mort vous a de même ôté votre mère. Vous voilà sur votre propre pied alors que vous avez encore tant à apprendre…

– Je suis jeune, reprit sèchement Salignac. Le temps ne me manque pas, pour découvrir l'existence.

– Ce n'est affaire ni de temps, ni d'âge, mon neveu… Chacun, monsieur, a encore tout à apprendre, et ce n'est pas un si grand déshonneur, ce n'est pas la marque que je vous traite en enfant. La croissance spirituelle et humaine se doit-elle jamais arrêter ? »

Son neveu demeurait muet.

« Pardonnez donc à ma franchise, reprit gravement l'archevêque, mais l'idée du mariage me paraît si naturelle que je ne pensais vous gêner en l'évoquant. J'entends bien que vous ne songez encore à cette question, mais, outre qu'il s'agit d'un devoir, il n'est pas bon que l'homme demeure seul. »

Salignac le regarda avec stupéfaction.

« Cela vous paraît singulier, assurément, sourit Fénelon, parce que je suis prêtre moi-même, et que votre oncle Pons François ne vous a peut-être pas tenu ce genre de discours…

– Je vis fort bien ainsi pour le moment, je suis maître chez moi, répondit le neveu. Je ne comprends pas ces idées que vous me faites valoir. Pour mon devoir, je le connais, mais je n'entends pas le reste.

– N'avez-vous point de rang à tenir ? releva Fénelon. Et le pensez-vous pouvoir tenir tout seul ? Songez-vous aussi que Notre-Seigneur n'a pas fait la création une ?

– Vraiment, mon oncle, dit Salignac, j'avoue sans rougir ne pas avoir comme vous étudié et… »

Depuis quelques instants, monsieur de Coly avait paru à l'extrémité de la terrasse et s'en était allé lire, assis face à la vallée. Le neveu, devinant son pas sur l'herbe, tourna vivement la tête, l'aperçut, demeura un peu sans parler, puis dit à voix basse, la bouche pincée d'un sourire :

« Je ne savais, mon oncle, que vous meniez ici l'un de vos amis infortunés… À ce que je comprends, nous aurons donc ce soir au souper notre *lectio* de saint Augustin et quelques traités de Jansen. Sans doute vos parents de province gagneront-ils ainsi en esprit. »

Salignac le fixa :

« Mon oncle, vous êtes ici chez vous. Disposez ainsi qu'il vous plaira. »

Monsieur de Fénelon se tenait silencieux, tristement étonné que lui revînt par ce neveu toute l'insolence d'un monde sans qualités.

« Monsieur, dit-il simplement, je vous remercie de cette hospitalité, et prierai pour vous. »

Salignac rougit et voulut répondre.

« Monsieur, de grâce, s'il vous plaît », murmura son oncle. Le jeune homme se tut et prit congé avant de disparaître dans le château.

Les voyant séparés, Coly approcha de l'archevêque et ils quittèrent le domaine en silence. Le périgourdin devinait la tristesse de Fénelon qui allait, souriant parfois comme pour le rassurer mais demeurait lointain, songeur, traversé d'une sorte de douleur muette. Ils s'assirent tous deux et le prêtre tira de sa poche un petit volume des premiers temps de l'Église.

« Ces hommes-là n'ont-ils pas eu raison en toute chose, demanda l'archevêque à son ami, et ne devrait-on pas les écouter, eux, plus que ceux de ce siècle, où nos faibles lumières nous font dire tant d'approximations ?

– Il est vrai qu'ils n'avaient pas tort, dit monsieur de Coly, et s'exprimaient avec une clarté, une simplicité dont nous ne sommes capables.

– L'Esprit leur a donné de comprendre bien plus et bien mieux qu'on ne l'a fait par la suite, ils ont reçu la grâce de cette intelligence à un rare degré… »

Monsieur de Fénelon tourna ses regards vers Coly et demeura ainsi un instant, comme pour sonder sa capacité à l'entendre.

« Je ne sais si vous me suivrez dans ce que je vais vous dire, car c'est là une matière qui dépasse les mots, murmura-t-il en présentant le livre ouvert, mais je crois notre amitié suffisante… Je vais vous confier une chose que personne, même monsieur Tronson, mon ancien directeur, n'a jamais sue. J'ai lu cette *Vie de Moïse* dans ma jeunesse, et, Coly, ce fut un moment sans pareil, tant il me semblait parler de ce qui m'habitait moi-même. Ce Grégoire de Nysse, mort treize siècles avant nous, a pointé quelque chose de si essentiel en mon âme, et dont je n'avais pourtant la claire conscience…

« J'ai le désir de Dieu, reprit Fénelon après un instant, un désir jadis impérieux, toujours insatisfait, toujours entraîné plus loin, plus haut dans une aspiration presque orgueilleuse tant elle était absolue, et cette soif perpétuelle n'a cessé de se heurter à une médiocrité dont je ne parvenais à m'arracher… Je voulais aller plus haut, Coly, toujours plus haut – quelle découverte quand je mesurai, au-delà de ces grandes idées d'élévation, l'amour insensé de Dieu pour condescendre jusqu'à nous, pour se faire plus petit que le plus modeste d'entre nous… Quel bouleversement quand je pris conscience que la foi était tout sauf cette plate adhésion à un sentiment public, qu'elle était passion et une passion de l'humilité, authentique et non feinte, celle de Notre-Seigneur obéissant Lui-même au Père jusque dans la mort…

« Pourquoi donc s'obstiner à la seule hauteur, reprit l'archevêque, à ambitionner des vertus héroïques par complaisance inavouée, Coly, quand le digne abaissement est la seule voie par laquelle grandir hors de notre orgueil sans limite ?

« Alors je suis assuré que Jeanne Guyon n'a pas complètement tort, reprit monsieur de Fénelon. C'est une personne parfois bizarre et extravagante, et Dieu sait combien je me suis combattu pour l'accepter de Lui. Pourtant, elle a raison en cela qu'il faut parvenir à un absolu désintéressement dans notre foi, à une simplicité abandonnée… L'héroïsme ne vaut rien.

– Je crains que vous ne parliez pas le même langage que ceux qui vous accusent, répondit monsieur de Coly. Maintenon s'est fixé d'abattre cette femme et

Bossuet s'acharnera contre vous, parce que vous avez refusé de la condamner. Il doit se sentir piqué dans sa fierté et mettra quelque point d'honneur à cela… »

Monsieur de Coly rougit.

« J'entends parfaitement votre aveu, François, ajouta-t-il, et vous me savez pour mon malheur bien semblable au tableau que vous avez tracé de vous-même dans votre jeunesse…

« Vous êtes si comblé de grâce, continua Coly, réfrénant une immense douleur, que votre salut est inscrit dans les imperfections qui vous torturent, que votre intelligence offerte vous apprend la voie de cette guérison là où elle pouvait créer votre perte – pour moi, démuni de tant de lumière, incapable du don de ma personne, la nuit est si longue, et j'ai cherché refuge dans les dernières extrémités de la rigueur, en une telle austérité… Je n'ai rien trouvé de meilleur pour me faire aller droit que la reconnaissance mortifiante et absolue de mon propre péché, doublée de l'expiation incessante de ne pouvoir le réparer… Mesurez la pauvreté de cette âme que je porte, François, elle ne donne par elle-même rien de bon, et nécessite les pires précautions pour un salut qui ne saurait seulement dépendre d'elle. »

Monsieur de Fénelon demeura éprouvé de ce discours.

« Sans doute Dieu m'aime-t-Il, la notion m'en vient en vous écoutant, ajouta encore Coly, mais je n'en suis pas digne, et peut-être ma perte a-t-elle été scellée depuis ma naissance ?

– Coly, murmura Fénelon, mesurez-vous les mots que vous dites ? »

6

Un soir, ils allèrent à la messe dans l'église du village. La nef était simple, sans autre ornement que les voûtes en arc brisé qui semblaient imiter, quoique inversés, les courbes de la terre ou le mouvement du temps. D'épais murs de pierres rousses traçaient un espace où la seule densité des lignes tenait lieu de décor, élevant, abaissant, pliant les volumes ou les dépliant comme l'on fait d'un éventail, dédoublant le corps d'un pilier pour le soumettre à quelque autre perspective dont le plan, en une semi-continuité, ouvrait des dimensions nouvelles jusqu'à un Christ en gloire qui surplombait l'autel. Par cette impression de resserrement, le regard, après avoir sondé les formes tirées du sol, s'élevait vers la jonction naturelle des divers membres de l'édifice, unifiés selon leurs tracés en un tout où se définissait, à une nervure, à l'articulation de deux angles, au tomber des arcs sur un pilastre, ce secret agencement tout empli de symboles…

Le soleil faiblissant traçait dans le chœur de longues ombres semblables à des nattes de soie ; souple, délicat, il épandait par les vitraux ses brassées lumineuses dont certaines, portées jusqu'au petit retable du fond de l'abside, touchaient en ses niches la joue d'un saint, la chevelure d'un apôtre, quelque main tendue d'un drapé dont les couleurs trop franches tranchaient avec la simplicité de l'ensemble. Le jour enveloppait les piliers avant de les livrer à l'ombre.

Monsieur de Fénelon s'agenouilla et le monde se retira, laissant place au silence. Son cœur s'ouvrit à la prière comme ces corps que le premier matin glissé d'un carreau tire du sommeil après la nuit; voilà six jours désormais qu'il découvrait cette solitude et que son âme, tour à tour faible et courageuse, tâchait de l'affronter. Parce qu'il demeurait attentif aux mouvements de sa conscience, le prêtre mesurait bien la croissance d'une force qui le venait appuyer, sans savoir s'il devait l'attribuer à la puissance de l'Esprit ou à sa propre qualité: c'était comme une tension bonne à l'œuvre en lui-même, un soutien qu'il sentait patiemment développé jour après jour et qui, sans éteindre sa crainte, l'amenait à mieux accepter l'incertitude où le jetait le roi, à surtout être plus présent en cette vie qui se poursuivait par-delà sa disgrâce…

«Les Écritures, c'est ici et maintenant, avait insisté Louis Tronson lors d'une confession, n'écoutez pas ces doctes raisonneurs qui ne s'attachent qu'à l'Au-delà. Dieu est en chaque chose, ici, en chacun, et les textes sacrés, qui s'enracinent dans l'humanité la plus belle et la plus imparfaite, constituent peut-être la meilleure école de vie que je connaisse. Soyez présent, Fénelon, soyez là pour Dieu et pour les autres, ne vous réfugiez ni en vous-même ni en ce bel esprit d'où vous regarderiez l'existence comme l'on observe un paysage de quelque fenêtre élevée… Élancez-vous dans ce monde de tout votre cœur, sans l'effroi du tumulte, et vous ferez votre devoir de prêtre.»

Ces paroles lui étaient revenues un matin, comme

pour appuyer l'intuition du sens de cette épreuve. Le prêtre constatait combien l'exil rongeait le cœur et suscitait de nostalgie – mais sans doute, si difficile que ce fût, ne fallait-il s'arrêter à cela : il s'agissait plus que jamais d'*être*, et d'être en dépit de tout, malgré les blessures, les ruptures, le surcroît d'affections que nourrit l'éloignement, les retournements, les incertitudes ; il fallait poursuivre cette route en en goûtant chaque seconde l'incomparable grâce, s'étonner, demeurer tels les premiers moines au désert traversant les espaces du Sinaï, sans fléchir et sans rompre, veiller par les pires obscurcissements, se nourrir de louange, puiser à la Parole le seul réconfort, consentir à se laisser tirer de soi et puis, après bien des combats, remettre sa dernière réticence comme l'on voit représenter l'âme, pareille à un enfant, s'envolant de la bouche des mourants…

Aussi monsieur de Fénelon s'essayait-il à vivre jusqu'aux plus petits bonheurs de cet étrange état. Coly ne le quittait presque pas, et il prenait joie à sa présence. Malgré son opposition à Port-Royal – qu'il savait depuis longtemps du camp de ses adversaires –, l'archevêque écoutait son ami avec ce souci attentif d'autrui, cette affection respectueuse que lui donnait l'amour vrai des créatures. Il avait notamment dû insister pour que Coly l'accompagnât à l'office.

« François, avait-il répondu, je n'ai plus ma place en ces endroits.

– C'est une église, et en toute église vous êtes fils de Dieu. »

Monsieur de Coly s'était tu. Il savait que Fénelon avait raison, aussi souffrait-il profondément, déchiré entre sa passion profonde du Ciel et le ressentiment que lui causaient, depuis de longues années déjà, les persécutions royales… Avec le temps et les obstacles rencontrés sur la voie de Port-Royal – et Fénelon avait peu à peu relevé cette inflexion en sa correspondance –, les pensées de Coly s'étaient assombries, par l'habitude progressive de la condamnation, sans doute, adjointe à l'exercice de l'austérité ; il s'était fait plus exigeant, amer, presque excessif, entêté d'une rigueur qui, maladive pour certains, semblait peut-être admirable à d'autres et tenait lieu désormais de principe à sa vie. Monsieur de Coly craignait Dieu, témoignait une piété sincère et l'aimait à la fois d'une sorte d'affection absolue, alors qu'au fond de lui-même, l'ascèse attisait les visions d'une âme toujours inquiète de son salut, dans l'isolement où il s'enfonçait chaque jour… Il n'avait échappé à Fénelon combien Sacy et les siens avaient accusé en Coly ce penchant pour un pessimisme fondamental qui ne pouvait que creuser son malheur, parce qu'il contredisait la disposition d'amour et d'espérance à laquelle se porte toute créature ; et en écoutant son ami, l'archevêque avait conclu une fois de plus à l'absurdité de la manipulation consistant à unir auprès du roi, que la crainte des révoltes hantait depuis l'enfance, le jansénisme et le quiétisme de Jeanne Guyon sous le spectre unique du complot…

Quand la messe eut été dite, les portes de l'église s'ouvrirent ; un vent passa et Coly devina, loin au-dessus d'eux, une hirondelle noire qui tourbillonnait sous les voûtes. Les paysans se dispersèrent.

« François, murmura soudain Coly, ne vous avais-je pas dit combien ma présence serait importune en ces lieux ? »

Le prêtre se tourna, étonné.

« N'y avait-il pas, à droite de l'autel, un bourgeois qui ne cessa de regarder en mon sens ?

– Si donc cela est, répondit paisiblement Fénelon, je vous avouerai ne pas l'avoir remarqué. »

Coly demeura interdit. Heurté par l'hostilité qu'il s'était figurée contre lui dans l'assistance, il était demeuré désolé pendant l'office, impropre à se bien recueillir en s'accusant de la plus impardonnable faiblesse… Le calme de l'archevêque avait d'autant redoublé sa peine que, sachant son humeur délicate, il avait toujours tâché de soumettre l'emportement de son caractère, ne reculant devant les exercices les plus arides sans que les passions qui l'avaient mené à cette extrémité de croyance, à cette soif de perfection, disparaissent jamais complètement : monsieur de Coly s'était dans sa jeunesse révolté contre le monde avant de s'en prendre à lui-même, puis incapable d'accomplir l'idéal dont l'Écriture lui inspirait le dessein, il s'était résigné à une vie de prière et de repentance, dans le silence de l'abbatiale Saint-Amand qui, par ses murs de pierres claires, l'ombre fraîche de ses chapelles et les hautes forêts dressées sur le vallon, donnait corps au mystère de sa foi…

« Souhaitez-vous rentrer maintenant ? » demanda monsieur de Fénelon.

Les collines s'étaient assombries. Seule une lueur brillait encore, à l'ouest, avant de s'étirer, en aplats mauves et bruns. Un vent s'était levé et glissait sur leurs têtes. Mais alors qu'ils s'en retournaient, le célébrant parut précipitamment et avança vers Fénelon, une lanterne à la main. C'était un homme très jeune. Les paysans s'étaient éloignés ; aussi, après avoir jeté un coup d'œil rapide, put-il parler librement.

« Monseigneur, hasarda cet abbé, que monseigneur

pardonne à cette témérité qui m'amène à lui demander s'il ne se trouverait être, par un hasard bienheureux, ce monsieur de Fénelon qui officie à la Cour ? »

L'archevêque acquiesça.

« Quel honneur, murmura le prêtre, je n'ai pu montrer ma joie devant eux, mais quel transport me saisit quand il me sembla voir monseigneur en cette humble église…

– Ce n'est certes plus un honneur pour tous, répondit Fénelon avec un sourire.

– Hélas, monseigneur, je ne suis de retour qu'aujourd'hui, et voilà que m'est donnée cette grâce… Peut-être me laissé-je aller à ce transport tout spontané, peu réfléchi en vérité ; que monseigneur daigne me pardonner encore, mais ce malheur qui vous affecte me permet de voir un des hommes de ce temps que j'admire le plus. Je ne pensais connaître cet instant, quoique m'en demeurât l'espoir… »

Le jeune prêtre continua :

« Je vous ai lu, monseigneur, je me suis attaché à vos pensées et à vos prescriptions, m'inquiéterait-on pour cela. »

L'archevêque, rompu à la prudence par sa vie à la Cour, s'était tenu jusqu'alors avec réserve, mais il éprouva toute la sincérité de cet homme.

« Prenez garde toutefois, monsieur l'abbé, murmura Fénelon, à ne pas encourir de malheurs superflus… Je rends grâce des bontés que vous me montrez, mais ne vous exposez à d'inutiles périls, priez selon votre cœur, restez au monde en l'état que vous avez reçu d'en haut…

« Permettez-vous à un simple prêtre de campagne de parler, devant vous, de matières élevées, monseigneur ?

demanda-t-il encore. Sans doute ne devrais-je ainsi raisonner, mais j'avouerai pour les avoir étudiés avec scrupules – par un ami parisien, qui tâchait de me faire suivre chaque ouvrage –, ne pas avoir trouvé en vos écrits le danger qu'on y condamne ; Monseigneur, vous y formez des tableaux si exacts de cet amour pour Dieu épuré de tout intérêt propre, vous y tracez avec tant d'audace et de netteté les états profonds du cœur, ce désir d'union parfaite à Notre-Seigneur et de transparence de l'âme… J'aspirais confusément à cette simplicité, moi aussi, par-delà le savoir de mes études dont je sentais combien il pouvait me durcir. J'ai connu la soif intérieure que monseigneur dépeint avec des mots bien plus heureux que les miens… »

Le prêtre s'arrêta, comme saisi de la vivacité avec laquelle la surprise et la confiance l'amenaient à faire, peut-être malgré lui, ces aveux à monsieur de Fénelon.

« Monseigneur évoque l'amour que l'on doit à Notre-Seigneur tout comme les Pères le faisaient, reprit le jeune homme, avec exigence, fraîcheur, incessante pureté d'intention… Pourquoi livre-t-on de telles pensées à pareil sort ? Les tiendrait-on pour dérangeantes alors qu'elles veulent précisément débarrasser la dévotion des corruptions qu'y apporte l'homme ? Et pourquoi, monseigneur, ne pourrait-on traiter des voies intérieures en toute rigueur ? Cette ouverture aux cheminements intimes de la conversion, à l'appréhension intériorisée du Mystère demeure-t-elle l'octroi d'illuminés et de misérables sectaires qui discréditent notre foi ? Que ne suspecte-t-on dès lors les Carmélites d'Espagne ? Ou peut-être y a-t-il à l'emportement de vos ennemis quelque autre raison que je ne connais pas, monseigneur, et qui a mêlé à ces saintes préoccupations des choses qui leur étaient, en tout respect, plutôt lointaines…

– Monsieur l'abbé, répondit Fénelon, qui, singulièrement touché de ces paroles, ne préférait sans doute pousser plus avant, je rends encore grâce de votre soutien… Je suis bien édifié, en vérité, de ces connaissances que vous avez sur des matières si abstraites par les pauvres mots dont nous les revêtons, quoique si limpides à nos cœurs.

– Pour être exact, monseigneur, ajouta le jeune prêtre, ce savoir n'est pas sans rapport avec les études que des parents aisés m'ont permis de faire à Cahors… Mais j'ai préféré les richesses dont vous avez su glorifier la grandeur à toutes celles que la vie m'offrait. Monseigneur a d'une certaine manière éclairé cette vocation. »

Fénelon regarda le prêtre tenu devant lui. La nuit était venue et il ne devinait plus de l'abbé que les fragments qu'en livraient les flammes de la lanterne, par éclats inégaux.

« Monsieur l'abbé, murmura l'archevêque avec une affection perceptible, vous m'en dites là plus qu'un simple homme n'en devrait entendre… Qu'ajouterai-je à cela, qui n'outrepasse nos devoirs ? »

Mais monsieur de Fénelon se sentait abattu de fatigue. Son esprit s'épuisait, l'embarrassant lentement dans sa réflexion : l'air du soir avait sur son corps une vertu solitaire et la nuit, au loin, l'appelait au repos. Ne voulant pourtant montrer sa faiblesse, il continua de converser avec le jeune abbé et dit encore des choses qui le touchèrent.

« Je dois me retirer, dit enfin monsieur de Fénelon. Vous me trouvez bien éprouvé, veuillez me pardonner, monsieur l'abbé, car j'ai si grand besoin de sommeil…

Peut-être nous reverrons-nous avant que je gagne mon château natal, au bord de la Dordogne ? »

Alors ils se laissèrent et les deux amis remontèrent au domaine de Salignac. La nuit était douce. Le ciel, déployé au-dessus d'eux, révélait la clarté d'étoiles (certaines jetaient par intermittence de petits éclats rouges) pareilles à ces pierres dont on relève les étoffes sombres. Sentant sans doute le besoin de s'ouvrir, l'archevêque avoua bientôt à Coly l'état où le laissait cette rencontre.

« Vous avez raison, je crois, ce jeune homme est fort instruit, et il m'a semblé qu'il nourrissait pour vous un attachement très sincère…

– Il m'est apparu en effet que ce garçon avait des connaissances, reprit le prêtre, et certaines qualités de cœur, même si l'élan de la jeunesse l'amène à quelques impétuosités, si excusables… Quoique plus timide, je n'étais pas différent à son âge, Coly. Je n'étais pas différent. »

Ils allèrent encore jusqu'au château, suivant le chemin de tilleuls qui mène au rempart, et restèrent tous deux, comme le soir de son arrivée, face à la vallée.

« Voilà trois jours que je suis ici, commença l'archevêque, et vous savez qu'il me faut encore aller chez mon frère, à Fénelon. Je ne sais quand je quitterai Salignac, mais nous devons nous préparer à nous bientôt séparer…

– Je le sais, François, dit monsieur de Coly, nous nous serons revus, nos chemins s'apprêtent à s'éloigner de nouveau, qu'importe-t-il à cela ?

– Merci, murmura Fénelon, je n'ai pas le droit de m'arrêter au mal que nous font les déchirures humaines, je ne peux m'attacher aux penchants de mon cœur, comprenez-vous, Coly ? »

Ils restèrent tous deux incapables de parler. Monsieur de Fénelon semblait entendre résonner ses propres paroles, comme surpris et éclairé par l'épanchement soudain de son âme.

7

Ainsi passa l'un des derniers jours de Fénelon à Salignac. Le matin, il fut éveillé par l'aube et descendit sur les terrasses. Soudain, Salignac parut et, surpris de voir son oncle de si bonne heure, s'arrêta pour le saluer. Monsieur de Fénelon lui annonça son départ. Le jeune homme sembla étonné et lui proposa de demeurer encore un peu.

« Nous nous reverrons, mon neveu, murmura monsieur de Fénelon. Si je poursuis ma vie à Cambrai, vous me rendrez visite. »

Salignac demeura sans un mot, comme brusquement touché.

« Je vous prie de bien vouloir saluer à Fénelon mon oncle Pons François », se contenta-t-il de dire avant de s'esquiver aussi rapidement qu'il avait surgi.

Monsieur de Fénelon se trouva seul et, quittant le domaine, gagna lentement l'église du village. Les paysans sortaient leurs bêtes en se pressant vers les champs, les femmes, chargées, allaient avec leurs enfants au son mat des sabots sur la terre ; chacun se retournait sur l'archevêque.

Quand il entra dans la chapelle, il eut, sans pouvoir expliquer cette intuition, la nette conscience de son sort. Il resta un instant sur le seuil, effacé, attentif au monde bruissant autour de lui ; le frémissement du vent par-delà les vitraux, les cris des hommes dans la vallée, l'appel lointain d'un oiseau gravaient en son âme autant de marques de cette existence nouvelle, solitaire et discrète, vers laquelle semblait s'engager son destin. Il avança sous les voûtes de l'église jusqu'à l'autel d'où s'élevait un Christ peint, au regard long et grave. Drapé d'une tunique à plis qui modelait son corps, le Fils ouvrait les bras, déployant l'étoffe comme l'aile d'un oiseau d'où passaient deux mains aux doigts fins, tracés un à un par rais parallèles. Dans une ogive brune, un vieil homme descendait vers lui : c'était le Père. Puis, dégradés par le temps, il reconnut aux quatre coins les symboles des Évangélistes, l'ange aux yeux d'enfant, le taureau souriant, le lion tenant un livre et l'aigle au bec rouge. Alors, tout entier abandonné à Celui qu'il contemplait à travers la fresque, se croyant seul, monsieur de Fénelon s'agenouilla lentement et peu à peu s'étendit sur les dalles. Sa tête bascula vers le Christ de la voûte, tout son corps se détendit et il demeura émerveillé, parcourant ce cosmos visible comme s'il découvrait le paysage de son âme – déjà l'esprit s'effaçait, il ne raisonnait plus, ses préventions fondaient sous l'effet de cette offrande physique : il lui semblait s'incorporer au royaume du ciel.

Le temps cependant avait passé. Après qu'il se fut redressé, une porte s'entrouvrit pour laisser paraître le jeune abbé ; il s'arrêta, les deux hommes se saluèrent de la tête. Le prêtre approcha et lui proposa de célébrer ensemble l'office de laudes, ce qu'ils firent, seuls, dans la lumière encore pâle du matin. Monsieur de Fénelon disait les psaumes puis, après de longs moments, l'abbé reprenait la récitation. Le rythme de leurs voix s'étirait jusqu'aux voûtes en une sorte de nuage invisible, silencieux, impalpable ; tout s'effaçait en lui par le dépouillement de cette dévotion essentielle où il s'abîmait en secret.

Après la messe, ils se rejoignirent dans la sacristie où quelques enfants attendaient le prêtre pour leur leçon du jour.

« Monseigneur, il me paraît vous voir très reposé, dit l'abbé. Rien ne vaut, vraiment, pour le service de Dieu, que ces contrées éloignées du monde… Cela a fait pour moi l'objet d'une longue réflexion, monseigneur, et il m'est progressivement apparu que l'univers se retrouvait tout entier, avec une intensité privilégiée, en ces endroits retirés. Les moines n'ont jamais fui en allant au désert.

« Que monseigneur me pardonne, continua-t-il en rassemblant hâtivement des livres, le Seigneur est témoin de ce que j'eusse, si cela ne tenait qu'à moi, préféré poursuivre notre conversation, mais… »

Fénelon le regardait vivre dans cette petite pièce où s'entassaient prie-dieu, statues, missels et volumes à tranches de toile ou de cuir, tout couverts de poussière. Cet homme si jeune l'intéressait par l'impression de fermeté qui émanait de sa personne, par l'exactitude de sa conduite, la franchise de ses façons. Jamais Fénelon n'avait rencontré un tel désintéressement si ce n'est – plus contraint par les convenances qui réservaient, en société, l'enthousiasme aux légèretés –, chez l'abbé Fleury, Beauvilliers, Fléchier, Massillon ou Bourdaloue, et face aux qualités de ce prêtre, il ne pouvait s'empêcher de songer au chemin glorieux auquel il s'était laissé entraîner au même âge… La constance dont témoignait le jeune abbé lui parlait par ce qu'elle rapportait de lui-même ; il admirait son courage et cette persévérance qui semblait, dans le don d'une vie et les renoncements, avoir favorisé chez lui une certaine stabilité ; mais il demeurait aussi songeur, retrouvant peut-être en ce garçon solitaire ce qu'il avait été lui-même, à son arrivée de province…

« Monsieur l'abbé, je dois vous laisser à vos occupations, dit-il au prêtre qui se tenait encore accroupi devant une étagère, cherchant un manuel qu'il semblait ne pas retrouver. Je quitte Salignac demain.

– Monseigneur, dit l'abbé en se relevant aussitôt, vous nous quittez déjà ? Et voilà que je vous honore du tableau le moins respectueux que puisse vous livrer un homme qui vous a dit son admiration…

– Monsieur l'abbé, si vous en avez le temps, ajouta monsieur de Fénelon, je demeure au château jusqu'à demain. »

Le prêtre rougit.

« Monseigneur, je ne suis digne… »

Les deux hommes se séparèrent alors ; le jeune homme serra ses livres contre lui et s'effaça dans la pièce contiguë où l'attendaient les enfants.

Le soir, rentrant après une dernière promenade, Fénelon et Coly virent que monsieur de Salignac n'était pas seul : un homme et une dame partageaient sa compagnie dans la salle basse et faisaient grand tumulte. Cette agitation ennuya profondément les deux amis ; monsieur de Coly se retira.

Monsieur de Fénelon se résolut à saluer les hôtes de son neveu. La dame était une jeune veuve des environs et Pierre Marsac, homme immense, de redoutable constitution, arrivait de Sarlat pour affaires.

La curiosité du bourgeois et de la comtesse d'Eyrignac fut si vive qu'ils ne prirent seulement le soin de la dissimuler. Monsieur de Salignac se flattait.

« Mon oncle nous arrive de la Cour, répétait-il, il n'y a pas dix jours, il parlait encore au roi. »

La comtesse observait discrètement l'archevêque. C'était une femme fort belle dont la robe, quoique raffinée, avait un air tout étranger à ce qu'il avait pu voir à Versailles. Monsieur de Salignac faisait les honneurs de sa maison avec empressement. Il bavardait, tâchait de lancer des traits d'esprit auxquels répondait la dame ; cependant, Marsac la semblait suivre des yeux.

« Ainsi vous connaissez le roi, dit-il en se tournant vers Fénelon qui gardait le silence.

– Oui, monsieur.

– Est-il bien comme on nous le figure ?

– Monsieur, c'est assurément un souverain admirable. »

Marsac se tut, hésitant entre la conversation d'un homme si illustre et les inquiétudes que lui devaient laisser les échanges de la comtesse avec le jeune Salignac. Et puis, oubliant un instant madame d'Eyrignac, il s'appliqua à en savoir plus sur Versailles, les ministres et la Cour ; par questions habiles, il se fit d'abord décrire le château, les jardins, l'organisation des bosquets dont il paraissait avoir quelques notions. Puis insensiblement il se rapprocha des courtisans, des conseillers, du roi, de ses habitudes, de certaines fonctions gravitant autour de lui et de la façon dont étaient attribuées ces charges, avec quels degrés de recommandation, si la bourgeoisie après les Fouquet, Colbert, Louvois y avait encore quelque part.

Fénelon mesura à sa curiosité gourmande l'ampleur du mal que causaient ces vanités sur les esprits, déformées par l'éloignement, distendues par la distance et les récits. Il le satisfit cependant avec un certain amusement, espérant que Marsac quitterait le premier cette sorte de comédie ; enfin, quand le temps eut passé sans effet et qu'il se fut prêté quoiqu'un peu froidement à ce qu'il considérait comme un jeu, il s'arrêta et dit en baissant la voix : « Monsieur, nous ne sommes ici que de passage. N'oubliez jamais ceci : le monde a ses lois qui défont un jour ceux que la veille glorifiait. »

On se divertit encore beaucoup. Salignac badinait, Marsac les surveillait, la veuve se levait pour un prétexte, en faisant légèrement claquer ses talons sur le sol. Monsieur de Fénelon semblait l'intriguer.

« J'ai tant entendu parler de vous, monseigneur, murmura-t-elle en venant enfin s'asseoir auprès de lui. Je suis très honorée de vous pouvoir rencontrer. Vous ferais-je servir quelque chose ? Depuis votre arrivée, vous n'avez encore rien souhaité…

– Merci, madame, répondit Fénelon. Mais le voyage de Paris m'a malheureusement coûté des forces, et je ne désire rien tant que le repos.

– Vraiment, monseigneur, repartit-elle en baissant les paupières. Mais je ne vous croirai pas. La fatigue ne se montre pas le moins du monde sur votre visage.

– Tout ne se lit pas toujours à nos expressions extérieures, madame, dit-il, et le corps est sans doute le plus mauvais témoin que je connaisse. »

Marsac observait leurs échanges. Voyant au bout de quelques instants que monsieur de Fénelon ne la recevait qu'avec courtoisie, il commença d'entretenir Salignac. La comtesse dut saisir son peu d'empire sur le prêtre et se montra moins familière. Elle l'épiait, sans doute curieuse du secret de cette conduite qui la heurtait à une chose qu'elle ne connaissait pas, et dont la clef l'eût plus intéressée que les mystères d'un séducteur : dans l'éclat de ses yeux quand elle les portait sur lui, se lisait un vif désir et toute la curiosité mi-effrayée, mi-charmée, de celui à qui se dévoile, pour partie seulement, une énigme insondable…

Soudain, la servante Catherine parut et avança discrètement vers monsieur de Fénelon ; la comtesse se leva pour les laisser ensemble. La vieille femme annonça que Coly se tenait à l'extérieur et demandait à entrer. Alors son ami se présenta.

À sa vue, Marsac, interrompu dans ses tractations avec Salignac, se rembrunit. Ils se saluèrent froidement : monsieur de Coly retrouvait l'homme qui l'avait regardé à l'église. Pierre Marsac avait déjà assez bu, mais sa nature solide lui évitait de perdre l'esprit. Salignac parlait très fort.

« C'est un solitaire, s'écria-t-il soudain à la vue de Coly, avec un rire sonore que reprit la comtesse. Un solitaire ! Un vrai ! Oui, oui, de par chez nous, on trouve de cette sorte d'espèce. À Versailles, Marsac, plus un seul ! Mais ici, mon oncle s'est chargé de nous le rapporter ce soir… »

Le bourgeois se taisait, gêné, et tentait de le faire taire.

« Je ne les aime pas beaucoup, reprit la comtesse demeurée seule sur un fauteuil, pendant que ses amis avaient mené leurs affaires à voix basse. Je n'aime pas les solitaires, non vraiment, je ne les aime pas. »

Ses joues étaient violacées et ses lèvres, d'abord si fermes, avaient à présent un mouvement de mollesse inerte. Elle se leva à cet instant, d'un pas hésitant, et fixant Coly dans les yeux, lui murmura au visage :

« Est-ce donc cela, un solitaire ? Est-ce donc cela ? Mais ça a forme humaine, si mes sens ne me trompent. »

Monsieur de Coly voyait bien que la compagnie s'égarait et cette atmosphère tiède, irritée, le fatiguait déjà lui-même. Il parvint à se glisser auprès de l'archevêque pour lui dire que l'abbé de Salignac se tenait à l'extérieur et souhaitait lui parler. Surpris, monsieur de Fénelon se leva et prit congé. Le prêtre, en effet, habillé d'un vieux manteau noir, se tenait sous les tilleuls, une lanterne à la main.

« Monseigneur, dit-il avec empressement, monseigneur, je suis si gêné de vous venir trouver à cette heure, veuillez me pardonner, mais un petit enfant du village vient de mourir, et la mère me soutient qu'elle vous connaît, qu'elle voudrait que vous veniez bénir… »

Fénelon se souvint de la paysanne qu'il avait rencontrée trois jours auparavant.

« Mais oui, monsieur l'abbé, bien sûr, cette femme a raison ».

Coly rentra au château et les deux prêtres sortirent. L'abbé guida monsieur de Fénelon à travers les ruelles du village et lui expliqua combien ces décès étaient fréquents.

« Aussi, monseigneur, dit encore le jeune homme, le souffle coupé par la marche, serez-vous peut-être frappé de cette sorte de détachement dont font preuve nos paysans à la mort de leurs enfants ; pour moi, ce ne fut pas sans me causer d'abord quelque étonnement, car je suis issu d'une famille où nous attachons, par coutume, un certain prix à la vie, ma mère a perdu ainsi trois nouveau-nés… Ici, c'est comme s'ils étaient habitués, et en cela je les trouve supérieurs, ils acceptent sans mot dire ; je vous assure, monseigneur, j'ai tant grandi à leur contact… »

Soudain, l'abbé s'engagea sur un sentier et, s'arrêtant devant une petite maison de torchis, frappa à la porte. Un homme lui ouvrit. L'air grave, il lui fit signe d'entrer, puis les accompagna jusqu'à une salle éclairée d'un simple feu dans l'âtre.

La paysanne se tenait assise auprès du petit mort étendu, inerte, sur un pliant couvert de toile. Les flammes coloraient les visages d'une teinte rougeâtre qui balayait les corps avec une sorte d'indifférence ; la mère demeurait froide, sans une larme. Quand elle vit monsieur de Fénelon, son regard eut un bref éclat, puis, après avoir salué d'un mouvement de la tête, elle baissa les paupières et demeura immobile. Le mari, que la présence des deux prêtres semblait irriter, manifestait son agacement.

Alors le jeune abbé s'agenouilla. Monsieur de Fénelon restait un peu en retrait ; le souvenir d'enfants accompagnés dans la mort, intimement mêlé à cet instant, lui revenait, et il portait cette petite âme auprès de Dieu. Il revoyait, bien présents à son cœur, les nouveau-nés sur cette couche de satin noir encadrés de trois cierges qui accusaient leur pâleur, il entendait encore le silence suspendu dans toute la demeure, le pas éteint des servantes à travers les galeries, les médecins passant et repassant avec leurs valets chargés de linges rougis, les aînés qu'on écartait et faisait taire, les bonnes affolées, les pères défaits, Beauvilliers, Chevreuse, Béthune, Beaumont, Mortemart, tant d'autres encore qu'il avait soutenus de sa présence ou simplement consolés ; Pons de Fénelon, surtout, surpris, roide, sombre et bouleversé près de la chambre, paraissait toujours à sa mémoire, l'éloignant de la pièce d'où montait, feutrée derrière la porte, la voix désolée de sa mère... Il se sentait perdu – que faisait-il ici, en une pauvre ferme du Périgord, à veiller cet enfant ? L'image du roi et de Versailles se mettait à pointer étrangement parmi tant de trouble, mais une vue lointaine, insondable, sans réelle consistance. Il entendait le ton du souverain, l'appelant par son nom, Bossuet revenait aussi, et la figure solennelle de monsieur Tronson, les accueillant à Issy pour leur première réunion ; le jardin du séminaire, le crépitement de la fontaine, l'ondoiement des platanes que pénétrait le vent avant de s'échapper par-delà les clôtures, vers ces bois élevés sur la butte... Reprenant ses esprits, Fénelon vit encore le petit mort que veillait sa mère. Il demeura désolé de ces pensées qui l'égaraient et regardant autour de lui, s'imprégnant des qualités du lieu, fut frappé de la simple densité de chaque objet, de l'épurement qu'y trouvaient les sentiments, de l'amour franc de cette femme, de la fidélité dont elle faisait preuve, retenue jusqu'en son désespoir le plus violent.

Quand ils voulurent quitter la maison, la paysanne se leva enfin, les raccompagna et, parvenue lentement sur le seuil, comme engourdie par la peine qu'elle tenait en son cœur, les remercia d'être venus.

« Peut-être monseigneur, depuis son enfance, n'a-t-il rien connu de tel, dit le prêtre après quelques pas. J'en demeure tout également saisi, je ne m'habitue pas, chacun de ces moments a pour moi quelque chose de si bouleversant...

– J'admire tant de sagesse...

– Le mari que vous avez vu n'est pas très croyant, ajouta l'abbé en menant monsieur de Fénelon vers le château, il ne faut pas s'en faire, ce n'est pas un méchant homme, mais l'existence qu'il mène l'a tant heurté, si découragé, qu'il en est venu à ne plus fréquenter l'église… »

Quand ils furent parvenus à la porte du domaine, les deux hommes s'arrêtèrent.

« À présent, monsieur l'abbé, dit doucement l'archevêque, je crois qu'il faut nous séparer. Vous dissimulerai-je, pourtant, combien j'ai songé à vous appeler auprès de moi, pour quelque charge qui demeure vacante en mon diocèse de Cambrai ? Les qualités que vous avez reçues me paraissent si précieuses… »

Le jeune prêtre pâlit.

« Mais j'ai compris, monsieur l'abbé, combien on avait besoin de vous ici, continua monsieur de Fénelon, et que Notre-Seigneur, sans doute, vous veut en ce pays, pour y garder ce peuple qu'Il aime…

– Monseigneur, monseigneur…, répéta le jeune homme. Je ne suis digne de l'honneur que vous me faites, songez-vous bien sur qui vous jetez les yeux ? Monseigneur, combien, vraiment, je vous aurais suivi et servi, avec toute la fidélité possible, mais vous le voyez, il me faut demeurer à Salignac. Ce fut si difficile… Monseigneur, je ne devrais avouer la vie de douceurs dont Dieu m'est venu retirer, et toute la force qui fut nécessaire pour me soustraire à une existence où la gloire m'attendait, comme d'usage en nos familles, avec certains conforts… »

« Pendant plusieurs années, je L'ai voulu fuir, monseigneur, j'étais l'aîné, mon père souhaitait me marier, je me suis fiancé avec la nette conscience de me vouer à une voie qui n'était la plus haute pour moi, mais en laquelle mon cœur trouvait un repos passager… »

Le prêtre s'arrêta.

« Je crois que je l'ai aimée, monseigneur, murmura-t-il. J'ai éprouvé, je pense, la tendresse des sentiments humains. »

Fénelon le regarda. L'abbé disparaissait à moitié dans l'obscurité et parlait d'une voix maintenant si feutrée qu'elle en semblait lointaine.

« L'on y sent Dieu, en vérité, vraiment, oui, monseigneur, l'on y sent Dieu, d'une façon toute particulière, si vive, si touchante... Et cependant Il m'a pris auprès de Lui pour m'inspirer une existence de dévouement, de discrétion, de pauvreté. Ainsi, monseigneur, voyez combien je ne veux plus désobéir, et préfère mille morts ici qu'une position agréable qui m'éloignerait de Son appel...

– Je vous entends, dit Fénelon, et demeure heureux de cette confiance que vous avez eu la bonté de me témoigner ; elle n'est pas commune pour un homme qui, comme moi, vécut si longtemps à la Cour... Dieu vous donne la force de renoncer là où tant d'autres se seraient perdus par orgueil, je ne vous détournerai jamais de pareilles dispositions et vous comprends, monsieur l'abbé, de tout mon cœur. »

Ils se saluèrent encore avant de se quitter ; l'abbé disparut très vite. L'archevêque le suivit des yeux dans la nuit, par l'effacement progressif de la lanterne.

Il fit alors quelques pas, et entendant une activité toujours plus tapageuse dans la salle où recevait son neveu, résolut d'aller y mettre de l'ordre.

En entrant, l'archevêque surprit les trois amis. Marsac, qui parlait toujours avec Salignac, s'interrompit brusquement. L'expression de Fénelon devint terrible. Il prit son neveu à l'écart, de sorte que les hôtes ne saisissent ses paroles.

« Monsieur, dit le prêtre, il est si tard, et après avoir

béni un petit enfant mort sur vos terres, je vous trouve encore en une agitation sans mesure… »

« Que faites-vous donc de cette vie que l'On vous a prêtée, monsieur ? Quel compte en rendrez-vous, le jour où l'On vous en demandera ? »

Le garçon ne répondait pas.

« Je sais combien ma présence vous a importuné tantôt, reprit-il tristement, et vous assure qu'elle continuera de vous déranger dans vos déportements. Savez-vous bien ce que j'ai enduré tout à l'heure, sans mot dire, à partager cette compagnie ? Je vous ai entendu parler tantôt à cet homme (il évoquait Marsac qui se tenait, furieux que lui échappent ces propos), et ne peux que vous déclarer que je ferai ce qui est en mon pouvoir pour y mettre un terme. À cela, vous offensez un de mes amis et osez de surcroît, monsieur de Salignac, vous montrer en des états pareils. Ils sont indignes d'un gentilhomme, ils sont indignes de votre père et de votre maison. »

Le jeune homme regardait son oncle d'un air brusquement épouvanté. Fénelon approcha de Marsac qui s'était levé.

« Monsieur, pardonnez, je vous prie, à cette autorité que me donne notre sang sur monsieur de Salignac, et que l'on peut trouver en la circonstance fort mal à propos, dit l'archevêque au bourgeois. Que Dieu excuse cette dureté : je crois comprendre, ce me semble, que vous souhaitez briller à la Cour, mais le chemin qui vous y mènera se fera toutefois hors de notre famille. Peut-être d'autres vous seront-elles plus complaisantes. »

À ces derniers mots, il avait regardé madame d'Eyrignac qui demeurait toute tremblante en ramassant ses châles, cherchant éperdument la cape qu'elle ne parvenait à retrouver.

« Madame, je suis en peine de me devoir exprimer de la sorte devant une personne de votre qualité, murmura le prêtre.

– Oh monsieur, gémit-elle, la voix abîmée de larmes de colère, vous ne me verrez plus ici, vous ne me verrez plus, après cet affront… »

Quand ils furent tous partis, Fénelon se trouva face à son neveu qui commençait de prendre la mesure de ce qui s'était passé. Le prêtre restait muet, accablé de peine.

« Qu'y a-t-il, monsieur, je vous prie de me le dire, à ajouter à tout cela ? demanda l'archevêque.

– Mon oncle, dit le jeune homme au bout d'un long instant, vous m'avez causé le plus grand tort du monde. Vous me déconsidérez auprès de deux personnes d'influence qui médiront de nous dès demain dans les meilleurs cercles de Sarlat. »

Fénelon le regarda avec surprise.

« Et que nous importent, monsieur, les petites histoires de la région ? N'avez-vous rien de mieux à écouter ?

– Mon oncle, tout le monde n'a pas votre *élévation*, repartit Salignac.

– Monsieur, vous savez ajouter l'impudence aux vices, coupa le prêtre. J'eusse souhaité qu'après ces tristes moments, vous m'épargniez l'effet de votre insolence. Vous en punir est en mon pouvoir. Votre oncle Pons François sera mis au courant. Quant à moi, je prierai pour vous. »

Alors, après avoir jeté un regard sur son neveu, monsieur de Fénelon se leva, le salua et sortit.

En regagnant sa chambre, il aperçut encore sa vieille nourrice et l'appela à lui. Catherine approcha pour le suivre en silence. Puis elle saisit un candélabre et l'approcha de son flambeau; les bougies s'embrasèrent. Monsieur de Fénelon retira lui-même son manteau. Quand elle voulut le porter sur un siège, il l'arrêta.

« Il est bien tard, murmura-t-il, et vous voilà encore éveillée. Demeurez en paix, je puis bien me donner quelque mal. »

Elle regarda le prêtre étendre son habit sur la malle tenue au pied du lit. Il l'invita à s'asseoir. Catherine rougit.

Fénelon insista et elle prit place sur un pliant.

« Vous souffrez à trouver le sommeil ? demanda-t-il.

– Oui, monsieur. Et monsieur de Salignac me fait souvent rester le soir, alors j'en ai gardé l'habitude. Avec ça, il n'est pas bon qu'une maison demeure complètement éteinte la nuit, vous voyez, ça n'est pas mal, avant que je me couche, qu'on y voie encore de l'activité.

– Vous ne comptez votre peine, dit le prêtre. Si l'on ne vous le reconnaît en ce monde, Celui qui lit par nos consciences… »

Fénelon eut un soupir et ils se regardèrent.

« Je quitte Salignac demain matin, dit-il soudain. Ma présence n'est ici que d'une piètre utilité, en dépit de vous-même et de monsieur de Coly.

– Oh, monsieur, répondit la servante, vous ne savez vraiment ce qu'est cette joie de vous voir chaque jour…

« Le roi… ? reprit-elle après un instant.

– Non, ce n'est pas cela. Je ne sais rien encore. »

Puis monsieur de Fénelon lui demanda :

« Allez-vous régulièrement à la messe, Catherine ?

– Chaque fois que monsieur le comte me le permet, monsieur.

– Et vous le permet-il souvent ?

– Assez, tout de même.

– C'est là le cœur de nos vies… Il ne le faut oublier. Voilà ce que je tiens à vous laisser en souvenir de moi, ne pleurez plus, mon sort n'est pas malheureux.

– Mais alors, monsieur, nous ne nous reverrons jamais ? » demanda-t-elle.

Il ne répondit rien.

Catherine le fixait avec une tristesse diffuse, presque hébétée.

« Allez dormir, reposez-vous… »

Il demeura quelque temps à écouter son pas résonner jusqu'à la petite chambre qu'elle occupait sous les toits ; puis, quand il eut entendu la porte se refermer sur elle, il alla pour se coucher lui-même, tout étourdi par l'affliction, quand il se souvint que Coly lui voulait encore parler.

8

Fénelon savait que son ami devait l'attendre dans la pièce contiguë à leurs chambres. Il le vit assis auprès d'une chandelle, en pleine lecture. L'archevêque vint s'asseoir face à lui.

« Avez-vous aperçu la lune ce soir, dit le prêtre, avez-vous remarqué la qualité de ses reflets, et comme elle semblait approcher tout à l'heure du grain de la peau ? »

Sa voix était douce. Chaque mot sortait de sa bouche d'un trait précis qui semblait apposer autour d'eux les silhouettes de ces espaces.

« Quel repos, soupira-t-il en soutenant sa tête, j'ai si grandement besoin de repos… Comme vous avez raison de demeurer ici. »

Monsieur de Coly avait relevé les yeux.

« Vous allez donc repartir ? demanda-t-il.

– Je quitterai Salignac demain. On m'attend à Fénelon et je ne voudrais me laisser surprendre par l'ordre du roi que je ne sois auparavant retourné, ne fût-ce qu'un jour, en ce château où je suis né. »

L'archevêque lut alors le désespoir de son ami. Coly ne bougeait plus ; seule sa main droite s'attachait au petit volume de prières serré contre lui, et en griffait silencieusement la couverture.

« Je suis un misérable, dit-il soudain. Vous avez su faire ce sacrifice que Dieu exige de nous. Je n'ai su en être digne. Je me suis marié, voilà ce que jamais je n'ai osé vous dire, le monde était plus fort que l'appel que je ressentais, il l'a emporté. Cette femme est morte en donnant naissance à mon unique enfant. C'était une fille. Si vous allez au petit cimetière de Thenon, vous les verrez toutes les deux. »

Il demeurait immobile. La chandelle marquait les sillons de son front et de ses joues, lui donnant l'air brusquement très âgé.

« Vous êtes maintenant le seul à le savoir, François, murmura-t-il, et me voilà soulagé de cette confession… Je vous admire pour cette volonté inflexible qui vous habite et vous fait vivre, j'admirais Pascal et l'avais juste rencontré quand je connus celle que j'épouserais malgré moi, emporté par une inclination invincible. J'étais invité au château de Puy Robert, je vins seul, enfermé en moi-même, sombre et exclusif tant Pascal par son exemple avait attisé ce désir jaloux de me donner à Dieu… Je ne regardai personne, demeurai de glace pour écarter ces tentations que ma faiblesse me figurait, quand, alors que j'allais dans les jardins, je la vis paraître auprès de son père. Comprenez-vous ce qui s'est passé ? Un déchirement insondable, le désespoir d'être indigne, médiocre, de m'attacher à mes propres volontés, de ne parvenir à me débarrasser de vues étroites qui menaçaient d'éclipser ce plus grand bien auquel je me vouais ; cependant elle m'éblouit, François, elle parvint, d'un simple regard, à dissiper ce mal qui m'obsédait. Ma famille s'acharnait à m'attacher au monde, je reconnus en moi un besoin irrépressible d'aimer et d'être aimé en homme, François, en homme, je cédai et passai avec elle une année si paisible que je m'en étonnais toujours… Pascal est mort six mois avant madame de Coly. J'allai lui rendre visite à Paris : la chambre était étroite. Les murs sentaient la chaux. Il y avait, tenu par une petite servante, une flamme jaunie pour toute lumière et là, dans un coin de la pièce, tassé sur un fauteuil dont le cuir épandait déjà un parfum de mort, Pascal attendait tranquillement sa délivrance. "Ne pleurez pas ma fin, Coly, dit-il. Vous ne me devez pas regretter, je retourne au Père." Pourtant, quand je l'eus laissé au bout du couloir qui menait à sa chambre, des larmes inondèrent mes joues. Sacy me raccompagna sans un mot. Son visage demeurait immobile, il m'aida à remonter dans la calèche où attendait madame de Coly, qui était enceinte. Alors nous longeâmes le Port-Royal de Paris et je vis une nuit bleutée baigner les bâtiments du couvent, traçant les toits de la chapelle où je l'avais rencontré pour la première fois ; nous devinions autour de nous les ombres des arbres.

« "Que vous importe la vie ? Quelle est la cause de cet attachement ? avait demandé Sacy en voyant ma tristesse. Sa place n'est-elle pas plus au ciel qu'en ce corps malade et importun qui le tourmente ?"

« La voiture m'emportait, je me retournai sur Port-Royal, je songeai encore à Pascal qui allait mourir et, voulant noyer ma peine, posai ma tête sur les genoux de madame de Coly, comme un enfant ; je sentis ses doigts glisser parmi mes cheveux.

« "Comment se porte-t-il ? demanda-t-elle, avant de demeurer silencieuse à l'air qu'elle me vit prendre.

– C'est à présent sur vous qu'il faut veiller…"

« Elle sentit que je sursautai à mes propres paroles.

« "Ne songez pas à moi, reprit-elle doucement. Si

vous jouez à me faire peur, comment imaginez-vous que je prendrai courage ?

« – Hélas, voilà bien que je me trouve soudain infiniment coupable de ce qui vous peut arriver…

« – Étouffez donc ces pensées, dit-elle en souriant, il n'est plus temps de cela.

« – Madame, si je vous perds…

« – Cela ne dépend de nous, mon ami, s'il ne tenait qu'à moi, combien je voudrais demeurer en ce monde, auprès de vous – mais vous savez que nous ne faisons que suivre là des desseins qui nous dépassent.

« – Je me réjouissais tant de cette nouvelle et voilà qu'elle vous peut donner la mort.

« – Cessez, je vous supplie, coupa-t-elle, la voix frémissante, ne me tourmentez plus, songez à obéir…

« – Armande, vous donnez l'exemple que je fuis par faiblesse, vous avez raison et cependant je suis déraisonnable, tout comme le jour où je vous épousai. Je tremble, en vérité, de me trouver sans vous et me prends à regretter…

« – Où est donc, monsieur, murmura-t-elle en approchant de mon oreille, cette sagesse par laquelle vous avez trouvé le moyen de me plaire ?"

« Elle me serra sur son cœur et demeura encore à caresser mes cheveux. Je l'ai moi-même accompagnée en terre à Thenon, avec notre petite fille, morte aussi, suivi d'un vieux valet et de son père ; le soleil balayait les collines. L'on murmurait que j'en deviendrais fou assurément, et me réfugierais bien vite en quelque couvent… "Mon fils est comme cela, il est très emporté, glissa ma mère à une parente alors que je les ramenais à leur voiture, il fait tout dans l'extrême, et son calme dissimule la plus grande agitation du monde, il ne survivra pas." La vie ne s'arrêta pourtant, je ne perdis pas la raison, je vis tout de mes propres yeux, François, avec une lucidité froide, déchiré d'une souffrance muette qui me prenait surtout le soir, quand je traversais les salles vides du manoir. Là, devant cette cheminée, me disais-je comme l'on feuillète les pages d'un livre, elle aimait à se tenir, elle brodait ici, devant ces fenêtres, vers l'est, pour voir se lever le soleil derrière les monts de la Vézère, les matins sans nuages ; par ce petit escalier de pierre, elle descendait en une allée de glycines dont le parfum la charmait – le sable même, croyais-je, portait peut-être encore la trace de ses souliers, je demeurais longtemps à vouloir y deviner le passage de son pied mais ne décelant rien, je restais en une souffrance telle qu'elle ôtait toute larme de mes yeux... Puis, à la tombée de la nuit, je laissais ma main glisser parfois sur le bois de l'épinette à laquelle elle s'asseyait à la même heure, et quoique l'instrument restât maintenant silencieux, il me semblait qu'elle s'en allait paraître ; je croyais alors la revoir, l'entendre, aller, venir, à travers la maison, je me figurais la regarder encore, plein d'espoir et à la fois si inquiet de la faiblesse où l'enfant, grandissant en elle, la jetait chaque jour davantage... "Que vous importe la vie, quelle est la cause de cet attachement ?" Comme la réponse était simple, et qu'avait-elle d'offensant ? La réponse, c'était ce hurlement du cœur meurtri, et que Sacy n'était sans doute pas capable d'imaginer – alors, il l'étouffait de son mépris comme on écrase une fourmi du talon, ou peut-être avait-il bien souffert en son passé et voulait-il, par cette fragile victoire, humilier toute douleur humaine... Nous avons tous nos lieux propres de persévérance et d'abandon. »

Monsieur de Coly se tut. Fénelon était demeuré silencieux après ces aveux qu'il avait reçus en s'effaçant. Qu'eût-il d'ailleurs pu dire à cela, lui que la grande faiblesse de sa propre humanité rapprochait de son ami ?

Fénelon

1

Il rêva qu'il allait, un soir de printemps, par ce potager qu'avait créé le roi à quelques pas du château, et où l'on cultivait toutes sortes de merveilles pour son délassement et l'agrément de sa table. L'air était tiède. Des lueurs obliques glissaient sur la coupole de Saint-Louis suivant les courbes des toits, les lignes et les plans, jusqu'au crucifix d'or que sculptait le soleil par éclats successifs : les rayons infusaient le ciel d'un aplat rose au cœur rougissant, amolli en tons cuivre et mauves à mesure que s'élevait le regard, selon les degrés de l'air.

Après avoir longé l'église, il observait autour de lui et approchait de l'entrée que barrait un garde en rabats de dentelle, coiffé à l'ancienne mode.

« Je sais, monsieur, dit le prêtre, que l'on ne pénètre librement en cet endroit plus aimable que certaines îles de la Grèce où je voyageai jadis, et dont je connais la luxuriante beauté. Vous ne me ferez l'affront de m'interdire ce jardin car je suis archevêque, d'antique famille, et fort proche du souverain. Durant la Fronde, mon père prit sans conteste son parti, moi-même…

– Il n'est pas besoin de ces recommandations, monsieur, coupa le garde dont le visage rappelait de façon lointaine Pons de Fénelon, vous entrez en un monde que vous ne connaissez pas, mais où vous êtes connu.»

Alors il entrouvrait la porte ; ce fut un émerveillement. Des brassées de lierre bleuté, semblable aux faïences campaniennes, couvraient les clôtures du potager. Un parfum de fleurs et de fruits se portait jusqu'à lui, soutenu par une brise qui, épanchée des forêts à la plaine, apaisant ses membres lourds de sommeil, attisait déjà une curiosité sans limite : d'abord, l'étonnement retint son pas, puis doucement livré à ce charme comme il s'était abandonné à la nuit, il se hasarda plus avant, attiré dans son éblouissement par une fraîcheur suave où les essences de lavande, romarin, roses anglaises et citronnier se mêlaient aux effluves d'autres plantes, dont l'origine lui demeurait mystérieuse...

La première allée était bordée de simples pointant timidement sur de longs bancs de sable, avant qu'un chemin ombragé le menât jusqu'aux grilles du parc où se traçait la forme solennelle d'un grand bassin d'eau claire. Là, entre le potager et le domaine royal, dissimulé par un mur qui le dérobait aux regards, un espace plus sauvage s'ouvrait sous un vieux chêne, rappelant ces jardins médiévaux par la finesse des proportions, la délicatesse d'un ordonnancement sans calcul ; il y demeura longtemps. Déjà, il sentait en lui le mouvement de lente ramification de ses sens éveillés à l'infini par les sollicitations paisibles de la nature : c'était un parfum montant des herbages piquetés de muguet, la rencontre de la verdure et du ciel, la masse touffue d'un bouquet de lilas sur le sol, le miroitement des fourrés au soleil, le balancement lointain des peupliers de Lombardie, la quiétude du chemin de terre où son pas, rendu aérien par le songe, passait avec un léger effleurement; et tout cela, accru selon les distorsions du sommeil, égarait ses esprits avec une douceur dont il percevait, par-delà cette langueur, le singulier effet.

«Monsieur, monsieur! murmura une voix à son oreille, vous ne pouvez demeurer, il vous faudra poursuivre votre promenade. Monsieur, ne vous laissez donc aller à ces suavités, il ne vous est donné que cette nuit de jouir, avec circonspection, de ces merveilles que pas même un roi ne connut et ne connaîtra jamais, ni en sa vie, ni par ses rêves. Profitez de cette faveur dont l'on vous honore, monsieur, vous seul êtes admis, en ces lieux, à voir la Beauté, et la Beauté comme les hommes ne la soupçonneraient pas... Recherchez-la par votre intime regard, admirez-la, et tenez-la bien serrée en votre cœur, comptez sur votre mémoire pour vous la rappeler ensuite à votre retour dans le monde.»

Fénelon se retournait, étonné de ce discours.

«Après cette nuit, monsieur, il n'y aura plus rien pour vous dans ces plats Hercule, reprenait la voix, rien dans ces fades Vénus, ces vides Antinoüs qui ne valent que pour eux-mêmes, rien dans ces vains Laocoon par lesquels les humains se sont essayés à jouer aux créateurs. Vous les admiriez, monsieur, ces statues que j'évoque? Oh, pardonnez donc, monsieur, mais pourquoi tant d'encens pour ces *imitations* qui enragent précisément de n'être que cela? Opiniâtres dans leurs fantaisies, les hommes ont encore prétendu à la perfection, mais par une voie qu'ils se sont grossièrement choisie, pour s'exalter eux-mêmes, monsieur, au lieu de suivre celle que l'on inscrivit en leurs cœurs. Nous nous sommes bien divertis dans ce malheur...

Que nous nous sommes amusés, ah, monsieur, que nous avons ri, autant que votre roi à la comédie, en voyant vos pairs s'acharner au fil des siècles à vouloir insuffler, eux-mêmes, ce qu'ils nomment "vérité" à une simple forme, à quêter frénétiquement le "beau" par lequel se dévoilerait cette prétentieuse idole, ou plus drôle encore, à chercher à tirer celle-ci d'un bloc de marbre… Qu'ils sont singuliers, vraiment, pour finalement adorer ce qui n'est œuvre que de leurs mains… Car pour disposer ainsi de la "vérité" et vouloir lui rendre de tels hommages, encore eût-il fallu la détenir, et peut-être avant toute chose, apprendre, pas à pas, à la reconnaître… La savez-vous aimer en Celui qui la créa ? Le premier des sages sur votre planète n'en serait pas même capable, tant vous êtes unanimement déraisonnables.

« Monsieur, ajoutait la voix plus bas, nous savons vos propres penchants pour ces artifices qui, du ciel, nous distraient sans éveiller la moindre admiration. Nous vous regardons vous-même écrire et réfléchir, aspirer vous aussi à ce *beau* dont votre temps est singulièrement idolâtre, et qui parvient même à exercer sur un homme de votre sorte une irrépressible impression. Mais votre cœur à vous, monsieur, n'est pas autant de ce monde que le leur, vous vous prêtez par devoir, nous le savons, vous savez regarder ce que l'on vous donne à voir, et non seulement imposer vos visions. Aussi, monsieur, vous voudrais-je ouvrir les yeux, et vous tirer de la tête quelques petites chimères importunes… Vous rirez désormais, monsieur, devant tous les Apollon, quand vous retournerez parmi eux. »

Fénelon demanda à qui se trouvait être cette voix qui lui parlait, mais seul le silence répondit.

« Sans doute êtes-vous là quelque génie, je le reconnais à votre langage, dit le prêtre en s'adressant au vide, et à ce titre, parce que vous êtes génie, vous ne vous pouvez révéler à mes yeux. Je sais que, venus des autres mondes, vous habitâtes jadis avec vos frères au pays des Grecs, et que vous abandonnâtes notre Terre par dépit de la sottise des hommes. Je vous écouterai, car je n'en doute pas, la sagesse est renfermée en vos cœurs.»

Il se résolut donc à laisser l'enclos derrière lui. Plus loin, d'autres beautés l'attendaient encore: une senteur de mousse ambrée se levait parmi des buissons d'iris, un olivier frémissait, des lys ondoyaient avec un froissement adouci, tournant délicatement la pâleur de leur corolle pareille à la flamme torse et légère d'une bougie, un arbrisseau des Indes ou une plante d'Afrique battait l'air de ses palmes et semblait, sous le ciel de France, songer encore à son pays. Au fil de sa promenade, passionnément attentif au jeu des formes et des plans, Fénelon se demandait sans cesse le secret d'une telle harmonie que rompait, parfois, un passage impromptu ménageant quelque autre perspective: l'entaille faite dans le muret, séparant souvent une même culture, semblait alors attiser en ces plantes un insatiable désir d'unité, tels deux rosiers qu'il vit face à face au-dessus d'un chemin, avant que leurs corps coiffés de rouge ne s'enlacent aux courbures respectives d'une volute de pierre.

«Que vous avais-je dit, monsieur l'archevêque? demanda le génie. Ces singulières espèces ne valent-elles pas votre *hortus conclusus* du bout du potager où vous seriez demeuré, en bon prélat, si je ne vous en avais chassé?»

Monsieur de Fénelon ne put qu'approuver l'initiative; il demeurait étonné de l'étrange intimité nouée entre ces éléments et son âme. Mais alors qu'il pensait en avoir tout admiré, l'espace s'interrompit encore, ouvrant un nouvel horizon : après les longues allées qu'ordonnaient des poiriers étendus sur leurs treilles et ces chambres de verdure où le roi, dit-on, aimait passer de longues heures, il vit se déployer un vaste carré de cultures qu'adoucissait, formé en son centre à la façon d'un œil, le cercle bleu d'une fontaine. Comme pour saluer son apparition, le verger exhala un parfum mêlée aux sèves des fruits qui ployaient doucement, telle une perle à l'oreille d'une jeune femme, dans la profondeur des feuillages ; le crépitement de l'eau formait un bruissement régulier et embuait l'air d'une moiteur qui se dissipait en ondoyant la peau.

« N'avais-je encore raison de porter vos pas de ce côté ? glissa malicieusement le génie. Ce bassin est une sorte de miroir de votre conscience, monsieur l'archevêque. Vous pourriez faire défiler ici vos dirigés, et vous abstenir de les confesser : tout ce que vous avez le droit de lire en eux y apparaîtrait. De même, si vous vous concentrez sur l'idée d'une personne, celle-ci ne manquera pas d'apparaître. À présent, monsieur, ma présence ne vous troublera plus, je retourne d'où l'on m'envoie… »

Monsieur de Fénelon demeura simplement à contempler ce tableau, étourdi par la tiédeur du soir qui approchait. Pendant quelques moments encore, le jour se suspendit, donnant aux vieux chênes l'aspect d'astres qu'eût assombris l'approche de la nuit ; le sable éveillé au contact du soir montait des allées par cercles pâles. Au fond, l'église Saint-Louis s'était elle-même ramassée en une longue forme rose, puis le bassin d'où rayonnaient les bosquets avait reflété cette ombre dorée qui embrasait le ciel et délimitait d'un trait le commencement de la nuit puis soudain, rompant le cours de cette décroissance, la lumière s'était attisée une dernière fois sur le sol, pareille à un pavement de grenat, pour dévoiler au loin le déclin du disque solaire glissant lentement sous les bois de Marly…

Pendant qu'il s'attardait auprès de l'eau (il était bien tard sans doute, mais nul besoin n'était à présent de rentrer), il lui sembla qu'un visage se traçait face à lui. Quel était cet homme ? Grand, maigre et blanc, le nez long, les cheveux vifs, les yeux plus ardents que l'obscurité et cependant si froid, il se reconnut lui-même, tel qu'il n'avait jamais osé se voir. La vision se dissipa pour révéler le reflet d'un jeune garçon, que l'avancée du crépuscule se mit à flétrir imperceptiblement jusqu'à retrouver l'aspect qu'il savait être le sien aujourd'hui ; la métamorphose se poursuivit bientôt avant que toute image, par le jeu de multiples dégradations, ne se dissipât complètement. Il entendait une voix : « Monsieur, quelle joie est la mienne… Je n'aurais jamais pensé vous revoir, Paris est si loin d'ici… Nous n'en savons rien, nous vivons une autre vie, autre vie ! dans nos campagnes. Dans nos campagnes… Campagnes… » Un château immense, dressé sur le ciel, se traçait devant lui, et il n'en savait plus le nom. « Qui m'aurait dit, quand vous étiez petit, avec ces belles boucles brunes sur les joues, que vous deviendriez si grand, que vous iriez parler au roi ? »

Troublé par ces paroles qu'avait prononcées une voix affaiblie par le temps, il s'était mis à chercher sur le bassin la figure du jeune homme paru en premier, sans que rien ne se révélât plus à ses yeux ; une femme voilée se tenait en face, à l'opposé de la pièce d'eau que couvraient quelques brumes levées par la nuit.

« Monsieur, c'est moi qui vous parle, disait la femme, ne cherchez pas ailleurs, je crois que nous avons, monsieur l'archevêque, le grand honneur de nous connaître.

– Ah, madame, laissez-moi donc me ressouvenir…, répondait Fénelon, peinant à s'exprimer par la lenteur du rêve, laissez-moi vous regarder, que je sache qui vous êtes… Cela ne m'est pas aisé, madame, car la ténèbre est à présent épaisse et j'y vois fort mal, comprenez-vous, madame, savez-vous l'âge qui est le mien ?

– Comment, monsieur, vous n'êtes qu'un enfant !

– Un enfant, moi, madame ?

– Vous êtes un enfant, regardez donc cette image dans l'eau que voici, vous êtes un enfant et l'on vous a fait archevêque, qu'y voyez-vous d'étonnant ?

– Cela est vrai, avouait Fénelon, étonné de l'apparition aquatique, me voilà comme pour mes sept ans…

– Et regardez par là, disait aussi la femme voilée, désignant de jeunes garçons en habit d'or, c'est le roi, celui-ci, et le plus petit à côté, c'est Monsieur… Et Louis leur père vit toujours, et Henri, leur grand-père, il n'est pas loin, monsieur l'archevêque, si vous vous étiez tourné assez tôt… Mais le voilà reparti…

– Alors comme cela, ils ne sont pas morts, constatait Fénelon d'une voix morne, et monsieur Du Caurroy, et Bouzignac, et Philidor n'ont accompagné en terre, de leurs musiques, que des cercueils vides, la chose est fort singulière, mais après tout, qu'est-ce qui nous prouverait que cela n'a pas été ainsi ? »

Le songe se suspendait brusquement avant de reprendre.

« Vous savez donc lire dans le cœur des hommes, murmura Fénelon, craignant une disparition impromptue de cette femme, seriez-vous, madame, ma propre mère ?

– Pas même cela, répliquait-elle, quoique en partie peut-être ; pour dire vrai, je m'attendais, tôt ou tard, à entendre cette question. Trouveriez-vous entre nous, monsieur de la Mothe-Fénelon, une de ces singulières similitudes de visage qui lient les enfants à leurs parents et avouent cette indicible affinité du sang ?

– Hélas, madame, votre aspect m'est caché, et je ne saurais reconnaître un lien qui s'est rompu si tôt, ma mémoire défaille ; la vie que j'ai menée n'a pu rétablir en moi ce lien sensible dont m'abstient mon état, et me voilà si démuni en ces matières que, quand bien même vous devrais-je la vie, je ne parviendrais à voir face à moi la plus regrettée des femmes…

– Allons, regardez-moi, regardez-moi, François, reprenait-elle en dégageant lentement le voile, n'avais-je point raison ? Car, si vous n'étiez enfant, vous ne pleureriez ainsi… »

Il posait un instant sa tête dans les mains de l'ombre mais, à l'instant où se révélaient ses traits, Fénelon sursautait brusquement en reconnaissant madame de la Maisonfort, cette dirigée de Saint-Cyr qu'il avait accompagnée jusqu'à sa profession. Les yeux dilatés par des larmes qu'elle avait dû verser, brûlant d'un feu rappelant les regards de madame de Maintenon, elle l'observait en souriant.

« N'ayez crainte, mon enfant, répétait-elle en agitant les bras de côté, à la façon de certains spectres de théâtre, je sais que Monsieur de Meaux rôde dans ce jardin, mais tant que je serai là, il ne paraîtra point. Monsieur de Meaux a peur des femmes !

– Hélas, madame, disait Fénelon, voilà que j'ai révélé devant vous des choses que jamais je n'avouai à quiconque…

– Vous brûliez de me parler, monsieur, reprenait-elle,

allons, je le savais, pourquoi vous condamner ainsi? Vous, si doux, si retenu, je vous suivais des yeux quand vous paraissiez à Saint-Cyr, vous teniez votre rôle avec une telle exactitude, monsieur l'abbé, plus d'une fois je rêvais qu'une faiblesse passagère vous mènerait à quelque épanchement, mais jamais, monsieur l'abbé, jamais cela ne survint, et vous me convainquiez même, par cette droiture, de me donner, moi, à Celui auquel une nuit, par un de ces rêves inconsidérés, je rêvais de vous arracher…

– Vous n'êtes pas madame de la Maisonfort, non! s'écriait Fénelon dans le songe, se débattant. Laissez-moi donc, je vous prie, laissez-moi! »

Alors madame de Maintenon paraissait tout entière à la place de son ancienne dirigée, vêtue d'une ample cape d'or, et l'étudiait avec froideur.

« Ne me prenez pas pour une madone, malgré les habits en lesquels je me montre devant vous, disait-elle gravement. Votre influence est mauvaise, monsieur de la Mothe-Fénelon, sur ces demoiselles. Monsieur de Chartres me l'avait suggéré, et je ne l'ai pas voulu croire. M'en voici tout à fait convaincue désormais.

– Madame, ce n'est pas ce que vous pensez, non, nous sommes en train de songer, madame, et rien de ce qui se joue ici n'a l'ombre d'une réalité…

– La réalité est dans nos têtes, Fénelon, et vous me verrez envers vous plus dure que le métal dont on fit les grilles de ce jardin. Vous m'avez secondée par le passé, j'étais perdue dans cette foi encore neuve à mon âme, dans ce fatras de dogmes inédits, étrangers à moi-même en dépit de la folle application avec laquelle je les suivais; vous m'avez recueillie alors que si tard après la conversion, je ne savais comment aller ; Fénelon, j'étais perdue, perdue, quoique brûlant du plus grand zèle, prise de cet étourdissement propre à ceux qui, parvenus sur un mont élevé, se piquent d'atteindre un col plus haut encore ; je m'égarais et vous m'avez soutenue, je criais et vous m'avez entendue, je savais, rien qu'à vous voir, avant même de vous connaître, la confiance que j'aurais en vous et que vous seul ne bafoueriez pas, je pressentais la pureté de votre cœur, la délicatesse inquiète de votre âme, toute cette rigueur qui vous maintenait, malgré vos faiblesses, sur une route droite – conduite exemplaire qui suscitait tant d'envieux et d'admirations jalouses… Fénelon, vous m'échappiez cependant, plus je brûlais d'achever votre gloire, plus vous sembliez vous éloigner de moi, plus je songeais à parfaire votre fortune, plus vous mettiez entre nous une distance qui me blessa toujours, et en dépit de tout cela, Fénelon, malgré vos mille résistances, votre sot entêtement à refuser ces faveurs, vous fûtes mon exemple, Fénelon, un exemple bien-aimé… Mais à quoi bon ? Depuis qu'une vive inclination fixait le roi à mes côtés, vous omettiez, Fénelon, que je pouvais désormais me passer de votre dédaigneuse rectitude, de modèles *vivants* auxquels je préférais, par fierté, ostentation ou facilité, les exemples du passé qui à ce titre ne peuvent plus nous contredire, vous oubliiez combien tout ce qui me surpassait en vertu pouvait maintenant me déplaire, Fénelon, et que là où vous êtes, il n'y a de place pour d'autres, pour moi-même… Je me battrai, Fénelon, je me battrai farouchement pour triompher de tous ces soleils qui menacent de leur éclat cette gloire où je m'assois… »

Le prêtre, après l'engourdissement bienheureux de la première apparition, se sentait violemment heurté et d'un geste rageur, irréfléchi, parvenait à arracher la toile qui lui avait figuré madame de Maintenon. L'obscurité elle-même avait brusquement disparu, laissant s'affermir un jour plus éclatant que les matins sur la Terre. Là, derrière lui, Bossuet le regardait en souriant.

« Bonjour !

– Voyez, monseigneur, disait Fénelon, comme la nuit fut brève, et la lumière prompte à revenir.

– Oh, cher Monsieur de Cambrai, répondait Bossuet d'une voix qu'il ne lui avait jamais entendue, mais c'est que vos talents sont bien grands, et que l'univers lui-même leur rend ce juste hommage…

– Était-ce bien, monseigneur, cette madame de Maintenon de Saint-Cyr qui se tenait là, ou me trompais-je moi-même ?

– Je ne connais pas cette dame, disait Monsieur de Meaux, je ne connais rien de ce qui se joue hors de mon diocèse, pardonnez donc, Monsieur de Cambrai, à cette ignorance en laquelle vous me voyez. Je ne suis plus sorti de mon diocèse depuis si longtemps… »

Il avait déjà disparu. Fénelon regrettait sa perte et distinguait au loin Monsieur qui se promenait.

« Je suis content de vous trouver, Fénelon, disait Monsieur, vous ne pouviez mieux tomber : voyez-vous mon habit, d'une étoffe très nouvelle puisqu'elle a été découpée dans le ciel qui pèse là même sur nos têtes ? Il suffit d'un peu d'habileté pour tailler cette matière, dont la légèreté est sans égale. Jamais je n'ai rien porté de tel, je vous l'assure. Vous me voyez incapable de citer un tisserand aussi habile que celui qui fit la nue.

– L'étoffe en est superbe, répondait Fénelon, et surpasse tout ce que je vous ai connu jusqu'à présent.

– Aussi souhaiterais-je, la prochaine fois, que l'on me fît un habit des flammes que lance le soleil. Je suis certain que l'effet en sera charmant. C'est ainsi que je compte occuper le temps que mon frère me laisse, et d'aucune autre manière, Fénelon, ne répliquez point : je me ferai vêtir de la robe des éléments. »

Monsieur était en vérité très beau ce soir, l'œil profond, le cheveu noir et bouclé, les joues délicatement teintées de rose ; ce nouvel habit donnait à sa taille la majesté qu'elle n'avait communément. Mais après quelques pas, soudain tourmenté, il demanda :

« Ne savez-vous pas, Fénelon, avec quelles herbes l'on fabrique cet orviétan qui a la grâce de complaire à mon frère ?

– Hélas, monseigneur, je ne connais que les recettes d'émétique, répliquait Fénelon, l'orviétan a quant à lui un secret tout à fait bien gardé…

– Cela est fâcheux, Fénelon, répétait Monsieur comme un enfant, cela est fâcheux qu'un homme comme vous ne sache ce genre de choses, j'ai si grand besoin d'orviétan pour mon frère…

– Allez sur le Pont-Neuf, monseigneur, conseillait le prêtre, vous y trouverez votre orviétan, et vous distrairez par ces petits spectacles qui s'y jouent, ces montreurs d'animaux sauvages, ces mystères tout comme au Moyen Âge, avec des allégories et des marionnettes, des poupées et des acteurs italiens… »

Alors, brusquement, Monsieur se mettait à énoncer en riant le nom des simples et des fruits, et les heurtant de sa canne d'or constellée de pierreries, obtenait un son d'une rondeur parfaite, plus merveilleuse encore que les timbres que tirait Forqueray, violiste du roi, de son instrument. La sonorité de ces fruits est parfaite, mais le jeu de monsieur Forqueray est admirable, que pensez-vous de ce chromatisme plaintif de la *Régente*, des mouvements rageurs et mélancoliques de sa *Jupiter* ? La Cour prétend que monsieur Forqueray jouerait comme un démon, croyez-vous des choses pareilles ? – Monsieur de Salignac de la Mothe-Fénelon, avancez, je vous prie. Connaissez-vous la *Jupiter* ? Monsieur, lui, les sait toutes par cœur, et, dit-on, les recopie de nuit pour son plaisir. Montrez-nous donc si vous savez aussi bien cette musique que mon frère. Monsieur de Fénelon, je vous fais archevêque, si toutefois vous me savez réécrire de mémoire la *Jupiter* pour clavecin seul, sans basse continue… – Monsieur, me donnerez-vous une copie de la *Jupiter*, que le roi me tienne pour habile musicien ? – Mais volontiers, monsieur l'archevêque duc de Cambrai, mais volontiers, la voici, tout entière écrite à l'encre de lune ; mais ce n'est qu'une copie, Fénelon, je ne sais hélas rien créer d'original, je ne suis pas le roi. La *Jupiter* sans basse continue. Pour clavecin. Sans la basse. – Comme cette musique est belle, et c'est moi qui l'ai composée ! J'écris mieux à présent une pièce pour clavecin qu'une oraison funèbre, que je possédais déjà mieux que Bossuet, ou Fléchier, en dépit de cet hommage à Turenne qui fit pleurer l'assemblée – qu'en dites-vous, sire ? Cette nouvelle *Jupiter* est-elle digne de paraître à vos yeux ? Mesdemoiselles, avancez, avancez jusqu'à moi. Mademoiselle, vous allez entrer dans la foi catholique… Une nouvelle existence débute avec le sacrement que je vais vous donner. Ma main va s'élever sur votre front et le couvrir de cette eau bénie au jour de Pâques. Ne bougez pas et sentez l'Esprit glisser en vous avec la lumière descendue des vitraux… Comme me voici heureux, mademoiselle, de vous compter parmi notre grande Église, le corps de Notre-Seigneur, par l'adhésion que je viens de recevoir de vous, se réunifie peu à peu, pour Sa plus grande gloire, et vous m'en voyez si profondément heureux…

« Monsieur de Fénelon, dit soudain Monsieur, frère du roi, c'est un bonheur que de vous pouvoir parler. Que de trouver en vous une oreille disposée à m'écouter. Personne ne m'entend quand je parle. On pourrait hurler, dans ce château-ci, et ne se faire entendre d'aucun. C'est là sans doute le fruit des immensités déraisonnables que fait construire mon frère, Fénelon. À quoi bon ces galeries, ces allées sans fin qu'il s'obstine à édifier ? Personne ne veut m'entendre, Fénelon, sans doute vaux-je si peu, pour essuyer une négligence si unanime. Je vaux bien peu. Je ne vaux rien. Êtes-vous conscient de ce que je vous dis, vous qui rayonnez encore de la grâce royale ?

– Monseigneur, ne tenez de pareils discours. Monseigneur, vous vous méprenez.

– Ma mère disait que, hormis par un peu d'esprit, je ne valais rien. Mazarin le lui soutenait. Mon frère le répète. Fénelon, un jour renverse ce que la veille avait glorifié. Vous êtes élevé, peut-être serez-vous rabaissé. Ainsi vont les choses ici. Fénelon, j'ai bien compris, le jour où vous avez été introduit chez mon frère par ce maudit évêque, que… ma parole allait dépasser ma pensée… j'allais dire que vous m'aviez été envoyé, pour soulager au moins en partie mon malheur.

– Quel est le malheur selon monseigneur ?

– C'est une grande solitude. Des espaces immenses où l'on me laisse et où je me perds. Je ne sais pas, un jeu que l'on me fait jouer, un abîme qui m'écarte de moi-même comme une image qu'on décolle de son support. Quel souvenir ridicule vais-je laisser derrière moi, Fénelon, ne parlera-t-on de moi que pour m'opposer à mon frère, pour pousser notre antinomie : la grandeur de l'un n'avait d'égale que la médiocrité de l'autre, l'esprit lumineux du premier laissait dans l'ombre les faibles lueurs du second, Fénelon ? Partagez-vous l'opinion que je sais répandue sur mon compte, que ma femme entretient, que le roi attise pour me rendre inoffensif à son grotesque *soleil* ? »

Le roi : « Monsieur de Fénelon, comment justifierez-vous donc ces lettres que l'on m'a rapportées ? Monsieur de Fénelon, saurez-vous en démentir le contenu ? Vous ne le démentez pas ? Vous ne reniez pas cette correspondance régulière, et dangereuse, avec madame Guyon ? Fénelon, l'exil est en mon pouvoir et, comme je vous ai élevé, je peux vous rabaisser…

– Sire, je me soumets et accepte l'exil. Je partirai. Je partirai. »

Monsieur le duc de Bourgogne qui pleure le départ de son maître ! Sire, votre petit-fils que vous m'aviez confié enfant, pleure ! Ne pleurez pas, Louis. Cela ne mérite pas vos larmes. Conservez-vous, toujours et en toutes choses, à Dieu qui vous regarde. Suivez les instructions qu'Il donne à votre cœur. Restez sans cesse à Son écoute et vous irez dans le bon chemin, vous Le satisferez en vous rappelant mes conseils. Je ne pourrai toujours demeurer à vos côtés pour fortifier votre marche, Louis, il vous faut aller dans la vie sans mon soutien, et Notre-Seigneur y veillera… Louis, comme vos yeux paraissent grands, vous êtes prince et vous pleurez… Écrivez-moi si le roi vous le permet. Ne bravez pas ses interdits. Il est votre souverain. Le visage du duc de Bourgogne est comme taillé dans un drap de soie ; il est doux et triste, avec ce haut regard de chat, ces boucles mordorées sur les épaules, son âme qui hurle à l'intérieur de lui-même, et ces prunelles qui le fixent, qui le fixent…

Le prêtre se réveilla brusquement. Il ne sut un instant où il était. Une lueur pâle, sans doute celle de l'aube, coulait par les fenêtres et embuait la pièce en blanchissant le plancher. Son corps tremblait encore. Il serra les draps contre lui puis demeura longtemps immobile le regard fixe, tâchant de reprendre son souffle. Sa respiration s'amplifia comme pour soulager cet épuisement. Que s'était-il donc passé ? Après quelques instants, un peu détendu, monsieur de Fénelon se rappela peu à peu, mais d'une manière très incomplète, les commencements de ce songe ; il se souvint d'avoir vu Versailles et ses jardins au crépuscule – cette seule idée, accusée par l'isolement du matin, serra cruellement son cœur. Doucement, quelques images revinrent, l'église à l'approche du soir, le petit enclos qui, rappelant les vaux de Chaulnes, l'avait tant ému, le bassin rond au milieu du verger ; puis d'autres détails se ravivèrent par le biais des parfums qui l'avaient charmé – et la chambre s'emplit, avec un grand vertige, des effluves qu'il avait découverts… Pendant quelques instants, il se crut encore, une dernière fois, sous l'ombrage tiède des cabinets de verdure, dérobé au monde par la compagnie des arbres, du palmier des îles, des oliviers d'Italie et des lavandes jaillissant autour de lui ; mais bien vite, l'image fondit et ne laissa que le souvenir des chers absents dont le rêve avait rappelé l'existence…

C'était la première fois qu'il songeait à eux, et l'impression en était singulière. Il sentait, amère comme une blessure mortelle, l'usure causée par ces chimères glissées dans son sommeil. Son cœur battait fébrilement ; ne les avait-il donc point entretenus, s'agissait-il vraiment de figures nourries par sa seule fantaisie ? Tout, hormis sa raison, affirmait leur présence, et quoiqu'il ne se souvînt pas de leurs entretiens, l'impression de proximité qui s'en dégageait suffisait à les arracher au néant… Ces mirages avaient d'ailleurs si bien tenu leurs rôles que chacun lui semblait encore présent dans la chambre silencieuse, doué des qualités particulières de son corps, avec sa manière propre d'être au monde, de se mouvoir, de se porter aux autres – la raideur insinuante de Maintenon, la dignité de Bossuet, la volatilité charmante et ambiguë de Monsieur : tous ces traits persistaient en lui telles des empreintes, avec la profondeur des attachements durables ; et cette mémoire physique concentrée par le rêve lui avait aussi rappelé les joies et les peines de ces dernières années d'une manière plus fidèle, peut-être, que ne l'eût fait le meilleur récit d'historien…

Mesurant l'ampleur de l'illusion dont il avait été l'objet, monsieur de Fénelon ferma les yeux et comprit combien ses efforts ne parvenaient encore à porter leurs fruits jusqu'au fond de son cœur. Une pareille discipline permettait sans doute de vaincre superficiellement les passions, mais il comprenait que le temps et la grâce, l'action de l'Esprit nourri par une foi ardente pouvaient seuls le hisser là où ses forces échouaient…

Par cette bienheureuse impuissance en laquelle il se présentait devant Dieu, brisé, honteux, grandi, monsieur de Fénelon reconnut l'infinie vertu de la faiblesse. Il lui sembla alors achever d'ôter de lui-même, comme l'on nettoie une peinture pour lui rendre son aspect d'origine, tous les attributs de sa vie, l'enfant de noble naissance, le brillant séminariste, le précepteur du duc de Bourgogne, l'archevêque duc de Cambrai prince du Saint-Empire entraîné peu à peu dans le tourbillon de cette gloire qu'il condamnait toujours plus rudement, et qui lui pesait finalement comme à Madame, dont les regrets allaient aux cerisiers du Palatinat de son enfance ; mais peut-être la perte presque physique de l'identité qu'il devait au monde l'obligeait-elle aussi à se reconnaître en cet homme vieillissant, dont l'image livrée par le rêve l'avait tant surpris…

Le reflet, disait-il juste, donnait-il, comme l'affirmait le génie, l'exact portrait des êtres qu'il rencontrait, avait-il vraiment le don de plonger au cœur de chacun pour y lire comme en un livre – et que pouvait traduire une *image* des complexions intimes ; quel rapport liait l'apparence aux qualités profondes, le reflet savait-il, par quelque subtile pénétration, saisir cela même qui échappe à la vue ? Monsieur de Fénelon ne se trouvait lui-même en l'homme du bassin, il ne parvenait à tenir pour sien ce beau visage aux traits souverains et fragiles, cette âme fiévreuse, cette sensibilité affable dont ses regards transcrivaient la délicatesse discrète, un peu blessée, pétrie de contrastes mais claire au fond d'elle-même. Qui était-il ? Longtemps la Cour l'avait méconnu, ne goûtant que la surface de ce qu'il montrait, l'inventant, le recréant à sa guise, pliant sa vraie nature au gré des modes qui soufflaient, là-bas, aussi vite que le vent ; peut-être quelques proches avaient-ils connu une face plus fidèle, mais lui, que connaissait-il de lui-même, hormis ce qu'il s'en figurait ? Qui était-il, par quel biais, sous quel angle se devait-il concevoir, lui qui répugnait à s'étudier, quelle assurance avait-il même de sa propre existence, et qui d'autre que Dieu eût pu découvrir la pleine réalité de sa conscience, là où les titres et les jugements de ce monde échouaient par manque de hauteur, de clairvoyance et de sainteté...

Il songea à la soif que Bossuet lui avait avouée, un jour, d'une vie centrée sur Dieu. « Monsieur l'abbé, vous vous demandez la cause de cette tristesse que vous me devinez, qui est aussi une joie, mais une joie douloureuse... » L'évêque rentrait alors d'une de ses retraites à la Trappe où, priant parmi les bois, enfin silencieux dans les solitudes de son ami Rancé, il devait trouver la voie de ces épurements dont le monde le privait ; peut-être Bossuet suivait-il, là-bas, le chemin ombragé reliant l'étang aux collines du Perche, les sentiers perdus dans ces landes ensablées d'où se traçaient, étirés dans l'air comme des rubans, des lointains bleuis par le soleil, peut-être demeurait-il de longs moments à regarder la nature et y trouvait-il la grâce qui le ramenait tout entier au ciel, modeste comme les moines immobiles sous leurs grands habits blancs... À peine Monsieur de Meaux était-il paru ce soir-là qu'un regard avait suffi à Fénelon pour comprendre l'état de son cœur, tant il avait retrouvé le pas lent des êtres contemplatifs, la réflexion appesantie que donne l'habitude de se taire, la profondeur à la fois inquiète et paisible de celui dont la stabilité délimite l'horizon ; et les deux hommes, après une soirée passée à souper chez Montausier, s'en étaient retournés tôt ensemble, assombris et muets...

Le songe avait en effet rappelé toute sa tendresse pour son vieux maître dont l'aspect, cette nuit, l'avait profondément frappé : las, amaigri, presque résigné, l'homme du rêve n'avait rien de l'intraitable prélat qu'il avait récemment affronté, mais révélait plutôt cette belle humanité à laquelle le jeune abbé s'était attaché dès leur première rencontre… Monsieur de Fénelon entendait encore le grain régulier de sa voix résonnant pour la première fois à son oreille :

« Monsieur l'abbé, venez à moi, je suis bien aise de vous pouvoir enfin rencontrer. J'ai été si prévenu en votre faveur par monsieur Tronson et l'on m'a assuré de tant de choses à votre sujet, que je voulais éprouver ces récits de mes propres yeux… »

Et lui :

« Monseigneur, veuillez recevoir ici tout l'effet de ma gratitude, c'est là un honneur inestimable pour le modeste serviteur que je suis.

– Le serviteur… de Notre-Seigneur, j'espère, monsieur l'abbé, avait repris Bossuet avec une grande douceur de ton, car tant de ces gens que vous verrez ici ne savent étonnamment qui ils servent ni qui servir, tout en passant leur existence sous des jougs d'autant plus écrasants qu'ils sont superflus… Pour moi, l'obéissance au ciel ne saurait faire l'objet de la moindre composition. Le reste, monsieur l'abbé, et cet avis vous pourra être de quelque utilité, demande l'art de s'y savoir accommoder.

– Je ne pense avoir de peine à cela, monseigneur, je suis aussi homme de ce monde…

– Monsieur l'abbé, avait presque paternellement ajouté Bossuet, je vous prie, sans prendre le moindre ombrage de mes propos, d'accorder crédit à ces leçons que j'en ai pu tirer par le fait d'une longue fréquentation : vous semblez bien assuré de vous-même, parce que vous arrivez à la Cour. Mais bien vite, vous ne manquerez de mesurer les particularités de ces endroits, et la légère dissension qu'un honnête prêtre peut, parfois, y ressentir d'avec ses devoirs. Aussi n'est-il pas inutile de s'en savoir prémunir et défendre à bon escient.»

Avait-il jamais pensé trouver en un homme d'une telle dignité, hormis chez son oncle, une prévenance et un souci de vérité qui fissent parler si net ? S'était-il figuré s'entretenir ensuite, pendant près d'une demi-heure, avec ce Bossuet devant lequel la Cour tremblait ? Il y avait assurément eu là quelque chose de singulier à voir le jeune inconnu converser librement avec ce prélat qu'écoutait le roi, que craignaient les favorites, que vénérait la reine et dont la rhétorique grave était parvenue à tirer une larme de Monsieur au décès d'Henriette d'Angleterre, sa première épouse, tout en effrayant la Cour par le tableau de la mort ; comme l'on dut s'étonner à les observer tous deux, l'un si sérieux, souriant peu, lent en sa réflexion mais précis et rigoureux, l'autre encore enjoué, séduisant, brillant, rapide – le cadet attentif au plus âgé, plein de respect et de déférence, l'aîné, marqué par tant de vigueur, édifié d'une telle souplesse d'esprit que modérait une humeur apte, déjà, à s'effacer avec toute la noblesse de son nom… Bossuet avait conversé dans un complet oubli des préséances, heureux sans doute de découvrir un homme qui lui donnât cette juste réplique dont son ascension l'avait progressivement sevré ; mais peut-être, par-delà cet étonnement, s'était-il aussi laissé séduire par le tempérament du jeune abbé, par sa vivacité, sa finesse, sa gaieté et le charme qui, émanant de toute sa personne, dotait chaque réflexion d'une grâce singulière…

Par la suite, le temps les avait éloignés à mesure que s'étaient rapprochés leurs états, les conversations informelles, les promenades s'étaient raréfiées et, avec elles, les conseils, les débats amicaux, ces essais dont Monsieur de Meaux lui suggérait l'idée et que l'abbé s'empressait de composer; Fénelon avait bientôt prêché avec un tel succès que l'on s'était arraché l'honneur de le protéger ou d'être de ses amis, le bon duc de Beauvilliers l'avait rencontré et ils s'étaient liés, Colbert, père de la duchesse, l'avait reçu, et pour n'être en reste, l'archevêque Harlay lui-même l'avait voulu attirer mais le trouvant mauvais flatteur, s'était fâché de cette réserve… L'abbé de Fénelon avait finalement été nommé aux *Nouvelles catholiques* pour assister des protestantes converties, puis le monde s'obstinant à réclamer sa part, il s'était résigné à diriger aussi quelques dames bien nées; alors, leur sympathie avait ressenti l'effet de ces jeunes éclats et s'était due, pour la première fois, plier aux rouages de la terrible machine. L'on s'était mis à les observer davantage, à s'étonner de leur entente, à faire de l'affabilité surprenante de Bossuet, de la bonne fortune de Fénelon, le sujet de bien des conversations; Monsieur de Meaux, qui affectait en public une souveraine indifférence, y était devenu plus regardant et, quoique toujours attaché à l'abbé, avait témoigné davantage de réserve à son endroit. On les vit moins ensemble, Bossuet montra plus de hauteur, chacun se consacra à d'autres amitiés et retrouva ses études, Fénelon, enfin, après la déception que lui causa ce changement, comprit l'importance de s'attacher à vivre plus que jamais en amour et en vérité, en se ramenant tout entier à Dieu.

Bossuet s'était éloigné, avant que de tristes circonstances ne le menassent à la haine; et voilà que cette nuit, le vieil évêque usé par une longue vie de cour, accablé d'honneurs, tourmenté de passions, s'était comme apaisé devant son ancien protégé. Sans doute le songe avait-il dévoilé l'âme de l'évêque telle qu'elle devait demeurer au plus profond de lui, toujours riche des qualités par lesquelles s'était nouée leur amitié : Fénelon en avait un instant oublié leur différend et les excès qui n'avaient d'égale, finalement, que la douceur des débuts... Au regret de leur entente, à l'estime conservée l'un pour l'autre, l'archevêque éprouvait la réelle tendresse qui les liait encore ; leur attachement, malgré un extrême contraste de caractère (la minéralité de Bossuet, l'obscurité tombale de sa personne et de ses textes tranchant avec la densité plus vive et lumineuse de Fénelon, la froideur presque étroite du premier, libérée par le moyen rhétorique, se heurtant à la souplesse de réflexion, à l'incarnation de pensée du second), leur sympathie construite par méticuleux progrès, tout ce sentiment vague d'affection inavouée, n'appelait que le pardon réciproque... Mais monsieur de Fénelon savait aussi que si le sommeil et les rêves permettaient au cœur de s'exprimer sans retenue, le jour ne pourrait voir l'archevêque de Cambrai se rapprocher de l'évêque de Meaux, à moins de renier la cause qu'il défendait.

Leurs deux vies étaient devenues, en effet, matière publique, ce qui les empêchait d'agir selon leurs seules intentions. Des intérêts plus ou moins avoués s'en étaient mêlés, tâchant de les allier ou de jouer de l'un contre l'autre pour servir des fins souvent cachées ; sans cesse guettés, honorés ou critiqués selon le sens de la mode, courtisans d'une cour qu'ils réprouvaient, courtisés en dépit d'eux-mêmes, ils avaient dû se résoudre aux jeux prévalant à Versailles et, par conséquent, admettre toute la dépendance où les cycles de la faveur les jetaient. Par leur solidité et la fermeté de leurs natures, Fénelon et Bossuet tenaient le plus possible face aux agitations extérieures. La proximité du péril avait même fait de la vigilance une habitude, ce qui les dispensait avec les années d'y devoir trop songer ; mais il arrivait parfois que, las de résister, fatigués de lutter toujours, ils reprenaient souffle le temps d'un fatal instant durant lequel s'insinuait quelque passion, avant que l'entretien de Dieu ne les rendît à leur chemin particulier…

Fénelon savait à son détriment combien ces fonctions, outre de les donner au ciel, les livraient aussi au roi ; celui-ci avait sa part de leur destin et savait en user pour les mener à sa guise, tour à tour habile flatteur et censeur froid, grand seigneur récompensant ou disgraciant, irrité de toute indocilité, horrifié par la contradiction, affolé à l'idée d'une révolte et préférant écraser qu'examiner en détail – Esprit Fléchier, encore abbé à cinquante ans, avait subi plus que quiconque ce redoutable poids : « Monsieur, écrivait le roi en l'envoyant vers quelque diocèse de Provence, vous méritez depuis longtemps la dignité épiscopale, mais je ne voulais pas me priver de l'impression que font sur moi vos sermons, en vous éloignant de moi… » À quoi Fléchier s'était dû soumettre avant que le roi, un an plus tard, ne le mandât à Nîmes, l'obligeant à quitter Pernes auquel il avait voué le meilleur de ses forces. L'étiquette de la Cour n'interdisait-elle pas aussi à tout prélat, fût-il illustre, de s'asseoir en présence du souverain dont dépendaient d'autant plus les carrières qu'il en décidait lui-même, sans se soucier du pape ; et le roi, dont l'horreur de la théologie était publique, n'hésitait pas à arbitrer des disputes où il se piquait encore d'avoir raison. Bossuet lui-même n'échappait à tout cela et, quoique fort critique sur les mœurs de la Cour, dont les têtes dissolues l'écoutaient avec ébahissement, il n'en avait pas moins soutenu ce système dont les rouages favorisaient la reconnaissance de ses talents ; il arrivait d'ailleurs qu'on le vît, sous des dehors austères, soigner son attachement au roi dont dépendait sa gloire comme l'oiseau sur la branche, par mille petites grâces qu'il lui manifestait...

L'archevêque se tourna dans le lit et se souvint d'être arrivé au château de Fénelon. Il se leva pour demeurer auprès de cette fenêtre d'où se déployait la vue au-delà de la vallée, à l'ouest vers Sarlat, à l'est jusqu'aux monts de Roc Amadour puis au nord où s'étendait la Vézère, pendant que les bois d'Aquitaine se prolongeaient au sud ; un brouillard blanc pesait du ciel au fleuve et teintait les eaux de la Dordogne, en contrebas, d'un miroitement faible, juste visible au travers des forêts. Déjà, pointant à la ligne des reliefs, le soleil enveloppait l'horizon d'une brume qui dissipant la froideur du matin, semblait progresser par ondes dans les airs, à la façon dont la mer s'étire sur le sable. Les harmonies se modifiaient rapidement, selon la position de l'astre ou les obstacles qui heurtaient et dégageaient sa course, orientant le jeu des rayons ; puis quand le jour fut tout à fait paru, la campagne frémit sous l'élévation paisible de la lumière et monsieur de Fénelon retrouva la constitution de son pays, les arbres à perte de vue, l'alliance silencieuse des feuillages et des pierres, l'alternance de verdure et de terre si chère à son cœur, cette hauteur présente en toute chose qui l'éblouissait par ressemblance avec la rectitude de ses propres aspirations... Un vent se leva et emplit la chambre pour tourbillonner autour de lui, faisant battre le baldaquin de vieux velours avec le bruit d'un oiseau à l'envol ; quelques cendres glissèrent de la cheminée que dominait un grand portrait de femme et s'étendirent, poussées sur le plancher par le courant d'air, jusqu'à ses souliers.

Depuis son arrivée au château de Fénelon, la veille, il lui semblait s'être encore davantage rapproché de lui-même, comme ramené au plus profond de son cœur par ces témoins d'une origine découverte jusque dans les plus petites choses ; un instant ne passait sans que ces mondes ne trouvent d'écho en son âme ou n'y fassent vibrer quelque corde inconnue dont le timbre, éveillant à son tour une résonance particulière, suscitait mille souvenirs effacés. C'était une pierre, un banc d'arbres, le tomber d'un éclairage ou quelque son porté à son oreille, la lenteur d'un chemin frayé au travers des blés, le craquement du sol sous le pied, l'odeur des bois où le soleil traçait des rainures tièdes et blondes comme le miel. Peut-être ces signes, suspendus depuis l'enfance en une réalité que l'on n'éprouve par les yeux, rapportaient-ils à sa conscience des pans d'existence oubliés, perceptibles par leur seule intimité à sa personne ; la simplicité de ces bonheurs l'étonnait et lui donnait une sorte de joie inquiète, entière mais indécise. Jamais il n'avait soupçonné l'existence de cette mémoire dont la richesse le portait malgré les années, quoiqu'elle se prolongeât peut-être en ce style qui l'étonnait souvent sous sa propre plume où parlant de nature, de mer, d'astres et de dieux, attaché à peindre les campagnes antiques qu'il n'avait jamais vues, les forêts qu'Apollon, nouant ses cheveux, parcourait à la chasse et toutes ces nymphes délicieuses dont il disait le teint, il se surprenait d'un imaginaire si exact, parfois plus aigu que le réel qui l'entourait… Cette paix le troublait maintenant par sa perfection, la beauté de la campagne le touchait et l'amenait à se distraire du sort qui, sans doute déjà scellé à Versailles, ne tarderait pourtant à le rappeler ; une harmonie se recréait en lui, mais se devinant trop sensible au lien qu'il sentait se former, redoutant les conséquences de cet attachement en un nouvel exil, il préférait modérer sa tendresse et demeurer prudent, retiré, sans passions.

2

Peu après qu'il eut achevé de se vêtir (depuis son arrivée en Périgord, monsieur de Fénelon refusait l'aide de tout domestique), il entendit frapper à sa porte et, l'ouvrant, vit son demi-frère sur le seuil. Pons François souriait.

« Alors, mon frère, votre première nuit fut-elle bonne ? demanda-t-il. Ne dort-on pas mieux ici que dans tous les Versailles du monde ?

– Bien mieux, en effet, répondit gaiement Fénelon, la nature a des effets singulièrement apaisants, quoiqu'elle suscite aussi ses réflexions.

– Le contraire m'eût étonné de vous, plaisanta le vieux comte, quand vous ne réfléchirez plus, votre salut sera fait.

– Alors, mon frère, il en est loin.

– Vous n'avez pas changé sur ces matières, je vous trouve toujours le même et cela me fait plaisir. Cette chambre vous plaît-elle, l'avez-vous reconnue ? C'est là que nous sommes nés, vous et moi, ainsi que la plupart de nos frères et sœurs, quoique certains meubles en aient été changés. Je suis certain que vous ne vous rappeliez cette anecdote… Quant à moi, tel que vous me voyez, ce jour-là est encore bien plus lointain.

– Vraiment, non, je ne me souvenais pas de cela. En êtes-vous certain ? dit l'archevêque.

– Tout de même, s'exclama le vieux comte, je suis l'aîné, ne me considérez-vous donc pas comme la *mémoire* de notre famille ? Je vous devance de plus de quatorze ans, François, fiez-vous à ce qui me reste d'esprit : je n'en ai jamais eu beaucoup et ne vous ferai la moindre ombre du monde, mais si l'on doit me reconnaître une qualité, c'est celle-ci, celle d'avoir toujours veillé sur notre maison avec un certain amour.

« Venez donc voir, dit Pons François en pénétrant la chambre, ne vous rappelez-vous point cette malle où l'on rangeait les quelques petits amusements que nous avions ? Regardez, aidez-moi à en soulever le dessus, tenez, voici encore quelques balles, et puis une poupée de nos sœurs… C'est ma mère qui l'avait dû faire, avant qu'elle ne nous quitte et que la vôtre n'épouse notre père. François, regardez donc ce châle que je trouve, il devait être à votre mère, je le reconnais : il est tout fané, mais je me souviens de le lui avoir vu sur les épaules. Peut-être se gardait-elle ainsi du froid, elle tremblotait toujours, depuis son arrivée parmi nous… Il est vrai que ce grand endroit-ci est fort délicat à réchauffer. Tenez, je suis bien heureux de parler de tout cela avec vous… De tels moments n'arrivent souvent. »

Le prêtre demeurait interdit. Il saisit le morceau d'étoffe jaunie, effiloché en ses extrémités et resta à le tenir. Le vieux comte se redressa soudain.

« Mais voilà, mon frère, dit-il, que je me perds dans mes discours et vous parle depuis votre arrivée sans la déférence qu'exigent vos états. Cela vous contrariet-il, dois-je corriger la liberté que vous me voyez prendre ?

– Je n'en suis pas fâché, murmura l'archevêque, ne vous formalisez point tant, je ne veux rien perdre de cette simplicité qui me fait si défaut à la Cour.

– Mais je crois voir, François, votre mine changer, ajouta le vieux comte, est-ce là cette histoire que je vous ai dite qui vous brouille le cœur ?

– Cet objet, à dire vrai, reconnut le prêtre en déposant le châle dans la malle, me cause quelque regret, je ne vous le cacherai pas… J'ai su à Salignac par une vieille servante combien mon départ lui avait été pénible, cela m'a extrêmement affecté, j'y ai bien repensé… Me voilà de retour, mais trop tard, si tard qu'elle n'est plus là.

– Elle n'était pas malheureuse, ici, reprit Pons François, certains se sont piqués de faire courir le bruit contraire, vous pouvant alarmer. Sa délicatesse, sa timidité suggéraient peut-être une affliction particulière ou quelque peine cachée. Mais il n'en était rien, notre père la traita jusqu'à la fin avec la plus grande exactitude, notre oncle Antoine défendit toujours sa cause, nous-mêmes, quoique un peu froids pour certains, ne lui avons jamais manqué en rien. »

Alors qu'il parlait ainsi, un chat bondit soudain à l'intérieur de la chambre et l'interrompit brutalement.

« Ah, Savinien, s'écria le vieux comte, Savinien ! Ce chat est revenu… Voilà trois jours… Savinien, te voici encore à me faire tourner en bête, et tu ne me laisseras pas t'attraper alors que…

– Monsieur le comte l'a donc retrouvé ? claironna une servante qui passait par là. C'est tant mieux, monsieur le comte, parce que, voyez-vous, une poule a encore été tuée, et…

– Laissez-nous, je vous prie, coupa Pons François. Je fais sortir le chat d'ici et tentez ensuite de l'attraper, si vous le pouvez.

« Je souffre horriblement du dos, murmura-t-il à l'archevêque quand la fille fut partie, je n'arrive plus à me baisser. Alors ce chat en profite, et avec lui toute la maisonnée, qui se figure que ma vigilance régresse de même. Ils se trompent ! Jamais l'esprit ne s'affûte tant que pour suppléer les manquements de cette faible mécanique… »

Puis se tournant vers le portrait de femme qui dominait la cheminée, le vieux comte continua :

« Vous verrez que j'ai fait poser un peu partout des toiles de notre famille. Je trouve que le château en a encore meilleure figure, et nous en possédons tant qui s'abîmaient sous le toit… Notre père n'avait eu le goût de les exposer, hormis les plus anciens d'entre eux. Il les préférait, il avait l'admiration de ces figures. "C'est eux, disait-il toujours, qui ont fait notre maison. Nous n'avons pour seul mérite que de perpétuer leur ouvrage." Alors à sa mort, j'ai décidé de mettre de l'ordre dans les peintures. Je *perpétue* à ma manière, tout comme vous à la vôtre.

– Cette femme me paraît être votre mère, dit le prêtre face au portrait qui se trouvait dans sa chambre.

– C'est elle, répondit le vieux comte, il n'y a pas à en douter. Elle est représentée dans sa dix-septième année, juste avant son mariage. Comme elle a l'air sévère et paraît nous regarder… C'était au contraire une personne tout à fait plaisante, je vous laisse à cela mesurer la maladresse de ces peintres… Notre père n'avait pas tort quand il leur préférait les images des anciens livres, il aimait cela, cette linéarité de la forme, qui épure et – comme je l'ai souvent entendu affirmer –, fait aussi *ressortir l'âme* : peu de choses, disait-il du miniaturiste Jean Fouquet, pas d'extravagance ni de vaine coquetterie, mais une netteté profonde, un sens inné de la vérité du trait, du strict usage des couleurs. Les portraitistes d'aujourd'hui, disait-il aussi, déplacent la réalité et en voulant platement embellir, déparent la beauté naturelle, le charme commun des apparences. Aussi passait-il des heures avec son frère, l'évêque de Sarlat, penchés tous deux sur de vieux psautiers, des bibles illustrées et mille autres choses que je ne connais pas. Il partait pour la journée, et nous savions ne pas le revoir avant la nuit...

« Cette peinture de ma mère, reprit Pons François de Fénelon après un instant de réflexion, a bien quelque chose d'elle, elle lui ressemble mais reste en même temps étrangère à son modèle. Copier ne doit pas suffire, l'âme d'une personne, ce me semble, ne se peut résumer à cela ; vous qui en connaissez certaines profondeurs devez redouter les ellipses de l'image... Venez donc, François, que je vous montre quelque chose. »

Monsieur de Fénelon suivit son frère dans un corridor peint à la chaux.

« Voyez ici, dit-il, d'autres de nos ancêtres. »

Un long gentilhomme vêtu d'un habit à fraise jetait sur eux un regard oblique et froid. À son côté, une dame semblait gravement attendre. Ils en virent d'autres encore : seigneurs, religieuses aux voiles blancs, chevaliers, prêtres en habit, ronds, minces, chauves ou coiffés de perruques, inquiétants, souriants, solennels, amicaux, qui portaient dans le vide le feu éteint de leurs grands yeux...

« Celui-ci, expliqua Pons François en désignant un personnage austère, est ce méchant seigneur qui surprit son épouse avec un page, comme le raconte la légende, et la tua en contrebas de la motte avant de déposer son corps dans une barque, sur les eaux de la Dordogne. Cet homme-là est en revanche ce fameux Bertrand de Salignac, monsieur de la Mothe, diplomate de Charles IX dont on nous parlait tant et qui mourut seul entre ces murs… Quant au suivant, il s'illustra avec notre père contre Gaston d'Orléans et mourut hélas avant que d'être distingué par Mazarin qui estima grandement sa fidélité…

– Cet adolescent, demanda l'archevêque, intrigué par un portrait de plus minces proportions, n'était-il pas ce garçon mort fort jeune, et dont la beauté fut louée jusqu'à Paris ?

– Vous avez raison, répondit le vieux comte. Il devint même un proche du petit Monsieur, dans son enfance, et mourut quand ce prince n'avait pas dix ans. L'on m'assura, d'ailleurs, qu'il en fut toujours amèrement regretté.

– Voilà donc l'air de ce garçon qui partagea quelques-unes de ses jeunes années, murmura le prêtre, songeur, il eut le bonheur de connaître le prince avant que l'on ne corrompît tant de qualités… »

Pons François de Fénelon le regarda avec étonnement.

« Voilà que votre propos me surprend, dit-il, car je n'ai jamais entendu dire rien de bon sur Monsieur, au contraire, l'on m'assura qu'il était homme à porter l'outrance et la frivolité en de rares extrémités…

– Frivole ? Peut-être devrais-je taire une pareille infamie, reprit l'archevêque, et ne vous point choquer par sa simple évocation ; j'en ai tant vu qu'elles devraient clore ma bouche, mais je les tolère mal, et ne souffre pas les méfaits de la rumeur. Ne savez-vous donc, mon frère, la façon dont on traita Monsieur et comme l'on continue de l'abaisser, à Versailles ? Nous voyons là en vérité une des plus grandes abjections de notre temps, qui loin d'émouvoir quiconque, se perpétue aux vues de tous.

– Je ne connais que fort peu de chose de cette histoire, François, répondit le vieux comte, nous ne nous mêlons de cela dans nos provinces, nous demeurons loin de la Cour et, quoique exclus de ses fastes, en conservons l'avantage de vivre épargnés des maux qui les accompagnent. »

Monsieur de Fénelon regardait le portrait du petit ancêtre.

« Je ne m'étonnerais pas, reprit Pons François, que l'on se soit défié de Monsieur par souvenir de Gaston d'Orléans. J'ai connu ces périodes de trouble, François, et vous assure combien elles furent âpres et douloureuses. Aussi a-t-on dû tout craindre du frère du jeune roi et tâché de prévenir chez lui les menaces que son oncle avait jadis jetées sur le règne de Louis XIII…

– C'est exact, dit l'archevêque, mais les moyens qu'on y appliqua sont peu honorables et ce péril ne justifie pas les méthodes dont on usa. Est-ce dans de tels aveuglements que l'on défend le pouvoir ? Notre royauté devra-t-elle donc toujours se nourrir de sangs innocents, et montrer l'exemple d'un déchaînement de passions mêlées aux calculs les plus bas ? Que dirait le peuple de nous voir agir de la sorte ? »

Pons François restait très surpris.

« Oui, mon frère, murmura monsieur de Fénelon, je crois bon que vous sachiez le train sur lequel va Versailles. Monsieur en est à mes yeux l'illustration la plus frappante : il fut élevé sans le moindre soin, et l'on abusa de sa passion d'enfant pour les coquetteries féminines afin de tirer de cet amusement un véritable vice, qui le poursuit encore et cause le malheur où il sombre aujourd'hui…

– La défunte reine put-elle laisser faire pareille chose sur son fils ? s'étonna le vieux comte.

– Hélas… Il ne semble pas qu'elle s'y soit opposée, peut-être la convainquait-on efficacement du profit de cette action. Monsieur est à présent dans la plus grande peine qui soit, surtout depuis que le roi lui retira le commandement des armées où il s'illustra si bien que son frère, dit-on, se serait fort soucié de cet éclat nouveau… Le roi le préfère oisif, n'ayons pas peur de le penser, l'oisiveté est le remède dont il combat ceux qu'il prend pour ennemis, le faste qu'il cultive constitue une arme contre son entourage. La noblesse de France se corrompt à Versailles plus que par aucun règne du passé, pendant que des bourgeois avides recherchent sans merci les bonnes grâces du monarque et occupent depuis une génération, déjà, des places d'où ils influent sur tout ; le spectacle, mon frère, en est funeste pour nos maisons… Bien sûr, le roi continue d'entretenir avec quelques familles une amitié assez étroite pour leur donner, encore, les places qui leur reviennent, mais la nature du système qu'il édifie ne joue vraiment en notre faveur. Se rend-il seulement compte du coup qu'il porte à ses plus proches alliés et des périls où ses calculs jettent l'État et le pays ? Sa conscience qu'il veut chrétienne ne lui inspire-t-elle rien face à tant de vies gâtées, de talents mésusés, le cœur ne lui a-t-il d'ailleurs jamais saigné en enfonçant Monsieur dans ces plaisirs où la malveillance l'avait jeté ? Hélas, sa dureté peut sembler sans limite, la défunte Grande Mademoiselle en fut elle-même frappée quand le roi, en place de condoléances à la mort de son père Gaston d'Orléans, lui déclara que Monsieur s'en réjouissait pour le plaisir d'y faire valoir un nouveau manteau, et combien son contentement eût été plus grand encore s'il s'était agi de sa propre disparition. Voilà, mon frère, avec toute la déférence que je dois à mon souverain, la nature de l'homme dont l'on chante les louanges.»

Pons François de Fénelon demeurait silencieux.

«En vérité, je n'hésite à vous croire, François, reprit-il enfin, car je connais votre âme et toute sa droiture. Vous me voyez fort soucieux de ce que je viens d'entendre et, quoique soupçonnant ce genre d'affaires, en être convaincu me cause toujours de l'effroi.»

Les deux hommes avancèrent en silence et s'arrêtèrent devant un dernier portrait, où l'archevêque reconnut son père.

«Cette peinture-ci n'est pas mauvaise, murmura le vieux comte, comme pour oublier ce que le prêtre lui avait rapporté. Regardez exactement, François : le trait en est ferme, les couleurs habilement imitées de la réalité. Son auteur était réputé, notre oncle de Sarlat l'avait recommandé – il avait déjà travaillé pour lui à la cathédrale... Mais je me rends compte que vous n'avez jamais vu notre père ainsi, puisqu'il se fit peindre peu avant sa mort et que vous étiez déjà parti depuis longtemps... Sans doute vous paraît-il changé. Regardez ce visage déjà marqué par la fatigue, ces lents regards qu'il nous porte. Il gardait toujours, vers la fin, ces habits sombres, par souvenir de nos deux mères... Je trouve en vous une vive ressemblance, maintenant que j'ai le bonheur de vous pouvoir comparer...»

Au bout d'un moment, les deux frères se séparèrent et monsieur de Fénelon sortit sur cette terrasse de pierres grises qui entourait la cour intérieure du château. De là, les forêts s'étendaient sur une colline si proche qu'on la croyait pouvoir toucher de la main ; denses comme l'écume, les feuillages semblaient se fondre aux rosiers sauvages dont les boutons pointant parmi l'entrelacs de verdure, s'élevaient par brassées au long de la porte principale. Le ciel était pur. L'horizon se dégageait en tous sens alors que passaient, plus furtifs que des ombres, des domestiques affairés ; voulant se retrouver seul, l'archevêque descendit en cette petite chapelle où il avait été baptisé.

Il approcha de la porte entrouverte et l'ayant poussée, resta surpris. Rien n'avait bougé depuis sa jeunesse, tout semblait immuablement suspendu dans cet espace où la lumière, glissant des vitraux sur les dalles, levait un demi-jour crayeux, délié et timide :les prie-dieu demeuraient avec leur dessus de velours pourpre un peu usé, clouté de sphères de cuivre à facettes, le grand lutrin de bois dressait toujours sa silhouette où reposait une bible brune qu'ornaient, glissant des pages, de longs signets de soie ; un drap couvrait l'autel encadré de deux cierges alors que le tabernacle à volutes, acquis par son oncle en Italie, tranchait, comme ces fleurs poussées parmi les pierres d'un cloître, avec le simple dépouillement de l'endroit…

Il se figura un instant son père, âgé, seul, poussant la porte de sa chapelle de Dordogne. Pons de Fénelon, comme l'avait suggéré ce dernier portrait, semblait s'être dépouillé à la fin de sa vie des mouvements d'orgueil dont le prêtre gardait le souvenir. Peut-être sa piété naturelle, avivée par l'approche de la mort, s'était-elle nourrie de ce qu'il appelait en lui-même la *qualité spirituelle* de ce lieu retiré du monde : dès le seuil, pensait monsieur de Fénelon, l'on se sentait comme doucement amené devant Dieu avant que la courte nef, unie au demi-cercle du chœur, ne plaçât l'homme au centre d'une sphère qui nourrissait, par l'élévation des volumes, le moyen d'une intime reconnaissance avec le Créateur… Lui-même avait toujours été sensible aux vertus de la petite chapelle pour ne retrouver que plus tard, en des circonstances inattendues, cette conjonction soudain physique, immatérielle, évidente avec ce qui faisait l'objet de ses aspirations ; il se souvenait d'avoir été saisi de cette impression en pénétrant la cathédrale de Cambrai attiédie par les marbres colorés du chœur, dans les jardins de Beynes ou près de l'église de Talmont, dressée sur la mer, qu'il avait découverte lors des missions en Saintonge. Se mêlant au génie particulier de cet endroit tant aimé, l'archevêque percevait maintenant une quiétude épanchée jusqu'à lui, comme si la communion de ses ancêtres bénissait son retour et l'associait à son intercession…

L'affliction des derniers jours avait quitté son cœur. La veille encore, la séparation d'avec monsieur de Coly avait causé quelque douleur : le voyage depuis Salignac avait duré longtemps, ralenti par des routes très accidentées à l'approche de la Dordogne ; le ciel était nuageux, un vent plus frais soufflait depuis la nuit. Enfin, après avoir traversé les bois d'Eyrignac, ils avaient laissé derrière eux les vallons de Salignac et d'Eyvigues pour amorcer la descente vers Sarlat, où monsieur de Coly devait le quitter. Au sortir d'une orée, ils avaient vu soudain les toits de la ville et ces hautes maisons claires d'où pointaient les tours de la cathédrale.

Alors que la voiture allait repartir, le prêtre avait encore aperçu le visage de son ami à travers la vitre. Monsieur de Coly demeurait immobile, et l'archevêque s'était rappelé leur rencontre lors du premier hiver passé à Sarlat auprès de son oncle ; le froid enveloppait la cathédrale d'une sorte de manteau pâle, léger et duveteux qui retombait selon l'étagement des frontons et des frises pour lui donner l'aspect d'un mausolée de marbre. Toute la ville se couvrait de ce brouillard dont le grain variait selon les heures, noyant cours et jardins, élimant les formes, saupoudrant les lauzes dont l'aplat discontinu réfractait le ciel jusqu'à la Lanterne des morts qui, sur cette colline où pénétrait le chevet de Saint-Sacerdos, dressait entre la ruelle du Saint-Esprit et le passage Sainte-Claire son bulbe mystérieux…

Un après-midi qu'il étudiait dans la bibliothèque de l'évêché, il avait rencontré par hasard cet étrange jeune homme au visage d'enfant ; quelques mois plus tard, Coly avait fini par avouer son projet de devenir religieux à l'abbaye de Cadouin.

Le souvenir s'était évanoui ; une dernière fois, soudain conscient qu'il lui fallait se quitter, monsieur de Fénelon avait passé un bras par la portière et, Coly tendant le sien, ils s'étaient longuement serrés, sans un mot. La voiture s'était ébranlée. Dès cet instant, son ami avait disparu dans une ruelle voisine, obstiné à ne pas se retourner.

Pons François de Fénelon avait deviné cette disposition dès l'arrivée au château. Le vieux comte marchait assez mal, mais l'avait voulu accueillir lui-même, pressé par cette tendresse qui avec l'éloignement, s'était muée en un fidèle dévouement.

Ils étaient remontés ensemble, l'archevêque laissant son frère s'appuyer sur son bras. Des terrasses, Pons François lui avait montré la vallée, évoquant les arbres qu'il avait dû faire abattre, les tempêtes d'automne, les orages sur la Dordogne, les hivers de gel et les lauzes qu'une tornade était parvenue à faire choir jusqu'au pré en contrebas, manquant de tuer un troupeau : puis, après avoir encore longuement parlé du domaine, comme pour rattraper le temps passé ou donner à mesurer la vie perpétuée en son absence, il l'avait introduit dans la Grande Salle, avec cette cheminée béante comme un œil que marquaient, presque aussi hautes, les armes de leur famille ; l'odeur de suie et de bûche consumée, omniprésente, pénétrait le bois des meubles et s'attachait aux vêtements.

Avec l'arrivée du soir, les nuages s'étaient un peu dissipés pour laisser paraître une brume rosée à l'horizon. Monsieur de Fénelon se rappelait les derniers instants qui l'avaient séparé du château : d'abord, le passage du vallon de Sarlat aux berges de la Dordogne, puis le déploiement de la campagne autour du fleuve, avec le dentelé régulier des collines d'où se dressaient des forteresses tenues face à face au-dessus du courant. Contrairement à la plupart, on ne distinguait Fénelon de la vallée. Il demeurait dérobé aux regards, comme préservé par les épaisses forêts qui, élevées jusqu'à ses remparts, lui causaient une sorte de cape sombre écartée au sommet pour ouvrir le domaine sur la pleine étendue du ciel. Aussi, par oubli de la constitution des lieux, le prêtre avait-il souhaité que l'on s'arrêtât auprès du fleuve afin de l'apercevoir peut-être – mais il avait bien vite dû se résoudre à n'en rien deviner, malgré l'impatience avivée en son cœur… Quelques instants après, du pont de Saint-Julien, une lumière s'était encore étirée par-delà les collines pour baigner la vallée d'une clarté rougissante dont la vigueur légèrement fanée mais tiède, égrainée, suave, drapa les manoirs sur les rives tels de grands navires partant pour les lointains. Alors, le cœur battant, il avait vu encore le mouvement stable des eaux, les champs bruns de limon, les peupliers rangés le long des rives, les falaises d'où s'élevaient des forêts aux feuillages presque noirs, puis le village de Sainte-Mondane que dominait l'église où il avait reçu ses premières leçons de latin ; et après être demeuré, de la voiture, à regarder ces lieux, tout étonné de ce qu'ils eurent si peu changé, monsieur de Fénelon avait demandé à suivre ce chemin qui montait par lentes sinuosités sur les flancs de la motte…

En ressortant de la chapelle, il trouva la comtesse occupée à donner des ordres dans la cour. Leurs regards se croisèrent, ils se saluèrent et madame de Fénelon lui fit signe de demeurer. C'était une grande personne au teint pâle, vêtue d'une simple robe de soie foncée, sans fard et sans bijoux. L'archevêque avait remarqué la froideur de cette femme et le peu de plaisir qu'il lui semblait inspirer.

« Madame, dit-il, voyant qu'elle ne commencerait la première, je voulais vous remercier encore de l'accueil dont vous-même et mon frère me daignez honorer…

– Il n'est besoin de cela, monsieur, répondit-elle, votre frère a un si doux naturel qu'il ferait du bien à tout le monde. J'ai toujours dû user de discernement pour deux, j'y suis, grâce au ciel, résignée maintenant. »

Monsieur de Fénelon la fixa d'une façon telle qu'elle se troubla.

« Monsieur, vous êtes en quelque sorte mon beau-frère, reprit-elle aussitôt, gênée et surprise, et il ne fallait prendre pour vous ce que mon humeur m'a laissé échapper. Je ne saurais cacher la lassitude de la vie que je mène ici… Vous avez le bénéfice de ceux qui ne sont que de passage, j'en sais, moi, les duretés quotidiennes. »

Puis, après un instant, elle tourna les yeux vers lui et murmura ces étranges propos :

« Être femme, monsieur, n'est pas un si grand bien de nos jours.

« À la Cour, peut-être, reprit la comtesse qui semblait souhaiter s'ouvrir, voyant que le prêtre l'écoutait, à la Cour il est peut-être possible d'espérer devenir *quelque chose*. On y entend, à ce qu'il paraît, de la belle musique, des conversations bonnes à désennuyer. Cela fait-il le bonheur ? Ici, monsieur, la circonstance est tout autre, mais je ne la tiens pas pour meilleure. Et serait-on mariée au meilleur homme de France, le manque d'instruction où l'on nous laisse… »

Madame de Fénelon se tourna vers l'archevêque et, comme pour justifier cette confidence qu'elle n'avait dû calculer, ajouta :

« J'aspirais depuis longtemps à m'entretenir de cela avec vous, monsieur, car je vous sais très au fait de ces questions.

– En effet, madame, dit-il avec réserve, il m'est arrivé de m'occuper de tout cela, et ce furent même des sujets qui m'intéressèrent jadis. Madame de Beauvilliers, une de mes amies, s'en était notamment souciée pour ses huit filles qu'elle voulait armer contre les faiblesses du temps, et nous avions eu ensemble les plus intéressantes réflexions qui fussent.

– Le duc de Bourgogne, aussi, que l'on disait si subtil à manier, vous a dû particulièrement éclairer… »

Monsieur de Fénelon tressaillit à ce nom. Il parut hésiter quelques instants, comme s'il eût de la peine à évoquer cet élève dont les circonstances l'allaient sans doute éloigner, ou que les mots lui manquaient pour l'évoquer avec justesse.

« Il est vrai, madame, murmura-t-il, et ce fut là pour moi une grâce considérable. Ce garçon semblait doté du plus difficile caractère et, cependant, d'un esprit si indéniablement pénétrant... La patience réussit à venir à bout de cette méchante disposition et, par un travail de chaque instant, permit à ses qualités de prendre leur pleine mesure – Louis de Bourgogne est un homme de grande valeur, madame, fidèle et courtois, qui sait faire le bonheur des siens et possède un sens très sûr de l'État...

– Monsieur, interrompit madame de Fénelon, sans doute surprise par la chaleur de ces paroles, en vous entendant ainsi, je sens combien ces matières vous touchent et...

– Je sais, madame, ce que vous entendez par là.

– Ah ?

– Vous suggérez, madame, dit-il, que mon sacerdoce m'écarte pourtant de cette vocation que l'on nomme *humaine*, compromettant peut-être la légitimité d'un prêtre en pareilles fonctions...

– Oui monsieur, c'est en vérité bien cela qui me traversait l'esprit, et cette curiosité m'en était déjà venue en considérant que seuls des prélats avaient élevé les princes de France.

– J'entends votre remarque, madame, répondit-il en souriant, mais est-il besoin à tel acteur chantant un dieu grec chez monsieur de Lully d'avoir lui-même été dieu grec pour l'incarner avec exactitude ?

« La distance que la vie religieuse établit avec le monde est autant effective qu'illusoire, madame, reprit-il, et se fait en cela l'écho fidèle de l'Écriture puisque cet état nous place pleinement dans le monde, tout en nous en tirant à la fois…

« L'état religieux est délicat, moins immédiat, hérissé de grâces comme de difficultés, et peut paraître bien loin de tout. Certains se figurent que ces vœux retranchent quelque chose à notre humanité, qu'ils nous démarquent du monde, nous excluent de la condition commune : il n'en est rien, madame, il n'en est rien, au contraire, notre qualité d'homme s'accroît par le resserrement des exigences, par la simplification et l'ébranlement qu'elles opèrent, par la compassion, la profondeur délicate de l'expérience pastorale… Les soins que réclament les enfants m'intéressent hautement, d'autant plus que ma responsabilité s'engage dès lors que l'on traite des œuvres de Dieu… Qu'y a-t-il en effet de plus essentiel que ces années où se jouent la morale et la conduite futures d'un être, où s'esquisse son salut ? Quelle plus heureuse tâche pour un prêtre que de tenter de définir les impulsions qui feront de cette créature un individu libre, estimable et accompli, pleinement développé selon le dessein du Créateur, attaché à son devoir ?

– Cela est en effet bien difficile, monsieur, et nos filles ne reçoivent pas même ce que les circonstances exigeront d'elles.

– Avez-vous donc tiré un juste profit de ces constats, madame, pour apporter à l'éducation des vôtres une amélioration nécessaire ?

– Assurément, monsieur, assurément, nous ne sommes parisiens, mais peut-être nous y entendons-nous également dans la façon de traiter la jeunesse. Aussi mes filles, dont la petite dernière que vous verrez tantôt, ont-elles certainement moins de toilettes que celles que vous croisez à Versailles, mais davantage de raisonnement, d'esprit et de bon sens. La province a cela d'heureux qu'elle éloigne des modes, des vains tourbillons qui font perdre la tête. Et pour peu que l'on s'attache à considérer ces enfants comme des personnes, le résultat ne peut en être que meilleur pour nos maisons, mais aussi, permettez-moi de hasarder ceci, pour eux-mêmes, dans la recherche de leur propre bonheur... Combien de femmes à la Cour se sont-elles perdues par ignorance ? Combien j'en connais qui se désolèrent de la bêtise où l'absence de lumières les maintint jusqu'au bout ?

– Sans doute, madame, dit l'archevêque, et je ne sais à ce propos l'opinion de mon frère sur notre neveu habitant Salignac, que je trouvai dans un bien regrettable désœuvrement.

– Ce garçon est un sot, affirma la comtesse, et, si cela ne tenait qu'à moi, je l'aurais déjà amené à se ranger et à se marier, au lieu de courir comme il le fait, la bride sur le cou. Hélas, il n'est aisé à redresser, monsieur de Fénelon s'y est déjà risqué mais le pli semblait avoir été pris : il n'en reçut qu'ingratitude et insolence. Pour moi, je n'ai rien à en dire... »

Puis, s'arrêtant soudain, elle demanda :

« Monsieur, me permettrez-vous de vous demander, si toutefois j'en puis être informée, le sort qui sera bientôt le vôtre ?

– Madame, je vous sais gré de cet intérêt, murmura l'archevêque. Je ne vous en apprendrai que ce que j'en connais : le roi doit publier son avis, suite à la querelle qui m'opposa à Monsieur de Meaux.

– Cela est bien fâcheux, reprit sa belle-sœur, car, assurément, vous ne serez le seul touché par cette disgrâce, et tous nos parents qui se trouvent à la Cour... »

Elle s'arrêta net à l'approche du comte, qu'accompagnaient deux jeunes gens : un homme d'une vingtaine d'années, haut et bien fait, avançait avec une fille qui paraissait être sa sœur. Le garçon était mince, fin, le nez un peu long, les yeux brillants et, quoique son vêtement fût simple, une impression de raffinement se dégageait de toute sa personne.

« Voici donc mon fils, le dernier, dit Pons François, je vous avais promis depuis si longtemps de vous le présenter...

« Mais, mon frère, je vous vois surpris, reprit-il au bout d'un instant, et crois en deviner la cause... Est-ce donc cette singulière ressemblance, si nette depuis quelques mois, qui vous étonne ainsi ? »

Monsieur de Fénelon acquiesça.

« Oui, mon frère, répondit-il enfin, il est formidable vraiment de voir de tels phénomènes. Il me semble me trouver soudain en lui tout comme je fus voilà longtemps... »

Le jeune marquis de Fénelon salua docilement son oncle. À la différence des autres fils du comte, il paraissait avoir la même retenue, cette timidité attentive que les circonstances avaient par la suite nuancée chez le prêtre, mêlant plus de légèreté à ses façons mais demeurée au fond de lui comme garante invariable de sa rectitude ; le garçon, une fois adouci par l'affection de l'archevêque, montra beaucoup d'agrément. Monsieur de Fénelon lui posa quelques questions auxquelles le jeune marquis répondit sous l'œil vigilant de son père, avec un reste d'embarras.

« Ne soyez donc pas si gêné, répétait Pons François à son fils, allons, votre oncle n'est point là pour vous estimer, retrouvez, je vous prie, ce bel aplomb dont vous savez parfois faire preuve...

– Mon frère, assura monsieur de Fénelon, il n'est besoin de cela, vous souvenez-vous de cette réserve que j'avais étant tout jeune, et comme notre père s'obstina bien vainement à m'en vouloir départir... Elle se délia d'elle-même, une fois la nécessité venue... »

Son neveu tourna sur lui un regard reconnaissant.

« Vous le défendez donc déjà, s'amusa le vieux comte, fort bien, je ne m'en mêle plus.

« Et voilà notre dernière, dit-il encore en faisant avancer la jeune fille qui était demeurée serrée derrière lui. Allons, Louise, saluez votre oncle, je vous prie. »

Mademoiselle de Fénelon n'avait que treize ans. Elle se présenta en rougissant, puis retourna aussitôt contre son père qui, riant de ce geste, l'embrassa tendrement. L'enfant paraissait très fragile. Son corps, gracieux comme de la porcelaine, se mouvait par gestes vifs, irréfléchis ; monsieur de Fénelon avait surtout remarqué ses yeux bordés de cils si fins qu'ils ruisselaient de lumière, pareils aux herbes des sentiers sauvages de la Vézère, et cette chevelure noire qui lui donnait la beauté des petites paysannes de Sainte-Mondane.

« Allons, Louise, dit le comte, votre mère ne sera satisfaite de votre conduite. Marchez un peu, montrez à votre oncle, qui s'est toujours enquis de votre santé, combien vous avez progressé. »

Elle quitta son bras, fit quelques pas, puis, parvenue devant monsieur de Fénelon, s'élança contre lui avec un rire éclatant.

« Mais que d'amélioration, mademoiselle, murmura l'archevêque en posant ses mains sur ses cheveux, je rends grâce avec vous... Voilà que vous devenez une vraie grande personne. »

Elle ne répondait pas, serrée contre lui, ses regards immenses rivés dans les siens.

« Allons, revenez, Louise, revenez. N'importunez pas votre oncle. » Comme sourde aux paroles de son père, elle demeura encore blottie dans la robe de l'archevêque, en lui imposant la tiédeur de son corps. La comtesse avança pour retirer sa fille.

« Vous voyez, François, dit le comte quand tous se furent retirés, comme mon petit monde a bien grandi. Je n'ai pas à me plaindre de ces deux-là. Ce sont de bons arbres, grâce à Dieu, et j'espère qu'ils porteront de bons fruits. Ils auront passé une enfance heureuse, ici, dans notre vieille demeure. Voyez-vous, je n'aurais jamais pu les savoir affligés, comme tant d'enfants dont on m'a parlé. Ils n'ont pas demandé à venir au monde, et puis ils sont de moi, François, et je les aime plus que moi-même.

« C'est un sentiment si étrange, continua le comte, ça me tient, ça me poursuivra jusqu'à ma mort, j'ai pour eux une tendresse extraordinaire. Il y a tant de formes d'amour, je pense de plus en plus qu'il importe peu celle que l'on suit ou que l'on est appelé à adopter, pourvu de faire le bien… Pour ma part, je suis sans honte moins élevé que vous, et le hasard de l'aînesse m'a permis de mener une existence plus commune, une vie d'homme parmi tant d'autres… Tout est bien, François, tout est bien. »

Alors le vieux comte s'arrêta et regarda son frère.

« François, nous ne sommes plus du même monde, et depuis longtemps, reprit-il. Je le sais, et, cependant, peu me sont aussi proches que vous… À quoi cela tient-il ? Vous avez la sagesse et l'intelligence, je n'ai jamais réussi dans le savoir, vous avez connu la gloire, ma gloire à moi, c'est d'avoir maintenu notre cher

Fénelon en vie au cœur de sa vallée ; que voulez-vous, Dieu ne doit pas nous appeler aux mêmes choses, Il a sans doute un dessein différent pour chaque homme et, cependant, parvient à unir ce qui s'oppose en surface… Nous nous aimons, je le dis simplement, je vous ai toujours tendrement aimé. Certains de nos parents m'en ont fait grief car vous étiez né de ce second mariage qu'ils s'acharnaient à désavouer, l'étrange chose en vérité… avec votre succès, ils me laissèrent en paix, à présent, je ne sais ce qu'il en adviendra… Mais je vous demeure lié quoi qu'il advienne, sans aucune variation, je me réjouirai de vos lettres comme par le passé, je parlerai de vous si l'on me le demande, je prierai pour vous, même si j'ai parfois pu me laisser éloigner de Dieu… En mourant, j'aurai en tout cas la satisfaction de vous avoir toujours écouté. Il m'est donné à présent de vous revoir. C'est une trop grande grâce.

« J'ai tant souffert ces derniers mois, ajouta-t-il. Vous devrais-je dire cela ? J'ai entendu tellement de sottises circuler sur votre compte… Du temps de votre gloire, un peu de cet éclat rejaillissait jusqu'ici. On nous courtisa même quand vous fûtes nommé précepteur du duc de Bourgogne et à l'archevêché de Cambrai. À présent, il est de meilleur ton de montrer quelque distance, au vu du tour que prend cette affaire à Versailles… Quels misérables ! Je me suis cependant emporté quand un certain Commarque, dans un cercle où nous soupions un jour à Sarlat, osa m'affirmer que l'on nourrissait des soupçons sur vos rapports à madame Guyon… »

Le prêtre eut un sourire triste.

« Ils ne savent vraiment ce qu'ils disent, murmura-t-il paisiblement. Jusqu'où donc la méchanceté se mettra-t-elle…

– "Mon frère, dis-je à ce Commarque, n'est pas de la légèreté que vous donnez à croire. Le connaissez-vous donc, pour répandre pareilles rumeurs ? – Non, monsieur, je n'ai pas cet honneur, mais le bruit m'en est venu à la Cour, de personnes très avisées. – Et ces *personnes* seraient-elles donc plus avisées que Monsieur de Meaux lui-même, qui fit de ses vertus le plus digne éloge, en dépit de leur différend, voilà encore peu de temps ?" L'homme parut circonspect et cessa sur ces matières.

– Je vous en sais gré, mon frère, répondit monsieur de Fénelon, mais le combat est devenu bien inégal. Vous-même, Beauvilliers, nos parents les abbés de Chantérac et de Beaumont, jusqu'au duc de Chevreuse et moi-même dépensons nos forces en pure perte… Je le fais davantage par honnêteté envers Jeanne Guyon, par fidélité à la conviction qu'elle m'inspira que pour ma *cause* qui m'importe peu, et que je pense d'autant plus perdue que Monsieur de Meaux mettra tout en balance pour prévenir le roi contre moi. Il faut les laisser dire, mon frère, si cela les distrait : ce n'est pas eux qui auront le dernier mot. Le tribunal n'est de ce monde… »

Le vieux comte semblait affecté.

« Qu'allez-vous devenir ? demanda-t-il.

– Le sais-je seulement ? »

Puis, voyant les réserves de son aîné :

« Mon frère, il est en mon état, et par choix résolu, des principes auxquels je ne saurais déroger. Je devrais même me réjouir du dépouillement qui s'apprête ; pourtant, je vous en fais l'aveu, une faiblesse me poursuit sans cesse et tâche de me pousser secrètement à la révolte… Quelque chose s'élève encore en moi, comme si un reste d'orgueil ou une crainte cachée se mettait à parler – une peur très enfantine qui me tourmente, un désir qui s'éveille et demeure insatisfait, je ne sais ce que c'est… Moi qui m'estimais parvenu à en certain détachement, Notre-Seigneur humilie cette ultime prétention. Vous me pensez héroïque, Pons François ? Il n'en est rien, mon frère, et je me découvre plus fragile qu'un roseau dans le vent… Je tremble en moi-même, tout mon être demeure dans l'effroi de se perdre par le vacillement de quelques misérables certitudes…

– Hélas, François, que vous me voyez malheureux de ce qui vous arrive. Vous appelez de vos vœux cette disgrâce, mais pensez-vous bien ce que vous dites ? Vous, mon frère, qui faisiez notre fierté, qui portiez avec raison les espérances de notre nom, pouvez-vous abdiquer si vite un rang mérité, où vos talents vous mirent ? Allez-vous soumettre votre sort aux passions de quelques envieux qui n'en veulent qu'à des qualités dont l'ampleur les éclipse ?

« Nous ne sommes plus aux temps de Job, mon frère, ajouta le comte de Fénelon en souriant, revenez, je vous en supplie, à des mesures plus communes ; croyez-vous que Dieu, que vous servez si bien et qui sait votre constance, joue à éprouver votre fidélité ? Changez votre regard, François, je vous prie, vous seul considérez le monde de ces hauteurs, descendez parmi nous, il en va de votre devenir ; laissez votre frère vous donner cet avis…

« Vos ennemis ne sont rien de plus que des hommes bas, attachés à vous perdre, reprit encore Pons François, voyant que le prêtre l'écoutait, observez-les, en face, tels qu'ils sont, hors des visées spirituelles où votre cœur les tient : ils sont si acharnés, mon frère, ne voyez-vous pas tout comme moi combien ils sont humains, trop humains ? N'entendez-vous pas leur humanité crier contre vous, là où la vôtre incline à la sagesse et s'abaisse en une vertu qui leur est étrangère… Que leur avez-vous donc fait pour cela, y songez-vous vraiment ?

– Je n'ai rien fait, mon frère, vous avez raison, dit l'archevêque avec douceur. Chaque entreprise humaine connaît sa fin, la mienne, à la Cour, n'a été que trop longue. Je suis ramené à ce que j'aurais dû rester, ce n'est là que justice.

– François, ne dites pas cela, vous étiez pleinement digne des charges que l'on vous confia, s'exclama Pons François. Qui d'autre que vous les eût ainsi remplies ?

– Mon frère, notre attachement nous aveugle. Nous sommes bien déraisonnables, vraiment, ne me plaignez donc pas, je rends grâce de ces avis que vous donnez, et qui eurent pu convenir à tout autre qu'à moi… Mais je suis comme cela, mon être, par sa foi, par sa vocation doit demeurer telle la plume dans le vent ; que l'Esprit souffle où bon lui semble, et je suivrai son cours quoi qu'il en coûte. Le monde des hommes, lui, ne se résout à l'abaissement, il se raidit pour peu qu'on le contredise, la soumission au plus haut lui semble un indicible affront et celui qui rend grâce jusqu'au milieu des flammes devient la risée des autres… Voilà qui est singulier. Je contraindrai au silence les angoisses qui m'agitent, mon frère, ces misérables scrupules qui ne visent qu'à me préserver moi-même. »

Le comte le considéra, surpris de retrouver là cette disparité de caractère qui remontait à leur enfance. Dès les premières années, le jeune François avait en effet montré une nature étonnante, douée d'une fermeté peu commune… Jadis, la curiosité qui le poussait tour à tour vers le jeu ou l'étude l'amenait aussi à observer sans cesse, à étudier tout ce qui frappait ses regards, que ce fût les livres de son père, les histoires contées par sa mère ou la campagne qui le passionnait tant qu'il s'amusait à composer de petits herbiers, avec des plantes dont il inventait l'histoire ; chacun se ravissait d'une pareille imagination. Puis il s'était mis, par une fantaisie singulière, à disparaître à l'insu de tous pour ne reparaître que plusieurs heures plus tard – alors, sans que quiconque sût la cause du bonheur dont on le voyait rayonner, comme si ces moments hors du monde nourrissaient en lui le besoin soudain d'une compagnie humaine, le jeune solitaire se montrait étonnamment sociable et, usant de ce charme qu'il savait posséder, demeurait à jouer avec ses frères et sœurs.

Pons François, déjà âgé de quatorze ans à sa naissance, s'était rapidement pris d'affection pour ce cadet dont le caractère avait très tôt inspiré une étonnante tendresse. Mais en dépit de leur amitié, le comte savait qu'ils ne demeuraient à la même hauteur d'âme et d'esprit, quoique aucun ne le marquât à l'autre. L'aîné ne s'offusquait de ce qui avait l'apparence d'une supériorité ; son bon sens, une certaine habitude de la vie suppléaient à des théories plus subtiles. Ils s'étaient ainsi soutenus en dépit des séparations et, si monsieur de Fénelon avait suggéré au comte des dimensions insoupçonnées, Pons François, lui, apportait au prêtre les familiarités d'une existence simple, doublée de cette fidélité sans calcul qui lui manquait à Versailles.

Cependant, ce matin-là, le comte ne le comprit pas. Les explications du prêtre, nourries de quelque raison dont il ne concevait pas la nature, lui demeuraient profondément obscures ; aussi l'aîné préféra-t-il s'abstenir de débattre, le cœur brisé de voir François acharné à sa perte… Monsieur de Fénelon considéra la tristesse du vieil homme, qui l'affligea beaucoup ; pour la première fois, un abîme semblait se creuser entre eux. La vie avait jusqu'alors permis à leurs différences une sorte d'arrangement tacite, d'articulation paisible où se prolongeait un infaillible accord d'esprit. Les difficultés contraignaient désormais leurs tempéraments à ce durcissement qui les séparerait : que pouvait-il lui dire de la certitude élevée en son cœur ? Comment expliquer cette pleine disposition de conscience, fruit d'une vie, à quelqu'un qui ne fût témoin de son âme ? Manquant, à l'instant même de parler de lui, de cette éloquence qu'avait tant admirée le monde, l'archevêque ne sut par quels mots peindre la conviction qui l'animait…

Quelques instants passèrent ; peut-être mesurèrent-ils le risque de se perdre, car les deux frères se regardèrent et demeurèrent souriants, sans ajouter une parole.

Soudain, un valet approcha du comte et lui tendit une lettre. Monsieur de Fénelon pâlit. Pons François, mesurant aussitôt sa crainte, décacheta le pli sans attendre. Il releva les yeux, soulagé :

« Il ne s'agit pas de ce que vous attendez, mon frère, le sceau, à y mieux regarder, n'eût été digne du roi… Le papier est bien délicat en revanche, et tout parfumé à l'ancienne mode, c'est la lettre d'une dame, François, voilà bien une chose singulière… Elle me promettait sa visite depuis longtemps… Sans doute la connaissez-vous, au moins par ouï-dire : c'est là une vieille sœur de feu le surintendant Fouquet, elle descend voir quelques parents en Languedoc, et promet de nous rendre visite dans les prochains jours… Nous nous connaissons depuis nos vingt ans et sommes demeurés amis ; sa nièce la duchesse de Béthune vous estime, son neveu le vicomte de Vaux épousa, je crois, la fille de votre amie Jeanne Guyon, sans doute sera-t-elle heureuse de vous trouver ici. »

Le comte baissa la voix :

« Mais comme en raison de ce que vous savez, elle s'attache à une stricte prudence, elle voyage sous un autre nom... Je crois qu'elle se fait appeler madame de Chatel-Censoir, du nom d'un lointain aïeul... Elle redoute toujours tellement le roi... Pour tout dire, elle le sait tellement tenace dans ses ressentiments qu'elle préfère se mettre hors de sa portée. Cet homme doit donc être bien terrible pour causer une telle crainte... Je suis, François, dans l'ennui le plus triste du monde que vous deviez à présent en essuyer les foudres... »

Puis, retrouvant sa gaieté naturelle, Pons François reprit :

« Voyez-vous, mon frère, il arrive parfois que nous recevions de la visite comme cela, madame de Fénelon en est toujours heureuse, je crois qu'elle tend à s'ennuyer quelque peu de la campagne. »

À l'idée de madame de Chatel-Censoir, sœur de Fouquet, l'archevêque mesura que près de dix jours l'éloignaient déjà de Versailles. C'était la première fois qu'il en prenait quelque véritable conscience et la distance d'avec son ancienne vie, pourtant si proche encore, lui parut insondable. De celle-ci lui demeuraient des images, des fragments sans cohérence ou trop précis, portés sur un détail, une parole, quelque couleur qui l'avait séduit, un objet dont l'aspect tenait lieu de figure ; l'archevêque demeurait étonné de ce que le passé s'effaçât si vite et dépossédât la mémoire d'éléments qui nourrissant initialement le souvenir, ainsi qu'un simple reflet éveille le visage d'une peinture, le laissaient par leur absence aussi creux qu'un corps sans âme. Déjà, Versailles et Paris se décomposaient à mesure que Fénelon reprenait chair en son cœur, les lignes s'estompaient, la lumière se retirait, dénudant les espaces qu'il avait aimés ; les proportions s'inversaient, le petit semblait grand, le vaste rétrécissait, un détail manquant parfois laissait la mémoire tisser sur cette béance quelque image nouvelle qui modifierait la réalité première, celle qu'il avait connue et pour laquelle, peut-être, lui demeurait une forme d'attachement... Les tours de Saint-Sulpice s'effaçaient, les galeries du château fondaient en un amas d'or et de peintures, le canal du parc, où il se promenait si souvent avec Bourgogne et Beauvilliers, n'étirait plus en son esprit qu'une voie pure, pâle, brouillée d'où montait le nuage de vapeurs indistinctes... « Vous verrez, Fénelon, avait murmuré Louis Tronson peu avant de mourir, vous verrez comme cette existence passe, et combien notre mémoire ne garde que des traces de la vie. Les souvenirs sont une bien étrange substance ; quand vous n'aurez plus en tête que des impressions, bénissez le Ciel de toute votre âme. Votre cœur n'en sera que plus habile à saisir Dieu, Qui Seul ne fondra jamais... »

Cet après-midi, monsieur de Fénelon se fit conduire avec son neveu à Sainte-Mondane où ils demeurèrent un moment à se promener. Le prêtre mena le jeune homme dans l'église, évoquant les moments de son enfance qui lui revenaient par ces lieux ; le marquis, qui semblait aussi soucieux, écoutait. Ils restèrent ensemble face à une Vierge dont les yeux immenses semblaient suivre leurs paroles.

« Hélas, mon oncle, murmura le garçon, j'entends fort bien cet attachement que vous montrez, car si l'on ne me destine comme vous à l'Église, je n'en devrai pas moins bientôt quitter notre pays…

« Le domaine revient à mon frère aîné, expliqua le marquis, et je ne puis m'y opposer…

– Cela semble vous faire grand-peine.

– Oui, mon oncle, plus que l'on ne peut le dire. Je n'ai jamais osé m'en ouvrir à mon père, et la carrière des armes qu'il m'a préparée…

– N'est-ce donc pas là une fonction qui passionnera votre jeune âge, comme tant d'autres que j'ai vus trouver leur vocation à la guerre ?

– Hélas, mon oncle, la chose vous pourra sembler tout à fait singulière, mais la perspective m'en mortifie et, si j'avais à choisir, je souhaiterais demeurer ici, pour mener une vie plus humble.

– Vous êtes donc bien sensible, cher petit François, dit le prêtre avec douceur, et comme je le comprends… Nos natures sont en cela aussi fidèles l'une à l'autre et vous auriez, si Dieu l'avait voulu, tout lieu d'être mon fils…

« À votre âge, j'étais déjà parti depuis près de dix ans pour Sarlat chez mon oncle, ajouta monsieur de Fénelon, avant d'être envoyé au séminaire de Cahors, et de rejoindre à Paris notre parent Antoine… Au début, j'étais trop jeune pour m'en attrister. Sarlat me semblait si proche d'ici, alors que le dépaysement intérieur, lui, était déjà bien à l'œuvre… En vérité, les distances sont plus dans nos cœurs que dans l'espace, voilà ce que j'ai appris, quoique je me trouve moi-même, présentement, bien inquiet. Que dites-vous, cher François, de ces frères qui veillent depuis saint Bruno dans le massif de la Chartreuse, les pensez-vous isolés parce que les routes manquent à les relier des lieux qu'ils aimèrent peut-être par le passé ? Sont-ils coupés de ce monde qui les engendra, qui les vit grandir ? Ils sont plus près de tout, dans ces montagnes arides, l'univers s'y rapporte tout entier, et cependant, s'ils le sentent dans leur prière, dans la contemplation, jusque dans l'air passant sur les sommets, ils ne le voient de leurs yeux…

« Ne vous causez point tant de souci, reprit-il, il est inutile et ne fait que vous affliger… Vous savez que Notre-Seigneur veille sur vous avec tout l'amour possible, vivez avec droiture et peut-être, si cela doit être, aurez-vous un jour le bonheur de voir vos souhaits exaucés… »

Le jeune homme semblait étonné.

« Mon oncle, avoua-t-il, voilà que je m'ouvre à vous, que je connais à peine. Je ne sais en vérité ce qui m'inspire cette confiance mais je la pense bien placée car vous me dites des choses qui, sans que j'en connaisse la raison, résonnent en moi comme si elles s'y étaient trouvées sans parvenir à s'exprimer.

– Vous ne savez combien ces dispositions ont, à peu de chose près, été semblables aux miennes, murmura monsieur de Fénelon, la vie seule me donne sur vous l'avantage de les comprendre. Nous nous soutiendrons, cher petit François, en dépit de nos âges… »

3

Les violes avaient des reflets roux. La lumière de cet après-midi traçait des rainures claires au long de leurs côtés. Tout en haut, de petites têtes se balançaient fixement ; sur l'une, elle semblait d'une femme, sur l'autre, d'un ange qu'un ruban un peu passé venait battre, doucement, au niveau des joues et des cheveux. On entendait le froissement des crins sur la corde et, à chaque mouvement de bras, pareil à l'aile d'un oiseau prête à se déployer, le son se formait, rond, rêche et souple à la fois, aussi sombre que la mer, plus brillant parfois que ces étoiles posées dans les hauteurs d'un ciel d'été...

Le premier violiste était vêtu de noir. Assez jeune encore, il jouait avec une sorte de passion grave, le visage fixe, marquant les phrasés d'inclinaisons de la tête et dessinant par son poignet le couler de l'un vers l'autre. Son corps demeurait droit, comme pour donner assise à la mélodie, puis de temps en temps le buste revenait autour de l'instrument avant d'expirer dans un élan contraire, sous l'effet d'un retournement de ton, de style ou d'expression. La seconde viole, plus discrète, apposait par touches les fondements de ce discours et formait un écho à son aînée, creusant la profondeur du récit ; en quelques traits, elle initiait la phrase qui suivrait, plaçait quelques points du décor puis soutenait la construction de ce monde avant de le clore par union de leurs harmonies, ou de le perdre sur une divergence d'intention…

Monsieur de Fénelon écoutait ce *Tombeau*. Chaque phrase montait en lui à la façon d'un discours, lui venant dire mille choses dont chacune, unie à la pensée sensible éveillée avant elle, constituait avec le recul une forme de fresque douée de sens. Tantôt, dans les graves, il lui semblait pénétrer un désert très obscur, tantôt entre le médium et l'aigu, un champ tout baigné de soleil mais que l'ombre des nuages éclipse par moments ; parfois aussi la peinture sonore lui évoquait une disposition intérieure, un mouvement du cœur, un désir, un regret, un instant de sa vie que la musique dotait soudain d'un visage et animait avec une pénétration sans égale, parce qu'elle touchait à un essentiel incarné, auquel la seule réflexion ne parviendrait jamais.

Quand les musiciens eurent achevé le *Tombeau* et jouèrent les premières notes de la pièce suivante, monsieur de Fénelon reconnut aussitôt la *Régente* de Forqueray comme l'on retrouve, après de longues années, un ami que l'on pensait perdu. Il ne sut d'abord où il l'avait pu entendre ; enfin, au bout de quelques instants, attaché aux harmonies ainsi qu'à une silhouette, il se souvint qu'il s'agissait d'un des premiers soirs passés auprès du roi, et que l'interprète en avait été Antoine Forqueray lui-même. L'assistance s'effaça. Peu à peu, il revit le violiste en un habit de soie d'où s'échappait, par brassées éblouissantes, un bouillonnement de dentelle qui effleurait l'instrument, il se figura le visage durci par la concentration sous la longue perruque, les paupières closes et, surtout, cette main capable d'inspirer les sentiments les plus contraires, agitée parfois d'une folie virtuose ou, en cette mélodie médiane de la *Régente* à laquelle le prêtre était particulièrement attaché, d'une mélancolie poussée jusqu'aux extrémités de la plainte…

Le roi demeurait attentif. Auprès de lui, droite sur son fauteuil, la reine écoutait en silence avec une indifférence étonnée. Monsieur, vêtu d'un habit de soie d'Orient où s'étalait une coiffure éclatante, semblait captivé, tantôt surpris, tantôt charmé ; à ses côtés Henriette d'Angleterre, au comble de l'ennui, scrutait la compagnie comme si elle y eût cherché quelqu'un. Non loin de là siégeaient encore Colbert, Louvois et Vigarani, et puis presque derrière le roi, Louise de la Vallière, pâle et inquiète dans une robe de satin rose – l'abbé de Fénelon les pouvait désormais *voir* distinctement, sans être encore connu d'eux, d'une façon plus vivante que les tableaux qu'il en connaissait, grâce au duc de Beauvilliers qui lui avait procuré ce siège dans la troisième rangée, affolant la curiosité de l'assistance – car chacun, surtout ceux qui se devaient contenter d'écouter *debout*, n'avait manqué de s'étonner qu'un inconnu, présenté voilà moins de quelques mois au roi, jouît déjà d'une telle faveur…

À la fin du concert, Monsieur, enthousiasmé à l'extrême, plus bavard que jamais dès qu'il s'agissait de musique, s'était élancé à l'encontre de Forqueray et du grand garçon qui, mal vêtu, l'air triste et fâché, l'accompagnait à la viole. Le prince voulait d'évidence partager sa joie ; aussi, voyant Beauvilliers tout proche avec Fénelon, les avait-il invités à admirer *l'un des meilleurs musiciens de la Cour…*

Forqueray n'avait pas bronché à ce titre flatteur.

« Monsieur, glissa Beauvilliers au gambiste, monseigneur vous honore, ce me semble, de quelque compliment...

– Eh bien, n'est-il pas mérité, monsieur ? »

Monsieur, qui avait entendu la réplique de Forqueray, s'était fort amusé de cette insolence, avant que Beauvilliers n'intervînt.

« Que monseigneur me pardonne... » Puis, s'adressant au musicien : « Nous vous trouvons en vérité bien impudent, monsieur, et ce n'est pas la première fois. Il ne faudrait pas que cette tournure que l'on vous voit prendre finisse par nuire à l'art pour lequel Sa Majesté vous conserve à son service.

– Beauvilliers, ne relevez donc ce détail, était intervenu Monsieur, les musiciens sont souvent comme cela, il s'y faut hélas résigner et n'en retirer que ce pour quoi nous les engageons. »

Puis, se tournant très naturellement vers Forqueray, changeant brusquement de ton, le prince avait continué :

« Cette *Régente* est véritablement admirable, Forcroy, et le passage lent, par chromatismes que vous avez eu l'audace de glisser entre les mouvements vifs, nous a fait, vraiment, le plus saisissant effet du monde... Qu'avez-vous donc à l'esprit pour concevoir pareilles choses ? Nous serions fort éclairé de... »

Le roi était paru, entouré d'une dizaine de personnes.

Forqueray avança d'un air indifférent, presque lassé, avant de s'incliner devant lui.

« Que monsieur Forqueray se relève, dit le roi, nous avons eu de l'intérêt à entendre ces nouvelles compositions. Que monsieur Forqueray continue ainsi.

« Mais où est donc monsieur Forqueray le fils, qui accompagnait tantôt à la viole ?

– Sa Majesté veut dire…

– Monsieur Forqueray sait de quoi il s'agit. Que l'on nous amène sur-le-champ monsieur Forqueray le fils pour que nous le distinguions de même.»

Alors visiblement furieux, le gambiste avait écarté la foule pour chercher le grand garçon : celui-ci arriva, blême et tremblant, devant le roi.

«Le voici, sire. Mais je déconseille à Sa Majesté de flatter cet individu fort orgueilleux, qui ne mérite que…

– Monsieur Forqueray, modérez-vous, de grâce, vous parlez devant votre souverain.

– Monsieur Forqueray nous a par trop habitué à ces sortes de mouvements (le ton du roi, égal, était ample et détaché). Il est d'autres musiciens, comme monsieur Marais, dont le génie sait égaler celui-ci et nous dirions même, parfois le surpasser… Monsieur Forqueray le fils joue fort bien aussi, et nous tenions à lui faire savoir notre satisfaction.»

L'archevêque se souvenait du désappointement ulcéré du gambiste ; Antoine Forqueray s'en était retourné seul, avec son fils Jean-Baptiste qui portait les instruments.

À la fin de la *Régente*, les musiciens saluèrent. Monsieur de Hautefort, qui recevait en son château, s'avança pour les féliciter et dire que depuis la mort du compositeur l'on n'avait jamais rien entendu de tel. Il approcha ensuite de monsieur de Fénelon qui se tenait assis au premier rang avec son frère, son neveu et sa sœur madame de Beaumont, mère de l'abbé qui l'assistait à Cambrai.

«Monseigneur, dit Hautefort avec obligeance, nous ferez-vous l'honneur de saluer ces musiciens ?»

Le prêtre se leva de bonne grâce et alla sous la conduite de son hôte.

« Merci, monsieur, dit monsieur de Fénelon au gambiste, vous nous avez donné un très bel air qui remonte à ma jeunesse, et que j'avais jadis entendu interpréter à la Cour par son auteur, monsieur Forqueray lui-même… »

Le musicien réprima son étonnement.

« Je rends grâce à monseigneur, répondit-il. Antoine Forqueray était mon père, si l'on peut dire les choses ainsi.

– Oui, plaisanta Hautefort, un individu bien extravagant qui, si jaloux de l'art de monsieur, se mit en tête de le faire bannir du pays par le roi lui-même… Ces *artistes* sont-ils singuliers en vérité… »

Jean-Baptiste Forqueray demeura silencieux.

« Il ne vaut rien de susciter ces souvenirs, intervint doucement Fénelon, en tout cas, monsieur, je suis heureux de vous trouver aujourd'hui, près de vingt ans après, par une si étrange circonstance.

– Merci, monseigneur… Ainsi, monseigneur, vous aurez été l'un des premiers à me faire la grâce de m'écouter, et serez aussi parmi les derniers qui m'entendront à la viole…

– Ah, et pourquoi ?

– Monseigneur, sourit Forqueray le fils, les temps changent, et cet instrument qui fit pourtant la gloire de notre famille passe de nos jours si parfaitement de mode que je ne lui donne, hélas, plus très longtemps à vivre…

– Entendez-vous cela ? s'exclama Hautefort. Mais c'est fort dommage, quelle autre que notre bonne basse de viole serait capable de tels prodiges ?

– J'ai grandi avec elle, messieurs, poursuivit le musicien, et ne saurais, par cet amour qui m'y lie, la pourfendre comme ceux qui ont entrepris de la détrôner… Mais le violoncelle, le clavecin, messieurs, répondent aujourd'hui davantage au goût du monde. Aussi ai-je entrepris une transcription des œuvres de mon père pour clavecin seul et…

– Quel dommage, s'obstina Hautefort, et ne peut-on s'élever contre un tel affront à la beauté vraie, et non clinquante et précieuse des deux concurrents que vous lui citez ? Vous vous y résignez, Forqueray ? Le cœur ne se brise-t-il pas en une telle circonstance ?

– Les temps changent, répéta Fénelon avec un amusement assombri, monsieur Forqueray a sans doute raison.

– Ah, les temps changent, gronda Hautefort, et tout est dit, il n'y a rien à ajouter contre le mouvement impitoyable des modes. Les temps changent et un jour l'on devra aussi nous changer, vous, Fénelon, parce que vous aurez servi, moi parce que je suis vieux, et vous, Forqueray, parce que vous serez considéré d'une autre époque, à son tour dépassée et méprisée…

« Tenez, madame, dit Hautefort à madame de Beaumont qui approchait, j'apprends ici que monsieur Forqueray s'apprête à *trahir* la viole au profit du clavecin… Cela ne vous chagrine-t-il donc pas ?

– Pas le moins du monde ! dit la sœur de l'archevêque en riant. En revanche vous pourrais-je emprunter Monsieur de Cambrai ? »

Monsieur de Hautefort laissa le prêtre s'éloigner en compagnie de ses proches. On l'arrêta encore plusieurs fois, gravement, demandant l'état de cette querelle avec Monsieur de Meaux, si le roi le maintiendrait à la Cour, s'il regagnerait son diocèse du Nord ou demeurerait en celui de Sarlat ; monsieur de Fénelon répondait invariablement qu'il ne savait rien de son sort et se trouvait déterminé à le suivre en toute chose. « Mais enfin, Fénelon, vous n'allez quand même pas laisser dicter votre conduite par ce petit bourgeois bourguignon ? Allons-nous abdiquer encore face à pareil ambitieux comme Fouquet dont le fils se nomme vicomte de Vaux et le petit-fils maréchal de Belle-Île, ce Colbert, clerc de notaire dont le descendant brille sous le titre de marquis de Seignelay, ce Louvois qui s'appelait Le Tellier par son père, ce Phélyppeaux, seigneur de Pontchartrain, tous ces personnages dont le siècle passé n'avait pas même entendu résonner les noms ? – Monsieur, ne faisons ainsi choir la faute sur autrui… Ne pensez-vous pas aussi nos maisons hautement coupables ? J'en ai vu tant se perdre à la Cour par le zèle dont elles usent pour accroître leurs plaisirs et cette déchéance. Quand elles devraient s'appliquer à résister, monsieur, leurs soins se détachent inversement du devoir et de l'honneur pour achever leur propre perdition. Nos familles ne cherchent plus même en notre foi et dans la morale de nos pères matière à se défendre… – Monseigneur, vous le savez mieux que moi et le comte votre frère ne saura démentir ceci : du temps de la Compagnie du Saint-Sacrement, que l'on tourna publiquement en ridicule à la Cour sur les planches d'un théâtre, de ce temps-là, monseigneur, le royaume savait encore se tenir. Le roi mesura parfaitement ce qu'il en adviendrait par sa dissolution, il privait le corps de sa tête… – Monsieur, je sais tout cela, assurément, la Compagnie est interdite, et nous ne saurions y revenir… »

Fénelon sentait une infinie tristesse. Parvenait-il à les convaincre quelque peu ? Il en doutait. On l'écoutait par égard pour le comte, leur vieil ami, par respect de sa charge et de sa fonction, parce qu'il avait parlé au roi, aussi, et fréquenté Versailles ; mais il sentait les positions trop fermement ancrées dans ces esprits indignés, nourris de valeurs droites, inflexibles, éprouvées par le souvenir de la Fronde, affermies, pour certains, en rejet des tragiques fantaisies de Gaston d'Orléans, et que la province avait aidé à préserver, bien loin de la Cour…

« En vérité, répétait un vieux Belcastel, il ne faut point aller chercher si avant l'illustration de ce temps : qu'était-il besoin de faire construire ce palais, dont l'on m'a dit les plus vilaines choses du monde ? On le décrit comme un chef-d'œuvre de platitude tapageuse et de maigre invention. Ne se pouvait-on contenter du Louvre, de Saint-Germain ou même du château de Versailles en l'état où le défunt roi le laissa ? Qu'était-il besoin de cela, expliquez-moi, je vous prie, la vertu de ce luxe outrancier parmi des marais insalubres, qui coûtèrent de surcroît la vie aux malheureux qui le bâtirent ? Un roi doit-il régner sur tant de faste, pour faire aller son royaume ?

– Un homme qui se prend pour un roi est fou, de même qu'un roi qui se prend pour un roi.

– Je ne parviens, moi, à comprendre la cause des fêtes dont j'entends parler, et ces trésors d'imagination que mon fils dit que l'on déploie à la moindre occasion…

– Ah donc, Bergerac, votre fils est à Versailles ?

– Oui, mais j'en ai fort peu de nouvelles. Je compte sur un cousin abbé qui le surveille et me fait des rapports…

– Auriez-vous donc la naïveté de croire le clergé épargné par cette misère ? Je connais l'exemple d'un redoutable abbé de Choisy, petit-fils du chancelier L'Hospital, et qui est le plus grand coquin de la terre…

– Tout a commencé sous l'Italien. Avant l'Italien, les choses marchaient plus droit.

– Nous avions nos distractions, avant l'Italien, mais elles n'entravaient pas l'exercice de notre devoir.

– L'Italien ? De qui parlez-vous, Belcastel ?

– De Mazarin.

– Voilà que vous m'étonnez, pensez-vous que la vertu régnait sous le premier cardinal ? »

Il alla encore, accompagné de sa sœur, du comte et du jeune marquis sur la terrasse du château qui dominait, d'une longue falaise de roche claire, ce Périgord proche des vallées de Corrèze. Madame de Beaumont se réjouissait de le revoir et ne cessait de l'entretenir.

Non loin de là se tenait une personne vêtue de noir, qui les semblait suivre des yeux ; la silhouette était fine, presque fragile et avançait au rythme d'un voile qui, coulant de la tête aux épaules, signifiait que la dame devait être veuve. Parfois, un groupe de convives l'éclipsait un instant mais, comme préoccupée, ne voulant sans doute perdre l'archevêque et les siens, elle s'écartait avant de revenir bien vite en un point d'où elle pût les voir.

Enfin, alors que l'après-midi touchait à sa fin et que les Fénelon allaient se retirer, monsieur de Hautefort parut sur le perron, menant une femme par la main. Il s'arrêta devant le prêtre.

« Monseigneur, dit-il en souriant, voici une dame de ma connaissance qui souhaite vous saluer avant votre retour. »

Monsieur de Fénelon demeura étonné, car il ne l'avait jamais vue.

« Henriette de Puyguilhem, murmura-t-elle en lui tendant sa main, demoiselle de Beaulieu. »

L'archevêque fut surpris.

« Mais oui, dit-il doucement, mais oui, madame. Oui, le souvenir me revient. Et madame m'a donc reconnu ? »

Elle baissa les yeux.

« Monseigneur ne s'oublie pas », dit-elle.

Le comte était las et voulait rentrer.

« Ah bien, madame, lui dit-il, veuillez excuser cette extrême fatigue qui va me contraindre à vous retirer monsieur de Fénelon... Nous nous connaissons, je crois... Aussi pouvez-vous volontiers nous rendre visite en notre château de Sainte-Mondane. Vous comprendrez aisément combien la route est encore longue, et nous ne voudrions attendre la nuit... »

Madame de Beaumont se retira, Pons François et les siens prirent congé et montèrent en voiture, devant monsieur de Hautefort et Henriette de Puyguilhem qui demeurait silencieuse. Elle resta encore un peu après le départ du carrosse dans la poussière levée par les chevaux ; on la vit droite au départ de la route, avant que, pressée de s'en aller à son tour, elle prît place dans le fiacre de monsieur de Bergerac.

Le soir venait. Une ample lumière rousse se couchait sur les reliefs ; monsieur de Fénelon se retourna et aperçut le château dressé au cœur de la vallée, puis rétrécir jusqu'à disparaître tout à fait. Il sentait par la vitre les odeurs de forêts, de champs et d'herbes qu'attendrissait la moiteur brune du soir.

« Vous souvenez-vous donc, marmonna soudain le comte à son frère, que cette femme qui vous a singulièrement salué venait parfois chez nous, avec sa sœur Madeleine ?

– Oui, je me le rappelle à présent. Cela fait en vérité si longtemps...

– Les Beaulieu nous rendaient régulièrement visite,

je n'en ai toujours ouï dire que du bien par feu nos parents. Sa sœur est entrée au Carmel de Bergerac et elle, je ne sais plus…

– Elle a dû épouser le comte de Puyguilhem, parent de monsieur de Lauzun, qui est mort l'an passé, hasarda le marquis.

– Mais oui, c'est exact, mon fils, vous avez sans doute raison. Du jour où vous êtes parti pour Sarlat, je n'ai plus su ce qu'elle devenait. J'appris par la suite qu'elle s'était mariée, mais rien de plus.

« François, s'écria soudain le comte en sursautant, regardez cette belle lumière à la pointe des rochers. »

Le soleil avait tracé un ultime éclat rouge sur les arbres avant de glisser au loin.

« Ne me dites pas, face à une telle beauté, que la ville vous manque, ajouta le vieil homme avec un sourire. Je suis certain que jamais vous n'y voyez rien de semblable, même dans les plus beaux endroits de Versailles.

– Vraiment oui, la nature ici n'a pas son pareil, dit le prêtre au bout de quelques instants. Pourtant, j'ai aimé Versailles. Notre région est bien différente mais, sans doute le comprendrez-vous, mon frère, elle ne peut toutefois effacer des lieux où je passai plus de vingt ans de ma vie…

– Mon oncle, dit soudain le jeune marquis, combien je souhaiterais que vous restiez parmi nous.

– Cher petit François, vous le savez, si je dois partir, vous me rejoindrez.

– Ah, le mal que vous fait le roi, dit le vieux comte en retenant sa colère. Et comme je le souhaiterais devant moi, là, juste là, avec son Monsieur de Meaux, dans notre pauvre pays, pour lui expliquer votre innocence… Je ne démordrai pas que ce prélat vous trouva trop grand pour lui, et qu'il voulut vous écarter – par tous les prétextes imaginables, car me persuaderez-vous que le sujet de votre discorde fasse de vous un impie ? Maudit homme, maudit homme… »

La nuit fut paisible à monsieur de Fénelon, quoique l'après-midi chez monsieur de Hautefort l'eût assez intrigué : les propos de Forqueray le fils l'avaient frappé, en dépit de la réserve à laquelle il s'était tenu devant lui… Qu'étaient donc ces *temps* qui changeaient, cette époque que l'on s'apprêtait à oublier avec l'intention présomptueuse de n'y plus revenir ? Quel vent de nouveauté soufflait sans qu'il l'eût encore soupçonné ? Par-delà les affaires d'esthétique, monsieur de Fénelon se demandait ce que pouvaient espérer des instruments *galants* et *brillants* alors même que le roi semblait, avec l'âge, très obstiné à entraver tout mouvement qui ne vînt de lui-même ; et si son humeur avait longtemps incliné à la légèreté, elle s'assombrissait désormais, sous l'influence toujours plus avouée de madame de Maintenon qui, prétextant la piété, œuvrait à convertir la Cour… Cette tâche menée en secret depuis plusieurs années commençait d'ailleurs à porter ses fruits : les plaisirs se faisaient plus discrets, l'on s'amusait avec moins de bruit, les chapelles se repeuplaient, certains grands osaient s'afficher repentis, le roi lui-même en donnait l'exemple ; partout le noir prenait le pas sur la couleur et les mines blêmissaient, travaillées de l'intérieur par l'angoisse du Salut dont on devinait l'intrusion soudaine dans les âmes… – Le clavecin virtuose et expressif de Jean-Baptiste Forqueray se ferait-il entendre en pareilles conditions ?

Mais si les aînés, brutalement conscients à l'approche de la mort, se souciaient maintenant de l'au-delà, leurs enfants s'apprêtaient, eux, à affronter les délicates années de succession. Monsieur de Fénelon songea à toute cette jeunesse que le roi opprimait, tel le brillant fils de Monsieur, Philippe de Chartres, que sa volupté naturelle avait perverti faute de se pouvoir employer aux charges dont son oncle le sevrait comme tant d'autres, maintenus oisifs et dégradés... Le prêtre mesura l'ampleur de ces aspirations que le monarque avait trop longtemps mésusées, et qu'il pousserait maintenant à bout par cette austérité inédite ; peut-être ces forces demeureraient-elles, avec le génie de Jean-Baptiste Forqueray, en une sorte de semi-silence, guettant l'instant où les circonstances les sauraient libérer. Seulement, qu'attendre d'une génération perdue par l'arbitraire, la richesse, la mollesse, l'absence d'éducation et de morale, que deviendrait-elle, une fois débarrassée du fardeau de ses pères – monsieur Forqueray le fils n'avait-il pas raison d'user d'un instrument moins obscur que la viole ?

L'esprit fatigué, monsieur de Fénelon tâcha aussi de se souvenir de cette Henriette de Beaulieu qu'il avait revue chez Hautefort. Il s'en figura, vaguement, quelques images à Sainte-Mondane alors qu'ils devaient être tous deux âgés de dix ans. Sans doute avaient-ils eu plaisir à partager quelques jeux ; sa présence s'était même dû rendre agréable au garçon, suffisamment pour que madame de Beaulieu la ramenât à plusieurs reprises et que leurs mères se semblassent lier d'amitié. Par la suite, ils s'étaient encore aperçus à Sarlat – la dernière fois, monsieur de Fénelon devait approcher de ses seize ans : jetant un regard par la fenêtre du palais épiscopal, il l'avait cru reconnaître, avec monsieur de Beaulieu, sur la place de la cathédrale ; il ne parvenait à s'en rappeler beaucoup plus. Après, il était parti pour Cahors et ne l'avait jamais revue.

Fénelon s'endormit sur cette pensée et fut réveillé dans la nuit par un orage. Il se leva : le ciel était enflammé. Les arbres ébranlés par le vent mugissaient sur les collines avec une violence sans égale, propageant le froissement de leurs feuillages dans l'air rougi comme un tissu de sang. Une odeur d'herbe tiède et de terre mouillée montait des profondeurs de la motte. Quelques minutes plus tard, les chouettes cessèrent leurs cris ; le silence se fit. Alors, brusquement poussée de l'ouest où se levait, diffuse derrière les monts de Sarlat, une longue lueur pareille à la tête d'un flambeau, la pluie s'abattit avec le tonnerre. Le sol se mit à crépiter, l'horizon se brouilla, les reliefs fondirent, noyant la vallée sous un grand aplat grisâtre d'où montait, parfois, le mugissement d'une bête surprise par la tempête… L'archevêque regarda longtemps ce spectacle dont la frénésie le glaçait au plus profond de lui-même. Que se passait-il ? Quelle force s'élevait soudain ou s'inversait sous l'effet d'un subtil basculement, dont les causes physiques lui semblaient secondaires ? Intrigué, presque fasciné malgré sa frayeur, monsieur de Fénelon ne se put recoucher avant la fin de l'orage ; il observa le ciel blanc et déchiré, les éclairs reflétés sur les collines, le souffle tourbillonnant dans les hauteurs jusqu'à sembler arracher les nuages qui closaient l'espace sur les tours du château, à la façon d'une prison.

4

Elles arrivèrent le soir même. Le bruit d'un carrosse s'était fait entendre dès Sainte-Mondane, porté par le vent demeuré depuis l'orage de la nuit. Madame de Fénelon était sortie à leur encontre et attendait, accompagnée d'un valet. Madame de Chatel-Censoir, sœur du surintendant Fouquet, descendit la première, suivie d'une dame qui l'accompagnait dans ce voyage. On les entendit parler, monter les escaliers puis parvenir à la Grande Salle où monsieur de Fénelon avait rejoint le comte ; drapée dans une cape noire, madame de Chatel-Censoir avançait fièrement, éclipsant cette timide madame de Grigny qui la suivait en silence. L'archevêque, la voyant paraître, demeura frappé tant son visage fin, éclairé d'un regard vif, rappelait son frère défunt.

Elle salua très civilement le comte de Fénelon.

« Madame, répondit Pons François que cette singulière voyageuse avait devancé, soyez la bienvenue en notre maison. Je suis bien aise de vous recevoir maintenant, car vous ne manquerez pas de constater que mon frère Monsieur de Cambrai nous fait pour quelque temps l'honneur de sa visite. Si vous ne vous connaissez déjà, nombreux sont cependant les liens existant entre vous, et je suis assuré que vous vous complairez l'un en la compagnie de l'autre… »

L'archevêque s'avança à son tour pour saluer madame de Chatel-Censoir. Après lui avoir rendu son compliment, celle-ci le fixa de ses yeux perçants.

« Voilà donc l'homme dont tout Versailles parle, dit-elle avec un ton d'impatience satisfaite.

– Madame, repartit Fénelon, vous n'êtes pas sans savoir que le moment est en effet à cette affaire, puisque la querelle qui m'opposait à Monsieur de Meaux s'apprête à être tranchée par le roi.

– Et tranchée de la belle manière, en vérité, monseigneur… », lança froidement la sœur de Fouquet.

Madame de Fénelon se rembrunit. Pons François les arrêta, disant qu'il serait temps plus tard, une fois les visiteuses installées, de traiter ces matières délicates.

« Mais vous ne nous avez pas présenté madame qui a l'honneur de vous accompagner en ce voyage, poursuivit le comte pour distraire l'attention.

– Il est vrai. Madame est une lointaine parente, et se trouve être la mère d'un fameux musicien dont vous avez peut-être entendu parler…

– Oui, s'empressa de préciser madame de Grigny, mon fils Nicolas est organiste, il fut longtemps à l'abbaye de Saint-Denis… »

L'archevêque, qui vit que ce nom demeurait sans écho chez son frère, intervint pour dire qu'il le connaissait.

« N'est-ce pas lui, demanda-t-il encore, qui étudia auprès de monsieur Lebègue, avec qui j'eus de fréquentes conversations à Versailles ?

– Monseigneur a raison, en effet, murmura la petite femme rougissante, en cachant mal sa joie.

– Allons, coupa Pons François, nous vous laissons

tous deux parler de musique, pendant que madame de Fénelon et moi-même montrons l'endroit à madame de Chatel-Censoir. Sylvain, porte donc ces malles… »

Le prêtre se trouva face à madame de Grigny.

« Vraiment, madame, je suis bien heureux de vous rencontrer par cette singulière circonstance, dit monsieur de Fénelon.

– C'est un honneur pour moi, monseigneur.

– Car parmi tant de souvenirs me revient, madame, une conversation que j'eus avec votre fils, dont monsieur Lebègue m'avait fait toujours les plus dignes éloges. Il m'invita d'ailleurs si souvent à l'aller écouter que je me laissai convaincre, un jour que monsieur de Grigny se produisait à la Chapelle Royale… Je crois qu'il s'agissait d'une hymne de sa composition, *A solis ortus cardine ad usque terrae limitem*, c'est-à-dire *Du côté où se lève le soleil jusqu'aux extrémités de la terre*, qui me fit la plus grande impression – bien que je n'y entende pas grand-chose…

– Et donc mon fils eut le bonheur de connaître monseigneur ?

– Monsieur Lebègue me le présenta… Monsieur de Grigny eut en vérité bien du mérite, car il montra une profonde indulgence envers mon ignorance, et j'eus le plus vif intérêt à partager ses lumières.

– Monseigneur nous honore plus que je ne saurais dire, répondit la petite femme. Mais hélas, vous n'aurez plus tant d'occasions de l'entendre puisqu'il a été nommé organiste par les chanoines de la cathédrale de Reims, ce dont il est fort content. »

L'archevêque s'amusa amèrement de l'innocence de ce propos.

« Voilà qui est bien, madame, reprit-il. Nous serons donc éloignés de Paris à la même heure… La capitale regrettera votre fils. Il a un génie tout particulier, d'une puissance et d'une ferveur qui m'ont toujours su toucher. Je ne sais si les Parisiens savent goûter pleinement ce beau style, et mesurer quelle en est l'audace, la nouveauté.

– Oh oui, monseigneur, répondit madame de Grigny, ce n'est pas parce que je suis sa mère, mais je le crois très talentueux. Ce qu'il compose donne des frissons, j'espère que vous connaîtrez ses dernières pièces. Il tâche toujours de m'éclairer sur des subtilités que je ne saurais goûter, n'étant pas musicienne moi-même, mais son père, qui est organiste, me dit que ces œuvres ne manquent pas de valeur.

– Il a surtout l'audace, madame, d'être animé d'une foi authentique, et de connaître les Écritures, comme la liturgie, dans leur plus vraie profondeur – il tient ça pour partie, je pense, de monsieur Lebègue dont la piété perce en toutes ses compositions, et que cette *Messe* que j'entendis à Versailles achève de placer parmi les maîtres de son art. Quand monsieur de Grigny compose sur une hymne, l'on perçoit un sens très sûr du texte, un respect avoué de sa dimension sacrée… Ce n'est pas le cas de bien des messieurs que j'ai vu recommander à la Chapelle Royale, madame, et qui écrivent de la musique d'Église comme l'on ferait à la comédie. Je n'aime pas ces affections dont on teinte les prières, ces émotions dont on rebrode le recueillement. Pour moi, la contemplation suffit, elle se dispense de tout. La musique en religion doit soutenir l'âme, porter la prière dans son mouvement, dans son élévation, suggérer, tout au plus esquisser quelques traits de ce qui nous demeure voilé, livrer de cet invisible une expression plus immédiate et familière à l'imagination humaine, plus incarnée peut-être

– or, madame, ce n'est là le sens de ce que j'entends couramment à Versailles.

« Je trouve belles les harmonies de ces messieurs de la Cour, continua monsieur de Fénelon, certaines dénotent même une étonnante science des sonorités. Mais je ne prie pas quand elles résonnent. Je les écoute, elles me distraient. Je m'en délecte, je me perds. Monsieur votre fils en use bien différemment. Comme l'on se figure les vastes dimensions, au travers de sa musique… Par un même geste, il nous élève et nous abaisse à la fois ; en distendant l'étendue de nos sens éteints, il nous situe dans le rapport au très grand et par là même rappelle notre état. Il donne une idée du Très-Haut, mais tout cela sans omettre combien cette expérience de la Parole se doit nouer en une étroite intimité avec le Mystère, cœur et contrepoint de tant de magnificences. Je crois qu'il sait ce que sont passion et contemplation. C'est une grande qualité, madame, qu'il a reçue bien jeune. Aussi ne puis-je m'empêcher de rendre grâce quand mes yeux rencontrent pareils phénomènes. Ils me rappellent à mon Créateur, madame, Qui Seul peut engendrer de tels enfants… »

Pons François les avait rejoints avec la comtesse et madame de Chatel-Censoir ; il semblait soucieux. Il commença par se plaindre de l'orage, qui maintenait dans tout le château une humidité incommode pour l'état de son dos, parla des dévastations de la nuit passée, puis mena les visiteuses à cette table que trois servantes avaient dressée tandis que l'archevêque entretenait madame de Grigny. L'on évoqua toutes sortes de choses ; monsieur de Fénelon, qui n'oubliait les premières paroles de madame de Chatel-Censoir, tâchait d'étouffer son inquiétude.

« Alors, comme cela, demanda Pons François à son

hôte, le roi fut tout à fait inflexible au sujet de monsieur votre frère, malgré les supplications que vous lui aviez adressées ?

– Il n'y eut rien à faire, monsieur, rien. Voyez-vous ce rocher sur lequel s'élève votre château ? Eh bien, je ne connais en France qu'un cœur aussi dur que cela, et il repose dans la poitrine de cet homme. Je ne sais à ce jour l'exacte atteinte que mon frère put lui faire pour mériter pareil sort… Bien sûr, il y eut sous le règne précédent quelques petites affaires, mais rien de très important, et la couronne fut heureuse, en certains moments, de pouvoir compter sur lui. Si l'on arrêtait quiconque jouit d'une position avantageuse, combien demeureraient à leur place ?

– En effet, reprit Pons François, le parti de Colbert qui joua contre monsieur Fouquet n'est lui-même, d'après ce que j'en sais, que modérément honnête.

– Le roi craignait le surintendant, intervint madame de Grigny, l'on évoque toujours la soirée donnée à Vaux, mais la chose est bien plus ancienne que cela.

– Nous avons en effet un monarque qui ne souffre d'autres talents que le sien, dit madame de Chatel-Censoir. Voilà qui est fort singulier : l'on prétend souvent juger un souverain à la qualité de son entourage… En France, nous connaissons le contraire. Quelques habiles manipulateurs, un arbitraire tout-puissant et beaucoup d'ignorance, voilà la matière de ce qui nous gouverne.

– S'il en est ainsi, les choses n'iront bien loin…, murmura le comte. Les mauvais fruits finissent par tomber de l'arbre. Et pendant que la Cour donne ce triste spectacle, les campagnes dépérissent avec une effrayante promptitude… Nos paysans souffrent, s'en rendent-ils compte ? J'essaie pour ma part d'amoindrir les rigueurs dont on les écrase, mais cela ne saurait suffire…

– Partout où il sévit, ce roi sème la détresse », ajouta madame de Chatel-Censoir, et, levant les yeux sur Pons François : « Mon frère est mort malheureux. Il était enfermé comme un criminel, monsieur. Comme un criminel… Je tâchais de lui faire passer des vivres, l'on m'en empêchait… Je fus capturée, relâchée… Alors, obstinément, je retournai au pied de la forteresse et, en corrompant l'un des gardes, je parvins un soir à lui parler, derrière un mur… Vous auriez entendu sa voix, monsieur, jamais je n'oublierai cela… Mon frère, dont le ton était toujours si charmant, enjoué, qui faisait le délice des compagnies… Cette voix était brisée de souffrance, grêle et sombre. J'eus juste le temps de glisser deux mots. "Ah, ma sœur, gémit-il, est-ce là vous, ou un spectre qui me tourmente l'esprit ? – Mon frère, c'est bien moi, ne craignez point… Mon frère, comment allez-vous ?" Le garde était reparu et m'avait rudement éloignée. "Le temps est écoulé… Vous avez eu ce que vous vouliez, dit-il, retirez-vous et ne parlez de ceci à personne, ou le prisonnier paierait pour votre indiscrétion…" Oui, monseigneur, je vois votre étonnement, mais ce que je dis est en tout point exact…

« Si vous saviez encore les souffrances que l'*on* excelle à infliger à sa propre famille, continua madame de Chatel-Censoir, ce que la défunte reine eut à subir… À quel sort réduit-il cette malheureuse… Il n'eut qu'une larme pour elle, quand son cœur fut transporté au Val-de-Grâce et que l'éloquence de Fléchier parvint à lui causer quelque émotion. Encore ne sait-on exactement si ces larmes provenaient de cette belle rhétorique, ou d'un regret sincère. Quant à Monsieur, la chose s'apparente à un sacrifice…

– Ce que disait Monsieur de Cambrai à son sujet était donc juste ? demanda Pons François. Je ne parviens à le croire…

– Le sort de Monsieur, disais-je récemment à mon frère, est en effet peu enviable, expliqua le prêtre.

– Monseigneur n'a hélas que trop raison, reprit madame de Chatel-Censoir. Le souvenir de Gaston d'Orléans est, depuis sa naissance, le plus commode argument pour le plier à tous les rabaissements. Il devait grandir dans la *soumission* à son frère, pour *demeurer dans ses grâces*, comme l'avait établi Mazarin… Aussi fut-il très *soumis*, par de piètres éducateurs. À présent, Monsieur dépend du bon vouloir du roi qui sait le lui faire valoir, comme s'il s'agissait d'un enfant… Monsieur a des faiblesses que l'*on* connaît trop bien et dont l'*on* joue avec une exactitude cruelle. J'étais d'ailleurs encore récemment à souper chez lui, en privé, et les propos tombèrent précisément sur Monsieur de Cambrai. »

Voyant l'étonnement de Pons François à ces dernières paroles, elle ajouta de son ton très direct, qui surprenait quiconque ne la connaissait pas ou ne parvenait à s'y habituer :

« Eh bien oui, monsieur, *en privé*, car vous savez ce que l'*on* fit à mon frère, et combien notre famille est depuis fort peu en cour ? L'*on* a donc décidé que tout ce qui était lié au surintendant ne devait plus reparaître dans le monde… et l'*on* ordonna, ainsi que ne me l'a pas caché Monsieur qui ne trouva la ressource de me le taire, que je ne devais bien sûr partager sa table à Saint-Cloud… Mais le frère du roi est un homme bon, qui ne s'arrête point, quand il peut agir discrètement et sans risque, à ce genre d'interdits. Aussi me reçoit-il toujours, et nous estimons-nous grandement. Le secret lui plaît à l'extrême, il s'amuse fort de notre commerce… "Mon frère vous a fait avec monsieur Fouquet un tort irréparable, dit-il toujours, que le crime de notre amitié ne parviendra jamais à égaler, quand bien même souperions-nous ensemble chaque soir…" Oui, nous nous estimons fort, lui et moi.

« Monsieur vous estime aussi…, reprit madame de Chatel-Censoir en levant les yeux sur le prêtre qui était demeuré silencieux, il vous aime et vous traite de personne loyale, fidèle, honnête. À vrai dire, il m'a avoué n'être pas sans craindre désormais pour vous, monseigneur…

– Et que craint donc Monsieur ? demanda vivement Pons François.

– Se méfiera-t-on jamais de ce méchant homme qui tient le pays, repartit la sœur de Fouquet, et des coquins dont il a le don de s'entourer ?

– Cependant, hasarda madame de Grigny, je puis, moi, encore fréquenter Versailles, et il semble qu'en peu de temps, l'atmosphère s'y soit considérablement changée… Les choses sont devenues bien pesantes, les personnes que l'on y croise affichent toujours plus une mine volontairement triste et défaite, des habits sombres… Je trouve cela fort singulier, et ne parviens à savoir ce que ce spectacle pourrait signifier.

– Le roi est désormais las de tous les plaisirs, murmura madame de Chatel-Censoir, il en a éprouvé la fragilité… Sa conversion de vie à laquelle vous n'êtes, vous-même monseigneur, parce que vous la prêchez depuis vingt ans, et madame de Maintenon grâce à son récent succès, peut-être pas si étrangers, progresse chaque jour… Mais dois-je vous décevoir, messieurs : il ne s'agit que d'une métamorphose de théâtre, qui, malgré un fondement sérieux, s'avère dans ses effets à peine supérieure aux dévotions du Tartuffe de Molière.

– L'on dit en effet qu'après trente ans de libertinage injurieux, l'excès contraire menacerait le roi ; mais il serait aussi sincère dans cette dévotion qu'en ses plaisirs passés…, glissa madame de Grigny. Étrange homme, vraiment, qui ne sait demeurer en place dans quelque juste voie, et que les appétits les plus divers poussent à bout, dans leurs spécificités respectives.

– Sincère, vous l'osez croire sincère ! » coupa madame de Chatel-Censoir, puis s'adressant à Fénelon : « Un Tartuffe, vous dis-je, monseigneur, rien de bien mieux que cela, un Tartuffe !

– Madame, intervint enfin l'archevêque, votre amertume à son endroit vous doit-elle pousser en de telles extrémités ? Je conçois le mal que le roi causa à votre famille, mais mérite-t-il tant de dureté, lui doit-on rendre ce qu'il nous fait souffrir ?

– Comment donc, monsieur, je vous vois prendre sa défense, s'exclama cette femme, alors même qu'il a signé votre renvoi en votre diocèse de Cambrai ? »

Tous se turent. Le silence envahit brusquement la salle du château. Pons François pâlit, monsieur de Fénelon demeura impassible, le visage égal, dépourvu de tout mouvement. Seuls ses yeux s'étaient mis à brûler avec l'ardeur d'un brasier.

« Quand bien même m'enverrait-il hors de France pour un crime que je n'ai pas commis, madame, reprit le prêtre après un moment, quand bien même exilerait-il toute ma maison, me dépouillerait-il de ce rang où m'éleva sa faveur, je suivrais son ordre, madame, avec tout le bonheur de m'y plier, et sans avoir aucun droit à présumer de sa conscience.

– Monseigneur, vous êtes renvoyé, m'entendez-vous bien ? insista madame de Chatel-Censoir qui pensait l'archevêque prisonnier d'une de ses rêveries. Ce n'est là un songe, je vous dis ce que je sais…

– Aussi je vous entends, madame, avec toute l'exactitude dont je suis capable, répliqua monsieur de Fénelon.

– Bossuet, monseigneur, mit le comble à votre cause, ajouta madame de Grigny, on le vit après votre départ pour le Périgord à genoux chez le roi, pleurant à chaudes larmes, car le souverain ne se montrait encore tout à fait résolu à vous bannir de Versailles. Un parent qui se trouvait là l'entendit dire, d'une voix agitée et poignante, semblable à celle dont il usa pour prononcer le sermon sur Lazare : "Sire, monsieur de la Mothe-Fénelon représente le plus grand danger pour votre règne. Monsieur de la Mothe-Fénelon diffuse en France une hérésie, il élève votre petit-fils selon des principes impies et dangereux, sire, je ne parle là que pour le bien de votre trône, aucunement en mon nom propre, moi qui soutins cet homme quand il arriva à Paris…" Et voyant que le roi demeurait silencieux : "Sire, madame de Maintenon vous fit savoir voilà peu ce que cet homme écrivit à votre sujet, est-ce là une figure que Votre Majesté peut raisonnablement souffrir auprès d'elle ?"

– L'affaire est donc tranchée, mon frère, déclara paisiblement monsieur de Fénelon, comme s'il n'avait pas entendu le récit de madame de Grigny, et je pars pour le Nord. Mon diocèse s'apprête ainsi à m'accueillir : je lui dois, comme par le passé, toutes les forces que Notre-Seigneur me donne. Encore plus de forces, même, puisque je me trouve dégagé des obligations qui privaient mes fidèles de ce qui leur eût dû revenir… »

Chacun le regardait avec étonnement. Madame de Chatel-Censoir demeura fort surprise et n'osa plus prononcer une parole. Après de longs instants sans parler, le dîner se poursuivit sur des sujets indifférents. Les deux femmes se retirèrent bientôt.

L'archevêque demeura en compagnie de Pons François, qui semblait très attristé, et de madame de Fénelon.

« Voilà donc la sentence rendue, murmura le vieil homme, et je n'eusse en vérité pas cru, recevant la lettre de madame de Chatel-Censoir, que cette personne vous apporterait pareille nouvelle…

– En effet, mon frère.

– Vous ne semblez pas frappé de ce sort, monsieur, dit sa belle-sœur, que le ton de leurs échanges surprenait. Nous voilà pourtant bien dans le plus grand ennui qui se puisse imaginer. »

Pons François prit soudain un air terrible, que monsieur de Fénelon ne lui avait jamais connu.

« Taisez-vous, murmura-t-il, ne vous mêlez pas de *politique*, et montrez un peu de compassion, je vous prie.

– C'est, monsieur, s'obstina-t-elle, que vous ne prenez la mesure des disgrâces royales, dont le destin vous épargna jusqu'alors. Durant la Fronde, votre père fut du bon parti, mais à présent… N'avez-vous donc point entendu madame de Chatel-Censoir, vous en faut-il davantage pour vous convaincre ?

– Encore un coup, silence, vous me voyez user pour la première fois de ce pouvoir que j'ai sur vous, mais je vous prie de vous taire maintenant et de nous laisser.

– Vous verrez, monsieur, vous verrez… », dit madame de Fénelon en se retirant. Les deux frères se trouvèrent seuls.

« Hélas, murmura le vieux comte, voilà donc que sur la fin de ma vie, il me faut assister au malheur d'un frère si tendrement aimé... Et cette femme, qui a parfois le cœur dur comme la pierre, ne comprend rien à ce qui m'étreint présentement...

– Mon frère, ne vous causez pareille peine, dit monsieur de Fénelon avec douceur. Quelle tristesse trouvez-vous en mon sort ? »

Pons François releva sur lui ses yeux noyés de larmes.

« Comment, vous demandez ce qui m'afflige ?, s'exclama-t-il. Vous non plus ne pouvez concevoir une peine bien humaine ? La religion vous a-t-elle desséché le cœur ? »

Le prêtre sursauta.

« Mon frère, vous vous méprenez, murmura-t-il. Vous me croyez, je le vois bien, indifférent à la disgrâce et à cette tendresse que vous m'avez toujours montrée... Il n'en est rien. Mais voulez-vous, Pons François, que je pleure alors que je dois me plier à cette volonté ?

– L'obéissance, vous n'avez que cela à rétorquer aux affronts que l'on vous fait depuis tant d'années... Le rempart en est commode, il dispense de tout.

– Le croyez-vous vraiment, mon frère ? Pensez-vous qu'il est simple d'accepter sans un mot ce qui contredit nos aspirations les plus légitimes aux yeux du monde ? Ne me reste-t-il donc pas, comme en chacun, un peu d'orgueil que cela froisse ? »

Le comte le regarda.

« Mon frère, reprit le prêtre, si je me suis abandonné au Ciel, vous ne nierez pas cependant combien je me suis battu, jusqu'au bout de mes forces. J'y ai perdu ce qui me restait de santé, j'ai passé des nuits entières à écrire, à argumenter, à me débattre en des conflits toujours plus injustes, pour défendre cette femme que l'on accusait indignement… Mon frère, en prenez-vous conscience ? Cependant tout cela doit m'être égal, et cela le devient en vérité ; ce n'est pas là une lâcheté de caractère ou quelque froideur inhumaine. Vous le savez mieux que moi, mon frère, vous qui me connaissez, et entendez bien des choses…

« Je n'ai point failli, je me suis battu et me battrai encore, s'il le faut, pour soutenir ce qui me semble juste, mais non pour me sauver moi-même, Pons François, malgré toutes les objections de ma vanité…

– Vous me dépasserez donc toujours, dit enfin le comte, et jamais je ne saurai vous suivre en de pareilles routes, mais je les admets en vous écoutant, parce que je sais votre sagesse et mon ignorance… Tenez, il me semble vous entendre parler comme vous le faisiez, tout petit… Vous nous surpreniez déjà et causiez en chacun un singulier attendrissement. À présent, vous ne laissez pas moins votre esprit en des contrées si élevées qu'elles donnent envie de vous y suivre, sans savoir si nos forces égaleront jamais les vôtres… Mais je ne parviens pas à vous approuver, François, et demande pour cela la grâce de cette lumière.

« Vous nous avez toujours surpris, oui, reprit encore le vieil homme, votre cousine elle-même s'en ouvrit un jour auprès de moi… Elle vous demandait un service à la Cour et…

– Je lui répondis que je ne devais ni ne pouvais, en l'état qui était le mien, demander des grâces au roi et me relâcher de la règle étroite qu'il attendait que je suive, compléta l'archevêque, cela est exact, je n'en retranche rien.

– Hélas, François, je voudrais tant, par-dessus tout, être assuré de votre bonheur…

– Je ne mérite tant d'inquiétudes, dit doucement le prêtre. Votre affection me dépayse, mon frère, vous l'avouerais-je ? »

Monsieur de Fénelon souriait.

« Cela fait bien longtemps que personne ne montra un tel souci de moi, ma cousine s'éloigna par son mariage et son père, notre oncle Antoine, fut le dernier, jusqu'à sa mort, à pousser la tendresse en l'état où vous la montrez… Je ne suis digne de ces alarmes, Pons François, car vous me voyez finalement heureux. Le roi fait bien. Il me rend à mes fidèles de Cambrai, qui ont plus besoin de moi que la Cour. La Cour se passera sans peine de mes services, tant d'autres y attendent leur gloire… Il s'en trouvera bien un, au moins, pour me remplacer dans toutes les fonctions dont je serai dépouillé, un qui saura se rendre aimable au duc de Bourgogne et achever ce que j'aurai commencé. Je ne me soucie pas de cela, Pons François, voilà qui ne relève plus de nous…

– Vous vous dites heureux, François, répondit le comte, et cependant, pour vous bien connaître, je ne sens encore un exact accord entre votre cœur et ces paroles.

– Vous avez peut-être raison, et en cela, vous semblez étonnamment proche de ma conscience, mais sans doute n'est-il pas bon que je porte mes regards en arrière…

– Ne songez pas à nous, dit soudain le vieil homme, oubliez-nous, partez, ne méditez plus. Partez, hâtez-vous vers Versailles… »

Les deux frères se regardèrent. Monsieur de Fénelon acquiesça.

« Notre vallée, ajouta le comte à voix basse, s'apprête donc à vous rendre au monde, et vous y reparaîtrez bien différent, sans doute, qu'à l'heure où elle vous offrit son refuge. »

Ils demeurèrent tous deux, muets, assis à la table de la Grande Salle. La lumière du chandelier éclairait leurs visages, laissant leurs corps dans la pénombre où ne se devinaient que les portraits tenus aux murs des vieux ancêtres attentifs. L'archevêque restait immobile. Au loin, le bruissement de la nuit montait de la campagne et un ample souffle glissé par la porte entrouverte semblait les appeler au sommeil.

Quand monsieur de Fénelon se retira, il s'étonna de la facilité impromptue avec laquelle son être s'apprêtait à suivre ce sort ; cependant tout n'était fait encore, la disgrâce débutait et la force trouvée en ces premiers moments céderait peut-être avec la réalisation du jugement…

La chambre, autour de lui, demeurait sans bruit. Ses yeux parcoururent le parquet de chêne brun, la boiserie entourant d'acanthe ce grand portrait de la comtesse de Fénelon, la console où se tenait une figure en pied du défunt roi, l'écritoire vernie, le crucifix d'ivoire sur fond de velours, le lit couvert d'étoffe où il était né. Les heures étaient passées et le temps, instant après instant, venait à expirer. Bientôt, il ne lui serait plus donné de voir ces objets, de sentir la présence même de ces lieux – leur odeur, leurs traits, leur texture propre, les sons qui les traversaient –, de s'y mouvoir aussi naturellement qu'aux jours de son enfance quand entrant, sortant, s'échappant, il demeurait auprès de la vallée et des collines, attentif à deviner vers le levant, aux degrés de la lumière dans le ciel, au changement des couleurs derrière ces horizons qui lui figuraient l'extrémité du monde, l'écoulement de la vie selon un rythme si doux que la fin, elle-même, n'était plus effrayante…

Le château de Fénelon se taisait et, pourtant, jamais il ne l'avait senti si présent à son cœur. En quittant enfant Sainte-Mondane pour Sarlat, il était parti avec une légèreté dont l'âge le rendait aujourd'hui incapable, suivant sans trop de larmes son oncle l'évêque ; sans doute n'avait-il pas mesuré, en montant dans le carrosse où l'attendait Monsieur de Sarlat, l'inflexion que prenait son existence dont seul un hasard le rendrait à cette vallée... La cathédrale de Cambrai lui paraissait maintenant avec ses voûtes grises, ses marbres verts et puis ocre, l'orgue, tout au fond, à contre-jour dans la poussière levée par l'encens et les cierges ; il se souvint du chemin qu'il faisait chaque jour du palais archiépiscopal à l'église, traversant les faubourgs de Cantimpré dans cette petite voiture sans confort qui suscitait la sympathie chez les fidèles qu'elle rencontrait – souvent il souhaitait que l'on s'arrêtât, les abbés de Langeron ou de Beaumont descendaient pour faire quelque aumône, parfois, il sortait aussi lui-même, quand on le demandait, parlant simplement à ce peuple qui avait fini par céder à sa gentillesse, abdiquant toute méfiance devant l'attention franche dépourvue de mépris qu'il leur avait aussitôt consacrée... Il retrouverait donc cette vie réglée, humble, libre et discrète à laquelle il s'était plié dès sa nomination, voilà deux ans.

Mais il fallait encore quitter Fénelon. Son pays natal le renvoyait une dernière fois, et il devait se soumettre – il se demanda comment passerait cette ultime journée puis se coucha enfin, le cœur peut-être un peu plus serré que d'habitude. Il s'endormit vers trois heures de la nuit.

5

Henriette de Puyguilhem était descendue d'une voiture, au bas du château, alors que les invités du comte commençaient à arriver. Le ciel glissait entre les arbres et portait sur la terre des ombres lumineuses dont les formes s'étiraient selon la hauteur du soleil ; les champs scintillaient comme de l'eau. Monsieur de Fénelon était descendu pour accueillir le marquis d'Hautefort et, arrivé non loin des fermes, avait vu à la crête du chemin venant de la vallée deux carrosses qu'assombrissait le contre-jour.

Les voitures s'étaient arrêtées, laissant paraître de la première un jeune prêtre qui tendait la main à une dame, pendant qu'un homme aidait son épouse à descendre de la seconde. Tous quatre semblaient se connaître. Ils mirent quelque temps à s'accorder, la jeune femme, qui était enceinte, arrangea rapidement sa robe ; la dame en noir dégagea son voile et se tourna, de loin, vers l'archevêque qui s'entretenait encore avec monsieur de Hautefort. Quand les voyageurs passèrent près d'eux, monsieur de Fénelon s'écarta pour les saluer.

Henriette de Puyguilhem, silencieuse, avança alors jusqu'à lui. Un rai de lumière frôla sa tête et la courbe de son visage : elle lui sembla très pâle. Puis, quand elle fut toute proche, les proportions de ses traits, avec ces longs yeux noirs, les lèvres bien formées et ce nez qui descendait doucement (lui figurant autrefois l'aspect des déesses grecques) revinrent à son souvenir et l'étonnèrent, parce qu'ils avaient si peu changé…

« Monseigneur, vous voilà fort occupé…, murmura-t-elle, et je ne voudrais pas vous interrompre d'avec monsieur de Hautefort…

– Faites, madame, faites, nous reparlerons tantôt avec monseigneur.

– Monsieur, monseigneur, si vous le permettez, voici donc mes enfants… »

Elle présenta son fils Louis, séminariste à Cahors, sa fille Marie et l'époux de celle-ci, monsieur des Milandes.

« Cela se trouve à merveille, madame, dit monsieur de Fénelon, nous aurons, j'en suis assuré, bien des choses à nous dire.

– En effet, reprit sa mère, Louis a souvent entendu parler de monseigneur, alors c'est une joie pour lui que de vous pouvoir rencontrer ici…

« Monseigneur, sans doute nous reverrons-nous plus tard, dit-elle encore, en voulant se retirer.

– Mais oui, madame, certainement. »

Le prêtre avait remarqué la singulière tristesse de sa voix. Cependant Pons François était descendu pour mener les Puyguilhem et monsieur de Hautefort jusqu'au château, laissant son frère à monsieur de Bergerac qui venait d'arriver. En remontant peu après le petit chemin sous les chênes, monsieur de Fénelon sentit une même peine pénétrer son cœur, comme si ce sentiment eût flotté à la suite d'Henriette avec les voiles sombres jetés sur ses épaules. On l'arrêta encore beaucoup. Bergerac voulait tout savoir et la discrétion du prêtre, au lieu de le résoudre au silence, aiguisait sa curiosité ; monsieur et madame de Brantôme s'en mêlèrent, monsieur de Belcastel, les Montfort, les Saint-Clar, trouvés sur les terrasses du château, montrèrent bien vite un intérêt aussi vif pour le sort de l'archevêque, qu'aucun assaut d'obligeance ne parvint à tirer de sa réserve. Henriette de Puyguilhem conversait à quelques pas de là avec madame de Fénelon. Il l'aperçut soudain mais rendit aussitôt son attention à madame de Saint-Clar qui, tenue auprès de lui, ne cessait ses questions sur le roi. Louis de Puyguilhem les rejoignit et permit de distraire l'attention du groupe.

« Voilà donc un futur prêtre, s'exclama madame de Brantôme, et comme madame votre mère doit en être heureuse…

– Elle l'est, assurément, madame.

– Vous plaisez-vous à Cahors, l'air y est-il si mauvais que je l'ai entendu dire ?

– Il est certainement moins bon qu'en notre vallée, monsieur…

– Ne la regrettez-vous pas, justement, au séminaire ? Et irez-vous à Paris ? »

Monsieur de Fénelon eut un sourire. Les hôtes s'éloignèrent enfin, permettant aux deux prêtres de se retrouver seuls. Ils parlèrent un peu et l'archevêque se plut à entendre des nouvelles de son vieux séminaire ; il posa quelques questions, si l'agencement des bâtiments avait changé, si le chien qui gardait l'entrée était mort.

« Hélas, monseigneur, répondit le jeune homme, avant de poursuivre sur des sujets plus graves, je le crois bien… »

Monsieur de Fénelon le regardait, sans comprendre

l'intérêt qui l'attachait à lui. Louis de Puyguilhem avait quelques traits de sa mère, le reste venait sans doute de cet homme mort l'an passé ; qui avait été ce comte dont il portait le nom, quels avaient été ses manières, son humeur, son aspect, que prolongeait peut-être ce fils alors que lui-même n'était plus ? Il se surprit soudain à imaginer Henriette et son époux dans ce château qu'il connaissait, seuls en ce grand domaine ouvert sur les forêts avant que l'enfant qu'il voyait maintenant vînt au monde, l'année où le roi lui avait confié le duc de Bourgogne…

Le séminariste parlait avec assurance, il s'était mis à évoquer les cours qu'il suivait à Cahors et osa peu à peu se hasarder sur la querelle de monsieur de Fénelon, dont il avait entendu parler.

« Ne me laissera-t-on point de repos sur cette question ? s'amusa l'archevêque.

– Que monseigneur me pardonne si je suis importun…

– Vous ne l'êtes pas, monsieur, reprit-il, mais je ne sais si ce que je vous pourrai dire sera de quelque utilité par les études que vous suivez, où l'on cultive fort l'esprit, au détriment, parfois, du cœur.

– Le cœur ?

– Oui, monsieur… »

Monsieur de Fénelon s'était arrêté.

« Le mot m'en paraît si plat en le disant, reprit-il doucement, et j'aurais souri en votre place… Il ne s'agit pourtant là, monsieur, de quelque dévotion secondaire, douceâtre et faible, comme je le pensais à votre âge, mais sans doute de ce qui devrait être le fondement de notre foi. “Que ne suis-je, si je n'aime ?” Y songez-vous, monsieur, vous a-t-on jamais posé pareille question ? »

Louis de Puyguilhem regardait l'archevêque.

« Assurément, monseigneur, murmura-t-il, je L'aime, et, j'espère, de toute mon âme, mais il est vrai que nous ne parlons guère de cela…

– Comment comprendre ce que je me suis attaché à défendre, si l'on n'est capable de dire ce que vous venez de me confier ? »

Les deux hommes se tournèrent un instant vers la vallée. Monsieur de Fénelon ajouta encore :

« Nous apprenons beaucoup par nos études, et je fus le premier à me complaire dans le savoir ; pourtant, ce que Dieu attend de nous, j'en suis toujours plus certain, n'est pas cela… Dieu va souvent chercher Ses serviteurs jusqu'au fond des campagnes, parce qu'ils ont le cœur plus tendre, moins endurci que les nôtres, qui nous empêchent finalement de nous arracher à nous-mêmes, à ce misérable *moi* que nous idolâtrons… Le Seigneur nous veut selon nos aptitudes propres, mais une intelligence sans amour ne L'intéresse pas. Cette science doit aider nos esprits compliqués à saisir ce qui est le plus simple au monde, et nous sommes en cela infiniment misérables ; mais elle ne saurait sans péché être la fin de notre application.

« Nous ne voulons pas entendre ce qui se donne à nous, poursuivit-il, et allons chercher dans des livres et des raisonnements ce que nous refusons de considérer alors que ce don, gratuit, nous inonde de toutes parts… Imaginez-vous un roi qui ne verrait l'or dont il est entouré et qui tâcherait de le fabriquer par des pratiques de mystère. Qu'en diriez-vous, si ce n'est qu'il est plus infortuné que son valet pour qui la poussière même est précieuse ?

– Ne vous aurait-on donc point entendu dans cette affaire, monseigneur, parce que votre pensée n'était là leur ? » demanda Louis de Puyguilhem au bout de quelques instants où il était demeuré silencieux.

Fénelon se tourna vers lui.

« Cependant, monseigneur, hasarda-t-il encore, et que monseigneur daigne excuser cette remarque ignorante : monseigneur a pour ainsi dire grandi parmi eux, vous avez très tôt connu la nature de ces hommes, et ce n'est que maintenant que cette divergence essentielle se porte aux yeux de tous…

– S'ils sont restés les mêmes, j'ai changé, répondit Fénelon, mon regard a changé, une sorte de lumière neuve que rien ne me laissait deviner s'est peu à peu levée au fond de mon âme, et cette madame Guyon n'y a été étrangère, malgré tous ses défauts dont je suis conscient. Imaginais-je, à votre âge, alors que mon esprit s'enivrait de spéculation froide, la possibilité d'un lien intime, amoureux, avec Dieu dans la discrète simplicité du cœur, une expérience plus intérieure et épurée encore dont jamais on ne parlait au séminaire, que jamais je n'avais *ressentie* ; pensais-je pouvoir aimer sans intérêt, L'aimer gratuitement, Lui, sans vouloir rien que ce qu'Il veut ? Croyais-je cela seulement possible, alors que je m'embarrassais moi-même ? Imaginais-je pouvoir m'aimer parce qu'Il m'aime, sainement là où mon orgueil me désolait ? Vous mesurerez plus tard qu'une vie est nécessaire pour éprouver par dedans combien Notre-Seigneur continue de chérir, jusque dans le désert de l'âme et la pire ingratitude, les misérables serviteurs que nous sommes…

– Ils ne peuvent entendre ces idées, reconnut le séminariste. Ils ne le peuvent pas, monseigneur… Que monseigneur me pardonne, je considère mes propres maîtres : que comprendraient-ils de cela ? Ils s'effraieraient fort, j'ose le penser, et s'empresseraient de soupçonner ce témoignage d'un vague *illuminisme*, de mysticisme, surtout, dont le seul nom les tire de leur réserve – sans même songer qu'une pareille proposition pût avoir le plus solide fondement et ne bafouât l'équilibre sacré de l'Église... Il doit être bien difficile d'étudier ces sujets, de surcroît à la Cour, sans que d'autres considérations ne s'en mêlent à contretemps.

– Ces prêtres dont vos professeurs font partie, ajouta Fénelon, ont cependant raison de demeurer prudents, et je fus moi-même longtemps de cette espèce, pour laquelle l'âme échappée des domaines de l'intelligible encourt le risque de la plus dangereuse superstition... Mais ne vont-ils s'évertuer qu'à condamner, sans considérer seulement la matière qu'ils rejettent ? Qu'a-t-elle de commun avec les excès où plongèrent effectivement certains au début de notre siècle, en se ridiculisant eux-mêmes par toutes sortes d'expériences outrées qu'ils voulaient imitées des Espagnols ? »

Henriette de Puyguilhem était parue derrière eux et se tenait, souriante, auprès de son fils. Monsieur de Fénelon la regarda.

« Je savais que vous trouveriez de l'intérêt à vous connaître, dit-elle. Louis avait assez entendu parler de vous, monseigneur.

– Vous avez là un jeune homme qui ne manque pas de qualité.

– Ne dites donc cela devant lui, s'amusa Henriette, il n'en serait que trop heureux... »

Pons François approcha et les interrompit pour les mener à déjeuner. Madame de Brantôme s'empara d'Henriette, l'éloignant de l'archevêque, que son frère entraîna vers la Grande Salle.

Le couvert d'argent avait été disposé. Le jour passait jusqu'à l'intérieur de la pièce où madame de Fénelon recevait chaque invité pour lui désigner sa place. L'archevêque se trouva assis auprès de Marie des Milandes. À sa droite, la comtesse restait muette. Le vieux marquis de Hautefort, face à eux, s'était résigné à une sorte de somnolence; Henriette se tenait loin de là. Alors, d'abord par courtoisie, il avait lié conversation avec sa jeune voisine. Dans une robe de soie un peu passée, elle avait ramassé ses cheveux en un chignon dont deux mèches bouclées découlaient dans le cou. Ses yeux ressemblaient à ceux d'Henriette; la lumière se cachait sous leurs longues arcades, cerclant ses iris d'éclats brun tendre que reprenaient les ombres du soleil sur ses joues. Elle parlait peu. Souvent, quand il lui adressait la parole, elle baissait vivement les paupières puis tournait le visage vers lui, et le petit pendant d'or agité à ses oreilles venait battre sa nuque avec un mouvement doux et régulier. Ses yeux se rouvraient alors, les cils semblables à ces franges de soie bordant les reliquaires, dont le mouvement bleuté contraste avec les dévotions austères attachées aux objets; elle portait sur le prêtre ses regards à peine tirés de l'enfance et la vaste innocence qu'ils révélaient le touchait à chaque fois en lui-même.

Monsieur de Fénelon s'étonna bientôt du goût qu'il ressentait à l'entretenir, du charme que cette timidité, ces façons discrètes et sans recherche lui causaient. Sa nature semblait modeste, dénuée de tout calcul. Peut-être son visage n'avait-il de grâce particulière mais elle lui semblait belle, de cette beauté inconnue à Versailles, hormis chez madame de Beauvilliers que le duc aimait si chèrement, chez leur aînée, aussi, qui s'était confiée à lui de sa vocation religieuse, ou leur troisième fille

Louise-Marie à laquelle il enseignait le grec... Ils demeurèrent, muets, l'un à côté de l'autre, alors que la tablée s'agitait sans qu'ils parussent y prendre garde ; nul besoin n'était plus de parler, le lien tissé entre eux semblait se prolonger en cette sorte de quiétude épanchée sur leurs têtes et ils restaient songeurs, charmés de cette circonstance inattendue...

Après deux heures, ils se levèrent et sortirent du château. La jeune femme allait lentement à ses côtés, éteinte par le long repas où elle était demeurée presque silencieuse, n'échangeant quelques mots qu'avec lui. Monsieur de Fénelon, la voyant fatiguée, proposa de retourner ; Marie refusa. Le prêtre la regardait. Il ne comprenait pas la cause et la nature de l'attendrissement qu'il sentait, mais tâchant de le mieux discerner, ne reconnut pas l'effet d'un attrait auquel il eût été assez étranger ce qui l'apaisa... Alors au bout de quelques pas, rougissante, elle s'excusa et demanda à s'appuyer sur son bras. Il la sentit peser contre lui, puis sa robe battre lentement contre la sienne. Elle marchait la tête basse, comme envahie de pensées. Ils demeuraient recueillis, incapables d'une parole.

« Pensez-vous, monseigneur, demanda-t-elle soudain, que les jeunes âmes retrouvent les anciennes au ciel ?

– Je le crois, madame, si Dieu juge une âme bonne, elle rejoint les autres auprès de Lui : il n'est, là-haut, de notion de temps comme nous la pouvons connaître.

– J'ai perdu mon père l'an dernier, reprit-elle, et je ne sais, mais ma santé n'est pas bonne, je suis fragile depuis toujours, peut-être qu'à la naissance de l'enfant... »

L'archevêque s'arrêta.

« Il faut demeurer confiante, madame, murmura-t-il, surtout quand il en va de votre vie... »

Elle le fixa et demeura d'abord silencieuse.

« Il est parfois difficile, monseigneur, dit-elle, de prendre les choses au niveau où vous les placez, pourtant je sais que vous êtes dans le juste, mon frère ne me dirait sans doute pas autre chose, et je m'en veux de mes faiblesses, monseigneur, oh oui, je m'en veux bien. Quand ces craintes m'envahissent, je pense à ma vie, à moi-même, j'en oublie mes devoirs et l'amour que je dois à mes proches, tout s'efface par cette peur et je mesure alors combien je suis jeune encore, combien je puis avoir en moi l'envie de vivre, de voir chaque matin la lumière paraître de mes fenêtres, de trouver mon époux auprès de moi, de sentir au parfum des champs, à ces bruits qui me rassurent, que le monde n'a pas disparu durant la nuit, qu'une nouvelle journée s'apprête et que nous la passerons ensemble… Ce que j'aime est bien commun, monseigneur, et j'ai honte de ces attachements.

– Allons, madame, murmura-t-il, vous ne faites mal, et Dieu ne saurait vous le reprocher.

– Le croyez-vous, monseigneur ? demanda-t-elle, le regard brillant. Un confesseur disait toujours qu'il fallait être prêt aux plus durs dépouillements, et que s'y vouloir soustraire…

– Madame, quel mal faites-vous là ?

– Hélas, aucun, je pense, je l'espère en tout cas de toute mon âme.

– Madame, je vous vois si inquiète de pécher, et vous me trouvez, moi que l'on pense tiré de ce genre d'affaires, en un état bien peu éloigné du vôtre… Vous osez vous ouvrir de vos réflexions, je ne saurais vous dissimuler, s'il peut vous éclairer, le tourment que j'eus moi-même en revenant ici et combien je peine à la sagesse : voyez, madame, je suis prêtre depuis trente ans, et pourtant la chose n'est plus aisée qu'à une jeune femme de votre âge, voyez si Notre-Seigneur nous aime pour nous apprendre l'humilité avec tant de délicatesse, d'humanité… Il s'agit pour vous, tout comme pour moi, de se remettre à Lui, car Lui seul sait ce qui est bon. Beaucoup d'amour, madame, peu de considérations arrangées… »

Elle l'écoutait en silence, comme étonnée de ce qu'elle entendait.

« Voilà qui est si simple, murmura-t-elle, j'en suis toute surprise… Je me souviendrai, monseigneur, de vos paroles, je les tiendrai en moi… Je ne sais pourquoi, en vérité, je me suis ainsi confiée, vous m'en trouvez confuse, monseigneur, car pas même mon mari n'est instruit de cela.

« Cependant, monseigneur, reprit-elle, il me semble vous connaître comme un parent qui, parti pour un long voyage, reviendrait après bien des années. L'on ressent parfois de telles évidences… Ma mère vous évoquait, aussi, et je ne sais pourquoi, avec le temps, votre figure nous devenait presque familière…

« Pardon, monseigneur, dit-elle en rougissant, je suis trop franche, c'est là un incorrigible défaut… Aucun titre, vraiment, ne me permet de vous parler avec une pareille liberté.

– La Cour m'a ôté la douce habitude de l'honnêteté, répondit l'archevêque, vous m'aidez à la reprendre. Il est si étrangement aisé de mentir, de cacher, mais la vérité, elle, paraît un insurmontable fardeau…

– Vous êtes bon pour moi, dit Marie des Milandes. Vous avouerai-je, monseigneur, que personne ne me parla jamais comme vous avez eu la bonté de le faire aujourd'hui, mon confesseur m'effraie un peu et me juge durement, ma mère est loin, mon mari a le plus tendre attachement, mais ne comprendrait ces tourments…

– Demeurez en paix, murmura monsieur de Fénelon, demeurez en paix, Dieu voit la clarté de votre cœur. Me promettez-vous simplement de prier toujours, de combattre les chimères qui vous troublent ? »

Ils avaient fait demi-tour à l'orée du bois pour approcher de ce chemin qui montait au château. Monsieur des Milandes parut bientôt. Le prêtre raccompagna le jeune couple mais alors qu'il s'éloignait sur les terrasses, il se surprit à éprouver encore l'impression de douceur émanant d'elle, à sentir cette délicatesse triste et claire levée de son corps à la façon d'un parfum…

Soudain, monsieur de Fénelon songea à son départ. L'idée en était restée floue jusqu'à cet instant, comme la perspective indistincte d'un rêve. Le lendemain, il serait sans doute déjà loin d'ici, loin de ces personnes qu'il aimait et pouvait encore voir de ses yeux ; il aurait franchi les collines bordant le fleuve, traversé les vallées de la Vézère et du pays de Corrèze, laissé le Causse derrière lui, sentant déjà, au changement de couleur de la pierre, aux modifications de la lumière, au léger refroidissement de l'air, la lente disparition des terres qu'il laissait afin de remonter vers le nord. Peut-être même voyait-il le château de Fénelon pour la dernière fois de sa vie…

« Pardon, monseigneur, si je vous dérange », dit une voix, l'interrompant dans ses pensées.

Monsieur de Fénelon se retourna et vit Henriette de Puyguilhem qu'il n'avait entendue arriver.

« Mais non, madame, murmura-t-il, vous ne m'importunez pas… »

Elle avança presque timidement.

« Monseigneur, je parviens enfin à vous trouver seul, vous êtes, je le comprends bien, si sollicité depuis votre retour… Encore va-t-on peut-être nous séparer bientôt.

– Je suis en effet assez occupé, madame, mais notre rencontre me réjouit, dit-il, c'est une grâce que de pouvoir mesurer tous les bienfaits dont le ciel vous a comblée. Vous avez un fils de qualité, une fille très bonne, et je ne puis que partager ce bonheur…

– Oui, monseigneur, vous avez parlé à Marie, elle me l'a dit. Ma fille vous a fort estimé, je ne sais de quoi vous avez pu vous entretenir, mais elle me parut touchée de cette conversation.

– Cela n'est point un secret, madame : nous avons évoqué ensemble la difficulté de vivre en obéissance pour Dieu.

– En vérité, oui, répondit-elle, comme tremblante, il y a là tant de choses à en dire, et qui demeurent mystérieuses à mes faibles lumières… »

L'archevêque la sentit émue.

« Vous partez donc, monseigneur ?

– Oui, madame, il le faut encore.

– La séparation serait-elle donc le fait d'une telle vie ? »

Monsieur de Fénelon s'étonna.

« L'exil est la condition de la fidélité au plus haut, madame…, répondit-il. L'on ne gagne rien à *avoir*, à se river à des biens dans l'espoir de les conserver… Que possède-t-on ici que l'on ne rendra un jour ?

– Monseigneur, les liens humains relèvent-ils de ces *biens* dont vous parlez ? »

Fénelon s'arrêta.

« Madame, le dépouillement est une œuvre intégrale de l'Esprit en nos personnes, et rien, dans l'état qui est le mien, ne doit faire obstacle à Son souffle… Je vais où Il m'entraîne et, en cela, la séparation n'est pas le mal que l'on se figure, si pénible puisse-t-elle demeurer…

– Monseigneur, je vous entends sans vous comprendre, car l'amour importe aussi, et je ne vois rien de blâmable à s'attacher…

– De blâmable, madame, assurément non, mais la liberté de notre cœur ne doit-elle pas se conserver jusqu'en nos liens les plus profonds ?

– Monseigneur…

– Laissez tomber ce titre, madame, si vous le souhaitez, soyons plus simples l'un avec l'autre. N'étions-nous pas enfants quand nous nous connûmes ? »

Le visage d'Henriette s'éclaira brusquement.

« Monsieur, vous avouerai-je que je ne parviens à me le remémorer quand je vous vois si sage, si grand ? Et cependant, vous n'avez pas tant changé. Je vous retrouve derrière ce que le temps a comme apposé en toute votre personne… Mais, quel contraste, vous le dirais-je, entre l'affabilité de votre air et ces mots dont vous usez maintenant…

– Vous me trouvez donc si dur ?

– Monsieur, il ne s'agit de dureté, mais bien d'un quelque chose que je ne comprends plus quand vous me parlez, sans doute sommes-nous…

– Madame…

– Hélas, monsieur… »

Il s'aperçut qu'Henriette tremblait. Elle ne parvenait à parler.

« Monsieur, nous ne nous sommes revus que voilà trois jours et pourtant, depuis, il me semble que le monde a cessé d'exister, murmura-t-elle. Peut-être ne devrais-je pas vous parler ainsi, car c'est là je le sais un langage étranger à votre entendement, quoique vous ayez le cœur plus doux que tous les nôtres ensemble, et l'esprit infiniment plus élevé… Mais, malgré les trente ans qui sont passés entre nous, je ne parviens à m'exprimer autrement. »

Elle avait relevé ses grands yeux, laissant deviner des larmes. Monsieur de Fénelon demeurait interdit.

« Madame, je ne vous comprends pas exactement en effet, que me voulez-vous dire ?

– Monsieur, me méconnaissez-vous donc tant ? Est-ce là le fruit de cet éloignement, ou de votre nature que je ne pensais si inhumaine ?

– Moi, madame, inhumain ? demanda-t-il. Je manque d'humanité à vos yeux ? »

Alors comme éclairé soudain :

« Madame, me voudriez-vous parler de tendresse ? »

Henriette de Puyguilhem baissa ses regards et demeura quelque temps en silence.

« François, dit-elle, vous ne savez ce que votre absence laissa ici et ce que ces lieux autant capables de beauté que de tristesse m'ont inspiré de l'instant où je vous ai vu partir. Oh, mon ami, j'ai bien pleuré votre départ, et je n'ai eu de cesse de vous regretter. Chaque jour que Dieu m'a donné, je l'ai consacré malgré moi à votre souvenir. Je priais pour vous et pour votre réussite. Quand monsieur de Puyguilhem s'est présenté, je l'ai accepté dans l'espoir de faire passer ce lien inutile… Il ne s'est pas rompu. Il s'est maintenu, François, il a tenu si longtemps, et quand je vous revois, il faudrait feindre de ne pas vous connaître… »

Henriette de Puyguilhem ne semblait plus pouvoir s'arrêter, elle lui dit encore la souffrance qui l'avait possédée depuis le concert à Hautefort : peinant à trouver le sommeil, pressée en elle-même, elle se tenait, jusqu'au petit matin, auprès d'une fenêtre ouverte sur la campagne. De là, la nuit portait à son âme ce souffle qui libérait un moment sa peine, l'obscurité suscitait mille songes avant qu'à l'horizon une lueur blanche montât des collines jusqu'à se mêler aux premiers rais du soleil levés dans l'air pâle du matin ; elle tâchait alors de reposer un peu, apaisée par la moiteur de l'aurore.

« Madame, murmura le prêtre, et c'est à moi, qui suis si bas, que se sont ainsi donnés vos sentiments ? Que m'apprenez-vous, vous avez attendu trente ans pour vous en ouvrir ?

– Monsieur, je m'étonne et vous crois quand vous me dites découvrir d'aujourd'hui cette tendresse que j'ai toujours eue pour vous... Mais nierez-vous m'avoir jamais vue à Sarlat ? »

Henriette sourit.

« En vérité, vous ne savez de quoi un cœur de femme peut se montrer capable... Je tentais parfois de persuader monsieur de Beaulieu, mon père, d'aller à la messe, le dimanche, jusqu'à Sarlat, étais-je donc bien misérable, alors que je savais combien la vie vous emportait loin de moi, et que rien ne s'y pourrait opposer... L'orgue m'y plaisait mieux que chez nous, disais-je à monsieur de Beaulieu pour le convaincre, et, lorsqu'il cédait à ma demande, je me tenais à mi-hauteur de la nef, espérant vous voir paraître à la suite de votre oncle... Quand l'évêque entrait, monsieur, je le revois encore, avec ce visage mince que vous avez pareil à lui, mon cœur cessait de battre, et il arrivait que vous fussiez non loin de là, occupé en vos prières où je vous voyais si heureux que tout indiquait la qualité de cette vocation qui me dépossédait de vous... »

Monsieur de Fénelon hocha lentement la tête.

« Enfin, le temps passa, ajouta-t-elle, et quoique le souvenir en demeurât aussi vif, l'existence nous rappela chacun à notre voie et…

– Henriette, dit-il alors que reprenant la maîtrise de lui-même il s'était arrêté devant elle, la regardant, je ne sais comment vous marquer l'impression que me cause cette confiance qui vous fait avouer les sentiments les plus profonds de votre cœur. Aucun mot ne pourra jamais transcrire ce que j'en conçois, mais croyez-en cette sincérité que j'espère avoir toujours montrée envers vous et je rends grâce… Cependant je suis le plus coupable des hommes, de vous avoir à mon insu maintenue en un tel malheur, d'avoir causé la ruine de votre vie… Le plus coupable… Il ne sert à rien de remuer le passé, l'important est de vivre à présent mais… »

Monsieur de Fénelon parut hésiter.

« Henriette, reprit-il, vous m'avez bien inspiré quelque inclination d'enfant, de ces mouvements naturels qui ne s'expliquent et ne se disent, que l'on s'étonne de ressentir, qui agitent de douceurs nouvelles les commencements de la conscience, qui marquent la sensibilité, les dispositions que chaque homme partage avec ses semblables, nous amenant avec le temps à devenir pleinement créatures, de chair et de sang… Mais ma vocation demande, Henriette, que nous laissions ce que nous avons de plus cher, il faut pouvoir tout donner, Le préférer à tout, tout Lui sacrifier si nécessaire, sans regarder derrière nous, et jamais je ne songeai à d'autre service que le Sien, vous le saviez, ma mère le voulait, je m'y sentais appelé, je ne vous en ai fait le mystère et… »

Elle cachait ses larmes derrière sa main. Ils demeurèrent longtemps face à face, mesurant soudain le temps qui avait passé et l'éloignement de leurs vies.

« Rien de cela n'était possible, murmura-t-il, nos existences se sont accomplies, l'une à l'écart de l'autre, mais dans le respect de Sa volonté.

– Monsieur, vous avez si raison en parlant comme vous le faites, dit-elle, vous me voyez incapable de cette sagesse et j'ai honte de paraître devant vous...

– Henriette, je ne suis pas sage, peut-être la fidélité de ma vie permet-elle juste cette rigueur qui vous effrayait tantôt. Pourquoi me voyez-vous ainsi ? Qu'ai-je donc de cette statue froide qu'il me semble dresser à vos yeux ? Ne m'est-il pas possible de souffrir aussi ?

– Oui, François, répondit-elle, cela se peut, car je sais combien votre cœur est délicat et comme les tourments, les scrupules que vous aviez déjà, enfant, n'ont guère dû lui donner de repos...

« Vous êtes trop haut, François, ajouta-t-elle encore, quand elle retrouva la force de poursuivre. Aucune femme de ce monde ne vous méritait, Dieu est jaloux de Sa créature, Il vous garde auprès de Lui, comme Il fait bien, comme Il est bienheureux de vous avoir... Vos sentiments sont à la fois démesurés et trop parfaitement humains, sans doute cette vie n'aurait-elle jamais fait votre véritable bonheur, c'est peut-être pour cela même qu'Il vous a tiré d'une condition commune dès votre enfance, pour vous réserver à Son seul service, ou bien vous a-t-Il toujours voulu, en vous créant, tel que vous êtes et demeurez, tel que mon âme vous a chéri, si différent du reste du monde... »

Monsieur de Fénelon tendit la main vers elle pour essuyer ses larmes.

« Ne pleurez plus, dit-il simplement, que ce moment

demeure comme une preuve de notre lien, de quelque chose d'assurément meilleur… »

Le prêtre la regardait paisiblement.

« Votre cœur parle et, contrairement à ce que vous pensez, je vous entends, Henriette. L'Esprit éclairera en vous, avec l'amoindrissement des passions, la grâce que représentent ces amitiés, la quiétude et la tendresse qui les baigne, qu'Il vous donne à sentir cet amour plus profond peut-être que l'expression à laquelle les hommes le limitent, un amour différent, mais d'autant plus entier qu'il se tourne sans réserve vers l'autre, et n'aspire à rien de fini… Cela n'est pas une évidence, Henriette, certains saints s'y sont trouvés portés par une grâce naturelle, pour moi, je l'ai appris dans la douleur mais la conversion passe par de tels efforts et réserve d'incomparables bonheurs… »

Elle le regardait et s'apprêtait à répondre quand Pons François, qui cherchait son frère depuis un moment, se permit d'interrompre leur conversation : les invités allaient quitter le château. Il conduisit alors l'archevêque auprès d'eux. Ce furent d'abord les Saint-Clar et les Brantôme, puis Bergerac et Hautefort, qui l'assurèrent de leur soutien. D'autres passèrent encore, puis Henriette de Puyguilhem reparut avec Marie des Milandes qui le salua une dernière fois. “Hélas, monseigneur, semblait-elle lui dire, voilà que nous ne pouvons plus nous parler, mais je vous conserve en mon cœur, d'où personne ne pourra plus tirer votre souvenir…”

Déjà, elle était partie après s'être inclinée devant lui, suivant sa mère, son frère et son époux. Quand la dernière voiture eut disparu, emportant Henriette et sa famille, monsieur de Fénelon et le comte descendirent le chemin jusqu'aux fermes du château. Pons François savait combien son frère aimait ces lieux qui les rapportaient à leurs premières années. Le vent se leva sur leurs têtes alors qu'ils s'en retournaient.

« Demain, il fera pluie, François, et vous serez déjà hors de notre pays..., dit le comte. Voyez-vous le sens de cette girouette sur les granges (et il avait lentement levé sa canne vers des lauzes qui brillaient entre les feuilles) ? Cela veut dire que le vent viendra de l'ouest, et qu'il nous portera ses mauvaises choses. Oui, oui, François, je connais bien ma campagne. Elle ne me fait que rarement des surprises. »

Ils demeurèrent encore sur les terrasses à regarder la vallée. Pons François ne parlait plus, le cœur peut-être trop lourd.

« Mon frère..., reprit-il enfin, mon frère... Vous serez donc bientôt chez le roi, le roi vous mande, le roi vous veut exiler de sa cour, et nous ne pouvons rien pour vous, si ce n'est vous soutenir par la pensée. Je me vois plus incapable que jamais, je dois me résigner à vous laisser partir encore, sans savoir même si nous nous retrouverons un jour en ce monde...

« Mon fils vous rejoindra, ajouta-t-il, c'est là une consolation que de savoir qu'un peu de moi, à travers lui, demeurera auprès de vous, cela me console, François, de ne pouvoir vous suivre ou vous aider comme je le souhaiterais – mes moyens me quittent chaque jour davantage, et m'empêchent de rien faire d'importance... »

L'air se refroidit un peu et le vieil homme voulut rentrer. Là, ils demeurèrent encore dans la Grande Salle qui lui parut soudain si vide, si glaçante en dépit du petit feu qu'un valet avait dû allumer dans l'âtre qu'il lui sembla confusément que l'air de Dordogne s'effaçait déjà, peu à peu, sous l'effet des climats renaissants de Cambrai… À l'extérieur, le soleil s'était caché sous ces nuages agités depuis le matin et qui, après avoir tournoyé avec le vent, s'étaient dissipés l'après-midi pour reparaître avec le soir. Pons François se tenait assis à la table en compagnie d'un métayer de Sainte-Mondane qui venait en visite. Déployant des plans, il faisait toutes sortes de considérations sur l'exploitation de ses terres. Madame de Fénelon, debout derrière son mari, ne perdait pas de vue leur conversation et, quoique silencieuse, approuvait de la tête les avis du comte. Son fils, que cela ne concernait pas, avait été écarté et demeurait auprès de l'archevêque, à feuilleter un livre de philosophie.

Quand le fermier fut sorti, Pons François sembla très éprouvé.

« Sont-ils fatigants, avec leurs idées ! s'exclama-t-il. Celui-là n'est pas méchant garçon, mais il faut toujours s'en méfier. Les choses se passent bien, ici, parce que je les connais et qu'ils me connaissent. Je pense qu'ils apprécient ma façon de les traiter, et n'ont pas de raison de nous haïr. Je m'intéresse à eux et sais leur manière de penser, qui n'est pas sans nous surprendre souvent… Mais je les comprends un peu, la vie ne leur est pas rendue aisée.

– Votre bonté envers eux, se permit la comtesse, se montra plutôt même au grand jour. Vous rappelez-vous cette fille de Saint-Julien-de-Lampon qui voulait devenir religieuse et que vous dotâtes parce que les couvents la refusaient ?

– Mais oui, et cela me paraît relever du devoir que le Ciel nous donne à l'endroit de ces gens, répondit Pons François. Je sais votre avis là-dessus, il ne saurait suivre le mien, mais je suis maître en ma maison, madame.

« Comment en usez-vous, mon frère, à Cambrai ? demanda-t-il.

– J'essaie de les assister, de les instruire, de les éclairer si je le peux, de les secourir quand il le faut…

– Notre neveu de Beaumont m'a avoué un jour qu'il vous arrivait de descendre de carrosse pour parler à certains, est-ce donc vrai ?

– Oui, mon frère, mais ce n'est là que mon office, comme je l'ai vu faire à notre oncle de Sarlat.

– Ils durent être fort surpris, car la chose n'est pas fréquente.

– Rien ne m'interdit ces rapports, au contraire, un évêque a-t-il pour vocation de demeurer loin des siens ?

– Je ne le crois pas, en effet, mais combien mésusent de leur fonction et n'en conservent que les conforts arrogants… »

La nuit vint et l'archevêque se décida à préparer son départ. Pons François l'accompagna avec son fils.

6

Quand son bagage eut été préparé, monsieur de Fénelon resta encore avec son neveu. Le comte était allé se coucher ; l'archevêque tâchait de lire mais, faute d'une attention suffisante, devait chaque fois reprendre ce qu'il avait commencé. Une lueur passait sur son visage, accusant la maigreur de ses joues. Ses doigts tournaient vivement les pages. Au glissement des feuillets, d'habitude si régulier, le jeune homme devinait l'anxiété qui étreignait sans doute son oncle ; il voyait les longues mains parcourir le volume, le fermer, le rouvrir.

Monsieur de Fénelon se redressa soudain et observa autour de lui. Il entendait les arbres bruissant dans la campagne, agités par un vent qui amplifiait leur frissonnement jusqu'en lui et ce bruit, dominant la rumeur de la Dordogne (qu'il percevait pourvu qu'aucun oiseau n'élevât son cri des lointaines montagnes du Causse), envahissait l'espace ; il resta un instant redressé, les yeux perdus. Il jeta un regard à son neveu, ils se levèrent ensemble. D'abord, le corridor obscurci, puis la porte qui s'ouvre sur le vide – elle grince, le bois râpe la paume, les gonds se mêlent à l'humidité engouffrée contre eux, à l'air épuisé par des heures longues de soleil… L'archevêque inspire l'odeur de la campagne, il s'arrête auprès d'un buisson et parvient sur le rempart d'où se devine l'ombre noire des collines, pour regarder encore ce paysage qu'il se sent aimer jusque dans l'indistinction ; quel étrange charme l'avait donc possédé, dès les premiers éclats sur la Vézère jusqu'à ce soir qui attisait l'envoûtement de sa vallée ?

« Mon oncle, vous sentez-vous mal ?

– N'ayez crainte, petit François, mon âme sera bientôt en paix.

– Mon oncle, serait-ce votre départ qui vous oppresse ainsi ? »

La calèche avance toujours, les plaines de Beauce allongent devant lui leurs vastes étendues qu'un jour blanc peine à éclairer, il voit les hommes, les champs, les bêtes, les bois qui se succèdent, traçant à perte de vue leurs silhouettes dentelées, les forêts profondes qu'il faut traverser, les ornières où s'enlisent les chevaux, les feuillages alanguis par la chaleur de l'été, un été sombre et sans lumière… Déjà, la vallée de Dordogne est loin, en un matin il s'est séparé d'elle, puis un jour et une nuit suffirent à effacer de l'horizon les collines du Périgord, à dissiper les monts du Causse portés sur le ciel comme des corps endormis, brunis par le contraste du soleil levé derrière leurs croupes décroissant en pente douce, sous un aplat d'herbes et de buissons, vers des vallons qui, prolongés d'est en ouest, parviennent à la mer… Ce n'est pas qu'il oublie déjà ces lieux, mais il se tient attentif, tâchant de se préparer à retrouver Versailles, à entendre du roi ce verdict qui l'enverra finir sa vie, peut-être, au pays de Cambrai – Paris, la Cour, l'idée de traverser à nouveau les antichambres et les salons, les corridors, la cour de marbre, et cela, sans doute, pour la dernière fois, l'étonnent. Il va revoir le roi, Beauvilliers, peut-être Bossuet, peut-être Monsieur s'il n'est à Saint-Cloud, le duc de Bourgogne si on le laisse encore approcher de lui, peut-être Monseigneur qui s'enfuit, habituellement, en son domaine de Meudon pour gagner sur son père une mince liberté ; ils vont reparaître à ses yeux alors même que sa mémoire s'est employée à rompre ces liens, jour après jour, comme pour en domestiquer la prochaine absence... Il ne parvient encore à considérer qu'ils se tiendront devant lui ainsi qu'aux heures de sa gloire, où chacun avait pris place en sa vie ; et cependant, alors qu'il s'applique à envisager chacun d'eux à la façon d'une collection de portraits, il remarque que quelque chose a changé, il ne sait ce que cela peut être, il se souvient des surprenantes différences d'expression que la lumière, tombant des fenêtres sur une peinture, suffit parfois à donner à l'image qu'elle frappe – combien un jour pâle peut figer l'harmonie des traits, quelque soleil d'été en ranimer inversement les rondeurs ou une simple lueur d'automne, dorée, chatoyante, donner au regard de ces colorations chaudes, si proches des mouvements de l'âme... Ils lui semblent à présent lointains, fugaces, ramenés déjà, sans doute par le miroir de cet autre monde, à l'état de souvenirs ; Fénelon sent aussi qu'un élément a mué au fond de sa personne, qu'une forme d'imperceptible détachement, de déplacement discret s'est opéré en son cœur pour opposer entre eux et lui un abîme toujours plus abrupt, que nul désormais ne saurait peut-être franchir...

Le passé reprenait place en lui. Ces lieux, ces êtres qu'il avait revus s'associaient lentement pour rappeler des liens distendus par l'existence, éveiller tant d'humbles bonheurs, d'états insoupçonnés qu'il en demeurait aussi touché que l'enfant découvrant la richesse des univers autour de lui, alors que l'agitait l'instable mélancolie de celui qui ne considère vraiment la puissance des penchants humains mais doit en reconnaître malgré lui le raffinement inconnu ; il se surprenait encore de la proximité de ses premières années, de l'étrangeté d'une situation qui l'avait rapporté dans ce qui est sans n'être plus, le laissant, spectateur impuissant, parmi l'écoulement des destinées… Il avait goûté la quiétude perdue de son pays mais pour mieux s'y devoir soustraire – quelle intention animait donc cette dépossession ? Pourquoi, alors que le roi l'en arracherait, Fénelon s'était-il si intimement marqué à son cœur, tel un album de gravures qu'il parcourrait lors des longues soirées de Cambrai quand les abbés l'ayant laissé, il se retrouverait seul, trop fatigué pour travailler, trop las pour s'endormir, ne sachant que faire de lui-même en cette chambre froide du palais…

Ses yeux brûlaient comme s'il avait trop pleuré. La pensée d'Henriette ne parvenait aussi à le quitter et le blessait, il se voulait mortifier du mal causé à son insu tout en sachant qu'il n'en pourrait rien amoindrir. L'idée de sa tendresse parvenait à le troubler quelque peu, il s'étonnait de connaître, si tard, l'effet d'un sentiment qu'il eût, lui qui s'efforçait de demeurer hors de cela, éveillé en une femme – il avait parfois deviné l'inclination de certaines dirigées mais conscient de ses devoirs s'était prémuni de tout écart… Sans doute avait-il bien suscité chez quelques-unes de ces affections confuses, nées de la fragilité et du dépit, du charme de sa personne, de cet état qui l'enlevant à toutes pouvait attiser la curiosité. Henriette, en sa fidélité muette, par sa constance désintéressée, ne relevait cependant de cela, elle n'avait assurément rien de commun avec celles dont il se méfiait et cette différence bouleversante, qu'il acceptait d'écouter, dévoilait à son cœur les délicatesses d'un domaine mystérieux.

Mais un matin, son corps se détendit soudain, les spasmes de son cœur cessèrent, la tension qui l'agitait depuis trois jours sembla se retirer par degrés jusqu'à disparaître bientôt, le laissant aussi léger que s'il venait au monde dans l'innocence des premiers instants : un rayon semblait embraser sa conscience pour se propager à travers tout son être. Alors il accueillit cette lumière et s'abandonna sans retour ; il demeura longtemps à suivre la ligne des bois de Marly parus à l'horizon, à parcourir des yeux le glissement des collines vers les plaines de Saint-Cyr pendant que se traçait en lui, distinctement, l'impression d'un paysage de ténèbres, instable et brumeux sur lequel pointaient quelques éclats d'un jour encore fragile. Son âme s'éveillait, lentement épurée de toute ombre vers une sorte d'éblouissement paisible. Baigné de cette quiétude, il discernait soudain le fruit de l'œuvre accomplie dans l'étroitesse de sa nature et demeura émerveillé de ce mouvement de patiente conversion… Les limites qu'il connaissait dans son entendement semblaient s'abolir par l'action de l'Esprit qui l'emplissait et l'enlevait à lui-même pour le mener en silence, le calme l'avait regagné, ses pensées s'étaient clarifiées, certaines même avaient pâli ainsi que des vues très lointaines et ne paraissaient plus que feutrées, pleines de délicatesses, dépouillées de cette tristesse qui l'avait tant meurtri. Il crut un instant se retrouver tel que l'avait construit la vie passionnée menée depuis sa jeunesse, mais l'empire qu'il reprenait sur ses états ne parvenait à voiler la conscience d'une sourde modification. Comment, seulement, se demanda-t-il, désirs et mélancolie étaient-ils parvenus à le pénétrer et à l'agiter si douloureusement, lui qui demeurait clos aux passions de ce monde ?

* * *

Le soleil s'était levé alors que la calèche, longeant le potager, approchait de Saint-Louis. Sur le fronton, à l'ouest, un rayon venait tracer ce triangle d'où fusaient de longs rayons de pierre que constellaient trois chérubins flottant autour du vitrail, pareil à un grand œil entaillé dans la pierre ; de là, suivant les replis du fronton, le tronc des pilastres coiffés d'acanthe et le cercle d'une horloge à chiffres d'or, la lueur se décomposait jusqu'à s'effacer autour de la porte entrouverte sur le corps encensé de la nef. Des marchands avaient dressé leurs étals jusqu'aux marches de l'église où sautillaient quelques poules qu'une femme vendait en haranguant les passants, des fermiers, criant et chantant, déchargeaient leurs marchandises de carrioles béantes, un groupe de soldats passait et s'arrêtait devant les filles en coiffe, affairées parmi des monceaux de salades et de légumes poussiéreux qu'elles tendaient nonchalamment aux acheteurs. Des porcs attendaient, des chiens se battaient et aboyaient autour des voitures aventurées par mégarde, faisant se cabrer les chevaux qui, brusquement écartés, précipitaient le cocher dans la boue ; parfois, quelque gentilhomme pressé tâchait de se frayer un chemin et écartait les marchands, d'un air agacé, à petits coups de canne. Plus loin, il aperçut aussi un tréteau où deux acteurs, un

Italien masqué et une duègne voilée de dentelles noires, dialoguaient avec d'étranges expressions. L'Italien semblait vouloir séduire la duègne et faisait à son endroit les gestes les plus grossiers, suscitant chaque fois de grands éclats de rire.

« Hélas, belle dame, je suis si amoureux…, gémissait-il.

– Monsieur, je ne puis consentir à cette amour, répondait-elle avec une voix de fausset en agitant un éventail déplumé.

– Je ne comprends pas un mot de ce que vous me dites, belle inconnue…

– Comment donc, monsieur, n'est-ce pas comme cela que parlent les gens de haut rang ? »

La foule riait.

« Si fait, si fait, bégayait l'Italien en grattant furieusement sa guitare, aussi est-ce pour cela que je vous chante cette chanson, car les belles choses se disent toujours en musique… Ô belle dame, comme je voudrais voir votre visage…

– Vous ne le verrez point.

– Je ne le verrai point ?

– Point, monsieur, point. »

Alors l'Italien bondissait vers la duègne et soulevait le voile. Mais, après avoir lâché l'étoffe, il reculait, comme brutalement effrayé. La foule demeura muette.

« C'est un homme ? lança enfin un marchand qui portait son fils sur les épaules, afin de mieux voir la scène.

– Allons, dis-le-nous, si c'est un homme : ça aussi, c'est de haut rang ?

– Vous n'avez pas vu certains se promener habillés comme ça ? cria une vieille femme, la voix cassée. Si fait, je vous le dis, allez regarder à Saint-Cloud !

– Elle a raison, vive Monsieur, vive Philippe d'Orléans ! lâcha un gros homme en gesticulant.

– Silence, silence, hurla un autre, laissez-le terminer.

– Oui, finis ta pièce, finis-la ! »

L'Italien alors se coucha sur la scène et la duègne relevant son voile découvrit un visage peint en blanc et noir, qui laissa la foule muette de surprise.

« Je suis la mort ! dit le personnage, et vous ne m'aviez pas reconnue, n'est-ce pas ? Vous m'aimiez et ne saviez qui j'étais ?

– Hélas, il est trop tard, gémissait l'Italien.

– Quelqu'un qui meurt n'a pas le temps de parler ! » s'amusa la femme à la voix cassée.

Soudain, un comédien vêtu en prélat, une grande croix de papier posée sur la poitrine, parut en écartant gravement le rideau, les lèvres rouges, poudré à outrance.

« Vous irez en enfer, maugréa-t-il sur le corps de l'Italien en agitant la traîne de son habit. Vous m'entendez, il ira en enfer !

– Pourquoi moi ? demandait le mort.

– Parce que vous avez péché ! » répondait le prêtre avec l'accent ample et rocailleux de certains prêcheurs en chaire, qui fit rire le public.

« Ça, il est bo1n, celui-là ! » s'exclama un petit garçon.

Déjà, la voiture de monsieur de Fénelon s'était éloignée et s'engageait dans la rue où se trouvait l'hôtel de Beauvilliers, dont la porte était ouverte. Quand il pénétra dans la cour, son cœur se serra un peu. Il regarda autour de lui ; tant d'instants de sa vie, depuis son arrivée à Paris, s'étaient passés en ces lieux, tant d'heures, de jours, qu'il ne parvenait plus à les dénombrer, tant ils tourbillonnaient à sa mémoire, comme les fenêtres miroitant sous la lumière mate que ramenait le voile des nuages dans le ciel… Le bon duc l'attendait sur le seuil. À sa vue, il avança et le pressa longuement. Madame de Beauvilliers le salua en silence et l'invita à entrer. Ils s'assirent dans le salon. Une domestique parut pour présenter de petits verres de liqueur sur un plateau d'argent.

« Alors, comme cela, cher ami, la nouvelle vous est promptement parvenue, commença le duc.

– En effet, murmura monsieur de Fénelon.

– Il n'y avait hélas plus de recours en votre faveur, vous ne devez pas manquer de le savoir, ajouta tristement Beauvilliers.

– Mon époux a fait ce qu'il pouvait, intervint la duchesse, mais voilà qui outrepassait son zèle et son influence.

– C'est là vous dire l'habileté du clan Bossuet, Fénelon. Ils n'ont reculé devant rien, rien ne leur a coûté, à l'oncle et au neveu, pour en arriver là où ils avaient décidé de parvenir. Ces deux-là sont finalement redoutables, mais il existe plus redoutable encore, Fénelon… »

Ils se regardèrent.

« Bien plus redoutable, car Bossuet n'est au fond pas un méchant homme… Mais elle… Elle ne fait pas l'unanimité à la Cour, et jouit cependant de la confiance absolue du roi, elle a éclipsé la Montespan, Fénelon, la Montespan… Auriez-vous cru cela possible ? Même Bossuet en agitant la menace de la damnation n'avait lui-même si parfaitement réussi. Il n'y a rien à y redire, il suffit de se tenir sur ses gardes. Madame a eu le malheur de lui déplaire, elle écrivait à ses parents de Hanovre en la nommant *vieille ordure*, imaginez comme la grande dame – et le roi – lui ont fait chèrement payer ces compliments…

– Monsieur ne la souffre pas davantage, glissa madame de Beauvilliers.

– Oui, en vérité, dit le bon duc en riant, être le beau-frère de la veuve Scarron, voilà pour son orgueil une matière peu flatteuse, et il ne manque de le lui faire sentir. »

Il s'assombrit soudain.

« Hélas, murmura-t-il, pardonnez ces vains bavardages, la peine seule me fait parler ainsi, cher ami, car vous nous voyez, madame de Beauvilliers et moi-même, dans la plus grande affliction à l'idée de vous perdre.

– Monseigneur, dit la duchesse, pardonnez cette liberté, mais vous êtes depuis longtemps un familier de cette maison, une personne chère à notre famille, et je ne saurais trop m'associer à monsieur de Beauvilliers pour vous dire combien vous nous ferez défaut…

– Oui, cher ami, de vous voir exilé comme l'on s'apprête à le faire… Voilà, pour parler net, qui me fend l'âme, et cependant, le Ciel est bon, et il le faut suivre en toutes ses volontés.

– Beauvilliers, oui, le Ciel est bon. »

Ils demeurèrent un peu en silence.

« Le roi ne vous recevra pas, Fénelon, ajouta le duc. Il charge Pontchartrain de présenter la sentence.

– Fort bien, murmura l'archevêque. Le roi ne me laissera donc pas me justifier ? Il m'avait refusé l'audience à Marly voilà un mois… Il est le roi, cela suffit.

– Le roi vous retire aussi la charge du duc de Bourgogne et vous interdira tout rapport avec lui. »

Monsieur de Fénelon resta impassible, le regard noyé dans le vide.

« Eh bien, soit… »

La duchesse essuya discrètement une larme.

« Ne vous affligez point, madame, dit l'archevêque en relevant la tête, j'ai pour moi ma conscience. À quel effet un prêtre est-il en ce monde, s'il ne s'occupe de ses fidèles ? Que souhaiter d'autre, sinon de demeurer auprès d'eux, à Cambrai ?

– Il est vrai, monseigneur, il est vrai, mais ce traitement qu'on vous inflige n'est point à la gloire de celui qui l'exerce.

– Nous avons été pris, madame, en une sorte d'intrigue, où celui qui pensait ne parler que de religion se faisait jouer par les autres. Je l'ai toujours su, madame, et cependant la question me semblait digne de ce débat… Nous n'avons parlé de la même chose, que ce soit dans nos différends théoriques ou dans la fin que l'on donnait à cette querelle…

– L'affaire ne sera pas close avec votre renvoi à Cambrai, Fénelon, intervint le duc, Bossuet ne semble pas décidé à cesser aussi brutalement.

– Eh bien, nous continuerons… »

La duchesse se leva pour cacher l'émotion qui l'envahissait.

« Madame, dit Beauvilliers en l'arrêtant délicatement par la main, allez donc chercher nos filles qui voulaient encore voir monsieur de Fénelon… Madame, je suis en peine de vous trouver si affligée.

– Je le suis, en vérité, monsieur, murmura-t-elle avant de s'échapper, j'ai un cœur, vous le savez, à ne souffrir l'injustice. »

L'archevêque restait silencieux, trop touché pour pouvoir parler.

« Vous voyez là, reprit le duc quand son épouse fut sortie, une noble trace de son amitié.

– Hélas, suis-je digne de la tristesse de madame de Beauvilliers ?

– Vous l'êtes, assurément… »

La duchesse reparut bientôt, accompagnée de trois de ses filles. L'aînée semblait très grave et demeurait à le regarder. Elle avança en premier pour faire son compliment.

« Comme cela, mademoiselle, vous me donnez la joie de vous voir une dernière fois avant votre entrée au couvent ? demanda l'archevêque.

– Oui, monseigneur, et mes parents savent combien vous m'avez soutenue en ce projet…

– J'ai tâché de faire parler en vous la liberté de votre cœur, mademoiselle, mais de conseil, vous savez que je ne vous en ai jamais donné. On ne juge bien, en ces matières, que pour soi-même… Cependant, je suis très heureux que l'appel que vous ressentiez soit devenu à ce point une certitude.

– Savez-vous, monseigneur, que monsieur le duc de Saint-Simon nous la demanda en mariage ? » dit madame de Beauvilliers.

La jeune fille baissa les yeux.

« Nous n'aimons à ce point la contrainte, ajouta sa mère, et sur la foi de votre parole, adjointe à la sienne, nous avons préféré la laisser suivre la voie vers laquelle inclinait son cœur. »

Mais la petite dernière, qui n'avait pas cinq ans, s'était mise à sangloter contre la jupe de la duchesse. Celle-ci se pencha et passant la main sur sa tête, demanda doucement la cause de cette peine. L'enfant ne parvint à répondre. Alors monsieur de Fénelon alla vers elle et la souleva contre lui.

« Mademoiselle, séchez donc ces larmes, est-ce pour moi que vous les versez ? »

Elle tourna sur lui de grands yeux embués de pleurs avant de cacher son visage dans ses bras. Beauvilliers intervint.

« Vraiment, mademoiselle, nous ne vous avons jamais connue ainsi. Laissez monsieur de Fénelon, je vous prie. »

Voyant que sa fille n'obéissait pas, le duc se prit à s'en amuser.

« Cela n'est pas méchant, dit-il, je la crois touchée de votre départ, elle avait tant l'habitude de vous trouver ici, je vous prie d'excuser ces mouvements que nous lui interdirions s'ils n'étaient pas pour vous. »

Le duc appela cependant une domestique et lui demanda de reprendre la petite fille, qui se laissa arracher sans une protestation. La deuxième, Louise-Marie, était restée silencieuse. Sa mère la fit avancer et, après quelques politesses, mademoiselle de Beauvilliers demanda, comme soudain consciente de ce qui s'apprêtait :

« Monseigneur, nous n'aurons donc plus ensemble nos leçons de grec ?

– Hélas non, mademoiselle, mais sans doute monsieur votre père vous aura-t-il déjà trouvé un maître plus éclairé que je ne le suis.

– Cela se peut-il ? s'exclama-t-elle en se tournant vers Beauvilliers.

– Louise-Marie, assura le duc, vous aurez, avec vos frères et sœurs, un nouveau maître.

– Sera-t-il comme monsieur de Fénelon ? »

« Si monseigneur savait comme Louise-Marie montre de curiosité pour toutes sortes de choses, dit la duchesse. Elle touche fort bien le clavecin, et n'a manqué de vous le faire voir. Monsieur Couperin en est très content. Mais ne voilà-t-il pas qu'en entendant monsieur Nivers à la Chapelle Royale, et encore le jeune Clérambault, elle nous demanda d'apprendre à jouer de l'orgue ? Pourtant cela ne se peut, l'orgue n'est point un instrument pour une demoiselle, n'est-il pas vrai, monseigneur ? »

Alors après avoir laissé madame de Beauvilliers et ses enfants, les deux hommes se résolurent à gagner le château où Pontchartrain les attendait pour trois heures. Ils montèrent dans le carrosse du duc qui eut quelque peine à se frayer un chemin. Enfin ils passèrent les grilles et avancèrent jusqu'à la cour où ils descendirent, solennellement accueillis par des laquais. Monsieur de Fénelon regarda autour de lui et se souvint de l'instant où le marquis, son oncle, l'avait mené en ces lieux pour une première audience avec le roi – l'intuition de la présence de ce souverain qu'il n'avait jamais vu l'avait profondément marqué, il en avait tremblé aussi… Le château lui causait encore quelque impression, avec ses trophées sur le ciel, ses longues ailes de pierre claire que l'on achevait de construire face aux terrasses depuis le pavillon de brique hérité de Louis XIII. Il avait aimé le damier de marbre, les empereurs romains trônant tout autour, l'horloge en forme de soleil, les jardins où l'on portait, l'été venu, les grands orangers à feuilles sombres ; à présent, il ne craignait plus rien et mesurait, avec tristesse et satisfaction, la longue suite d'années écoulées depuis ce jour qui avait modifié son sort.

Encore drapé dans son manteau de voyage, monsieur de Fénelon demeurait à songer. Le roi ne le recevrait pas, lui faisant essuyer un ultime mépris. Sans doute voulait-il maintenant parfaire l'abaissement auquel il s'entêtait à le réduire, humilier ce prêtre incapable de petitesse, asservir cet esprit si libre, surtout, qu'il s'en était toujours méfié, quoiqu'il se dût en même temps résoudre à l'admirer… Que lui valait cette haine implacable, que tant d'autres avaient finalement essuyée avant lui ? Beauvilliers, muet, montrait une tristesse profonde. Quand ils pénétrèrent dans le château, ils virent d'abord des corridors silencieux où passaient quelques courtisans vêtus de noir qui s'inclinaient sur le duc. Certains se pressaient vers lui mais Beauvilliers, tout voué à son souci, l'esprit absent, les écartait civilement, remettant à plus tard ces entretiens que quelques-uns se hasardaient à solliciter ; on observait Fénelon avec une défiance mêlée d'hostilité molle, confuse, tout imprégnée de rumeur. Il faisait frais malgré la saison, des fenêtres demeuraient ouvertes et battaient avec un claquement sourd, des enfants jouaient sans bruit ; le ciel s'était couvert et, heurtant les miroirs de la galerie des Glaces sur toute leur hauteur, renvoyait une lumière faible dans laquelle se distinguait, à la manière des dessins en intaille, le mouvement des robes, des éventails, des redingotes agitées. Enfin, ils parvinrent à l'antichambre du salon d'audience où les devait recevoir Pontchartrain. Un chambellan les arrêta, les fit asseoir et les annonça.

La porte, que décorait le même Phoebus dominant les deux « L » enlacés, s'ouvrit bientôt et laissa paraître le jeune secrétaire d'État. Monsieur de Fénelon vit un homme de taille moyenne, le visage épais et obscur auquel manquait un œil, ce qui empêchait, comme le nouveau était de verre, de deviner son humeur. Beauvilliers, qui occupait la fonction de ministre auprès du roi, avait une préséance sur monsieur de Fénelon. Pontchartrain ne manqua pas de le faire sentir et, après avoir salué le duc, avança respectueusement vers l'archevêque. La porte se referma sur eux. Le conseiller fit signe de prendre place autour d'une table.

« Monseigneur, commença-t-il en dépliant un édit, Sa Majesté me remet la charge de vous signifier la décision qu'elle a prise à votre endroit. Sa Majesté étant occupée à d'autres affaires, monseigneur comprendra qu'Elle ne peut trouver le loisir d'exprimer Elle-même cette sentence. »

Le duc de Beauvilliers eut un sourire très amer mais garda le silence. Pontchartrain leva les yeux sur Fénelon et le voyant attentif, peut-être surpris de l'impassibilité de son visage, se résolut à poursuivre.

« Je m'exprimerai donc présentement en place de Sa Majesté, continua le ministre, et non en mon nom propre.

– Cela va de soi, Pontchartrain, dit Beauvilliers.

– Monseigneur sait en quel embarras cette querelle dite "théologique" a plongé depuis un an la cour de Sa Majesté. Aussi Sa Majesté s'est-Elle fort inquiétée de tant de désordre semé dans les esprits, mais aussi des agitations de toutes sortes causées au sein de l'Église de France. Plus grave peut-être, monseigneur est considéré par Sa Majesté comme condamnable dans ses pensées sur les affaires évoquées. Sa Sainteté Innocent XII est saisi de la question, sous l'égide de Sa Majesté, en la personne de Monsieur de Meaux d'un côté, et de monsieur le cardinal de Bouillon de l'autre, qui a choisi de s'illustrer en faveur de monseigneur. Les choses ayant atteint ce degré de gravité, il n'est bien sûr possible à monseigneur de demeurer à la Cour, et en premier lieu auprès de monseigneur le duc de Bourgogne, dont monseigneur perd la charge.

« Cependant, reprit Pontchartrain comme s'il eût récité une partie, Sa Majesté fait preuve de magnanimité à l'endroit de monseigneur, puisqu'Elle ne le dépouille pas, comme elle l'aurait pu décider, de la fonction d'archevêque duc de Cambrai. Elle vous a fait la grâce de vous y nommer, Elle en montre une seconde en vous y laissant. Cependant, Sa Majesté vous renvoie en ce diocèse avec interdiction formelle d'en sortir. »

Il regarda encore Fénelon et, voyant que celui-ci gardait le silence, demanda :

« Monsieur de Cambrai entend-il ce que Sa Majesté lui fait savoir ?

– Monsieur le conseiller, je vous écoute et souscris de part en part.

– Monsieur de Cambrai souscrit, sans rien avoir à ajouter ?

– Peut-on *ajouter*, monsieur le conseiller, à une sentence royale ? Il est en ce monde, je crois, des choses qui ne se sauraient discuter. »

Beauvilliers jeta un regard à Fénelon. Pontchartrain baissa les yeux, un peu confus, et déploya froidement le texte où figurait le détail de son renvoi à Cambrai.

« Monseigneur veut-il prendre la peine de lire ce document et d'y apposer sa signature ? »

Monsieur de Fénelon parcourut les lignes avec attention et prenant la plume que lui tendait le jeune homme, y traça son nom. Enfin, relevant les yeux, il fixa longuement monsieur de Pontchartrain et dit :

« Monsieur le conseiller, je ne pensais pas, en venant au monde, avoir à seulement considérer un papier comme celui-ci, et cependant, je ne saurais m'appliquer à en contester le moindre détail. Notre maison est fidèle et, quoiqu'elle s'apprête par ma faute à connaître la disgrâce, elle demeurera irréprochable en tous ses devoirs. »

Pontchartrain les renvoya après avoir pris congé.
Le duc de Beauvilliers semblait outré.

« Non seulement, glissa-t-il à Fénelon quand ils se furent éloignés, le roi ne prend la peine de vous recevoir, mais en plus il envoie ce petit personnage qui ne sait de quoi il parle. Pensez-vous, conseiller d'État à vingt-trois ans par le retrait de monsieur de Pontchartrain le père… Pour le bien connaître, je puis vous assurer que vous n'avez pas été sans le surprendre. Ce garçon n'est point sot et connaît son sujet, le roi a matière d'en être satisfait, mais son lustre est récent, il relève de cette génération devant laquelle tout doit céder, qui n'a pas une once d'élévation et se figure que l'univers attend son salut de pareilles lumières… Savait-il, en vous menant comme il l'a fait, à qui il s'adressait vraiment ?

– J'excuse, Beauvilliers, les maladresses d'un débutant, mais regrette, pour dire vrai, la manière dont le roi a choisi de s'esquiver.

– Il est vrai, reconnut le bon duc, que l'affaire ne l'illustrera point. »

Alors qu'ils parlaient ainsi passa Colbert de Seignelay, conseiller du roi, fils de Colbert, frère de madame de Beauvilliers, et ils se saluèrent chaleureusement. Le jeune homme, richement vêtu, le teint frais, brillant dans toute sa parure, allait fièrement, d'un pas ample et pressé.

« Monseigneur, dit cet homme, je sais la disgrâce qui vous frappe mais me flatte de ce que le roi vous maintienne à Cambrai qui est un des plus illustres diocèses du pays. Monsieur de Beauvilliers s'y est engagé plus que l'on ne saurait le dire… »

Seignelay s'arrêta et baissant la voix, ajouta :

« Le roi savait aussi, monseigneur, ce qu'il eût perdu

en vous faisant remplacer. Il ne l'avouera jamais, mais il est content de vous. »

Quand le conseiller les eut quittés, ils traversèrent encore la galerie des Glaces. Le duc regardait Fénelon comme pour mieux conserver son image.

« Mon beau-frère Colbert, je pense, a dit là quelque chose de fort juste, murmura-t-il à l'archevêque, l'avez-vous entendu ? »

Mais alors qu'ils s'apprêtaient à s'éloigner vers l'escalier d'honneur, ils virent arriver face à eux un petit personnage essoufflé, éperdu, qui avançait à grandes enjambées sur des talons très hauts.

« Comment donc, s'écriait cet homme, Monsieur de Cambrai s'apprête à quitter Versailles, la nouvelle en provient de toutes parts, et nous ne devrions recevoir ses hommages avant son départ ? »

L'archevêque découvrit Monsieur et s'empressa de le saluer. Le prince, qu'il n'avait pas vu depuis quelque temps, lui parut considérablement changé. Jamais il n'avait mesuré à ce point la perte douloureuse de sa beauté, l'effacement, derrière l'âge et les débauches, de ce charme délicat dont la douceur presque innocente ravissait en sa jeunesse. Sous la perruque brune se traçait un visage alourdi, tiré, percé de longs yeux tristes, dépourvus de lumière. Le teint avait perdu cette finesse plus parfaite jadis qu'un pétale de fleur, et que le prince s'était longtemps obstiné à rehausser de fards dont il croyait s'embellir là où ces artifices le rendaient toujours plus différent de son frère, semblable à quelque délicieuse divinité attirant une déférence sans respect, une admiration trouble et lointaine qui flattait son cœur épris de fantaisie ; ce matin-là, Monsieur ne s'était que poudré, sans doute, car ses traits révélaient une soudaine nudité par laquelle se lisait comme au-dedans de son âme. Il se tenait, las et oppressé, dans un habit noir qui ne pouvait cacher l'embonpoint de son corps agité, inconstant, abattu.

« Alors, comme cela je m'apprête à vous perdre, Fénelon, dit Monsieur à voix basse.

– Oui, monseigneur. Sa Majesté vient de me faire savoir par monsieur de Pontchartrain mon renvoi à Cambrai, et je m'apprête à me retirer dans l'instant. »

Monsieur retint sa peine.

« Je verrai donc mes amis envoyés l'un après l'autre sur la voie de l'exil ? Après le chevalier de Lorraine... »

Il s'arrêta.

« Mais voilà que je vous chagrine avec ces ennuis que j'ai, reprit-il, qui ne sont finalement peut-être rien au regard de ce que je perds en vous. C'est vous, en la circonstance, Fénelon, que j'ai envie de pleurer.

– Monseigneur m'honore trop, je rends grâce à monseigneur de sa bonté.

– Qu'il ne soit question de cela, Fénelon. Car combien de fois m'avez-vous secouru ?

– Monseigneur, je ne vous ai qu'écouté et, en vous écoutant, je ne fis que mon devoir.

– Non, Fénelon, le devoir, tant d'autres ici se vantent de l'accomplir et ne font rien de bon. Ce fut davantage, Fénelon, ou quelque chose de différent, d'un grand soutien contre la faiblesse et le désespoir.

– Je ne crois pas, monseigneur, que je sois capable de ce que vous me prêtez. J'accepte votre avis cependant, mais doute qu'il se vérifie auprès du Très-Haut, pour Lequel l'on n'est jamais assez humain en cette vie... »

Monsieur regarda intensément le prêtre, comme s'il entendait là un langage inconnu.

« Vous me parlez d'humanité, Fénelon, murmura-t-il, et c'est, je pense, ce qui me tient à vous. L'on m'a toujours considéré ici à la façon d'un enfant, et je n'ai eu de cesse de les conforter dans cette opinion, je ne suis que trop coupable des maux dont je mesure maintenant les pleins effets... Ces gens, et mon frère le premier, quoique notre tendresse demeure entière, m'ont préféré traiter ainsi ; ils m'ont condamné à l'emploi le plus subalterne au monde sans m'en jamais vouloir tirer de ma vie. Savent-ils seulement, eux que vous voyez maintenant promener une mine contrite en récitant des prières, ce que c'est qu'être homme, et que de montrer un peu de charité ? Je n'ai de crédit auprès d'aucun, tous me méjugent par ma faute – mais s'ils connaissaient, Fénelon, ce qui agite aujourd'hui mon cœur... Vous, Fénelon, avez eu pour moi une de ces saines attentions, une bonté que je n'oublierai jamais. »

Monsieur parut un instant métamorphosé. Le souvenir de Louis XIII traversa l'esprit de l'archevêque, comme si le lien qui unissait ce petit homme au souverain défunt se fût soudain rendu palpable... Il remarqua aussi combien le prince ressemblait au roi, quoique le visage de l'aîné se fût considérablement creusé avec les soucis alors que celui de Monsieur, abîmé par toutes sortes d'excès, révélait enfin une vive profondeur.

Après un instant, le prince ajouta :

« Nous ne nous reverrons sans doute plus, Fénelon.

– Monseigneur...

– Regardez-moi, Fénelon. Mesurez-vous l'abîme entre celui que vous connûtes à votre arrivée et l'homme qui se tient devant vous ?

– Monseigneur...

– Mais cela n'a guère d'importance, tant que vous me voyez sur ces deux jambes, je compte en *profiter* encore, jusqu'au bout. Pourvu que vous priiez pour moi, Fénelon, tout ira bien.

– Non, monseigneur, tout n'ira comme vous le pensez, si votre conscience et vos actes ne se rangent aux bonnes dispositions de votre cœur.

– Et que me voyez-vous donc faire d'autre, Fénelon ? Ne prié-je pas aussi moi-même, chaque matin et chaque soir ?

– Monseigneur, vous croyez de toute votre âme, mais comment disposez-vous de votre vie ? »

Monsieur pâlit sensiblement.

« J'ai fort peur du démon, en vérité, murmura le prince, et espère faire mon possible pour me soustraire à ses fureurs...

– Monseigneur, ne pensez en premier au démon : vous croyez de toute votre âme, mais songez-vous à la manière dont vous vivez ? » répéta Fénelon avec douceur.

Monsieur parut se décomposer.

« Monseigneur, ne vous laissez pas gagner par l'inquiétude... Dieu, qui vous aime, souffrira-t-Il de vous voir dans une telle crainte de Sa justice ?

– Fénelon, je sais que je ne fais pas toujours bien, je tremble en songeant aux foudres que je m'attire à chaque instant... et cependant, je ne parviens à m'en retenir. Fénelon, j'ai un tel besoin de me sentir être, de mesurer mon corps à chaque pas, de faire remarquer combien j'existe, que je suis, par l'apparence, par les jeux de toutes sortes, par les commerces les plus légers qui me divertissent et jettent dans l'obscurité de ma vie autant de petites lueurs, avant de se pervertir en nuit plus insondable encore...

– Songez-vous vraiment, monseigneur, que Dieu vous aime ?

– Hélas, qu'y a-t-il donc d'aimable en moi ?

– Quel homme peut se piquer de perfection en ce monde, monseigneur ?

– N'en approchez-vous pas, Fénelon ?

– Non, monseigneur.

– Fénelon, si vous n'êtes sauvé, comment le serais-je donc ?

– Monseigneur, Il vous aime jusqu'en vos défauts et vous aimera encore davantage si vous Lui montrez combien vous les voulez corriger, par cette bonne volonté que j'ai invariablement perçue en vous, sans que vous ayez sans doute la force de la faire paraître au grand jour… »

Le prince demeura muet.

« Hélas, cela est vrai, murmura-t-il, je n'aurai montré toujours que l'image de la faiblesse. Je n'étais courageux qu'à la guerre, Fénelon, tout comme mon père que je ne connus pas, je me suis illustré dans les batailles avec sa vaillance, Fénelon, et mon frère m'en a écarté. Je n'ai jamais su répondre au roi qui m'a mené par mes faiblesses, mon propre fils, que j'aime, que j'admire, est en train de se perdre par ma faute… Fénelon, vous ne savez sans doute que j'avais à la guerre le courage de mon père…

« Mon père…, reprit Monsieur, savez-vous, Fénelon, qu'il m'arrive, en vieillissant à mon tour, de me le figurer encore sur son lit de mort, à Saint-Germain ? Il dormait, les yeux relevés comme on le voit chez les personnes à l'agonie, et l'on nous amena tous deux chez lui. Monsieur de Vivonne poussa mon frère à le bien regarder, il insista pour qu'il observât son visage, et quand cet homme lui demanda s'il voulait devenir roi, mon frère nia. Il demanda encore : "Et si votre papa mourait ?" Mon frère répondit :

"Si mon papa mourait, je me jetterais dans le fossé." »

L'archevêque contempla encore le prince qui demeurait silencieux face à lui. Monsieur pleurait.

« Alors, Fénelon, quand me viendra quelque mouvement de désespoir, je songerai qu'il me fut donné de connaître en ma vie, par vous, au moins un homme de bien. Je songerai à ce que vous m'avez dit, Fénelon, je songerai à tout cela... »

Beauvilliers, qui s'était discrètement écarté pour les laisser ensemble, approcha et glissa à son ami qu'il était temps de partir. Après un compliment, l'archevêque eut alors un dernier regard pour Monsieur, qui demeurait comme frappé par le chagrin.

« Priez pour moi, Fénelon, priez pour moi... ».

Déjà, le château s'éloignait, et avec lui, un instant après l'autre, toute cette vie qu'il avait finalement tant aimée... Les jours suivants, il eut encore quelques affaires à régler puis, ayant pris congé de ses amis, il monta un matin, avec son neveu l'abbé de Chantérac, dans le carrosse qui l'emmenait à Cambrai. Monsieur de Fénelon se sentait heureux, mais cette joie n'avait plus rien des ivresses passées qui l'avaient longtemps transporté, des missions de Saintonge à Saint-Cyr, Versailles, Cambrai ou auprès du duc de Bourgogne ; l'état qu'il découvrait se révélait plus stable, il semblait mêlé à tout son être par une unification patiente en laquelle se devinait enfin une harmonie peut-être, qu'il avait si ardemment espérée...

Quand Versailles eut disparu, l'abbé de Chantérac se hasarda à parler.

« Hélas, mon oncle, dit-il, voilà donc la partie bien perdue, mais vous ne me semblez point atteint de cela, et je rends grâce de cette disposition que je vous devine.

– Que laissons-nous, mon neveu ? demanda monsieur de Fénelon. Un peu de gloire, peut-être, mais ne trouvons-nous pas ainsi notre liberté ? Un mystique disait que la liberté tenait souvent à un fil fort ténu, et que celui-là même était le plus difficile à trancher… »

L'archevêque fixa l'abbé de Chantérac. Il demeura longtemps en silence, comme si son esprit fût amené à former une idée complexe. Enfin, il tourna de nouveau le regard vers le prêtre et murmura :

« À présent, je crois qu'il est tranché, oui, mon neveu, c'est cela, il est tranché, et je suis heureux… »

Le pape, deux ans plus tard, condamna l'archevêque de Cambrai par crainte de Louis XIV, quoiqu'il n'eût trouvé contre lui de motif véritable et lui réitérât bientôt sa confiance. Les différends s'étaient en effet poursuivis avec Bossuet. Le cardinal de Bouillon et l'abbé de Chantérac avaient tout engagé pour la défense de Fénelon. Le premier y perdit la faveur royale et se vit exiler.

Monsieur de Fénelon se soumit à Innocent XII, tout comme il avait obéi à Louis XIV. Certains affirment même que, touché de cette attitude et depuis longtemps conscient de ses mérites, le pape aurait songé à le faire cardinal. La peur d'un affrontement avec le roi de France empêcha seule l'exécution de ce dessein.

Monsieur mourut en 1701, d'une attaque d'apoplexie qui l'emporta en quelques heures, après qu'il se fut pour la première fois violemment opposé à son frère. L'espoir le plus cher de Fénelon devait encore s'effondrer avec la mort du duc de Bourgogne qui, suite au décès du Grand Dauphin son père, ne régnerait donc jamais…

En ces sombres hivers de sa vieillesse, le roi ne sut plus taire sa douleur et, alors qu'il avait porté ce petit-fils en terre, Louis vit approcher monsieur Delalande, un de ses musiciens, qui venait de perdre ses deux filles. À cet instant, après qu'ils furent demeurés tous deux en silence, le vieux roi pointa le ciel de son doigt et dit : « Lalande, il faut se soumettre… »

« Dès que je le vis entrer, j'approchai en grand respect ; il me parut au premier abord froid et mortifié, mais doux et civil, m'invitant à entrer avec bonté, mais sans empressement... Le prélat était en habits longs, violets, soutane et simarre avec des parements, boutons et boutonnières d'écarlate cramoisi. Il me fit asseoir au-dessus de lui dans un fauteuil égal au sien, ne me laissant pas la liberté de prendre un moindre siège et me faisant couvrir... Comme on était déjà venu avertir pour dîner, il se leva et m'invita à venir prendre place à sa table. On lava les mains sans façon : le prélat bénit la table et prit la première place, comme de raison ; M. l'abbé de Chantérac était assis à sa gauche : chacun se plaça sans distinction. Je me mis à une place indifférente, et l'on me servit aussitôt du potage. La place de la droite du prélat étant vide, il me fit signe de m'y mettre ; je remerciai, disant que j'étais placé et déjà servi ; il insista doucement et poliment : "Venez, voilà votre place." Monsieur l'archevêque prit la peine de me servir de sa main de tout ce qu'il y avait de plus délicat sur sa table ; je le remerciais chaque fois en grand respect. L'entretien fut aussi très aisé, doux et même gai ; le

prélat parlait à son tour, et laissait à chacun une honnête liberté. Les jeunes neveux ne parlaient pas. L'abbé de Beaumont soutenait la conversation, mais cet abbé était très honnête, et je n'aperçus rien de ces airs hautains et méprisants que j'ai tant de fois éprouvés ailleurs ; j'y ai trouvé, en vérité, plus de modestie et plus de pudeur qu'en aucun autre endroit…»

Récit de l'abbé Le Dieu, secrétaire de Bossuet,
sur son séjour à Cambrai en 1704,
peu après la mort de son maître.

Table

RÉALISATION : PAO ÉDITIONS DU SEUIL
IMPRESSION : BRODARD ET TAUPIN À LA FLÈCHE
DÉPÔT LÉGAL : FÉVRIER 2007. N° 88514 (39492)
IMPRIMÉ EN FRANCE

Les Grands Romans

P260. Le Guépard, *Giuseppe Tomasi di Lampedusa*
P301. Dieu et nous seuls pouvons, *Michel Folco*
P387. Les Seigneurs du thé, *Hella S. Haasse*
P452. La Femme de chambre du Titanic, *Didier Decoin*
P725. Le Capitaine Alatriste, *Arturo Pérez-Reverte*
P740. Les Bûchers de Bocanegra, *Arturo Pérez-Reverte*
P874. L'Opéra de Vigata, *Andrea Camilleri*
P1128. Les Adieux à la Reine, *Chantal Thomas*
P1334. L'Amandière, *Simonetta Agnello Hornby*
P1458. Sisyphe, roi de Corinthe, *François Rachline*
P1459. Le Voyage d'Anna, *Henri Gougaud*
P1460. Le Hussard, *Arturo Pérez-Reverte*
P1461. Les Amants de pierre, *Jane Urquhart*
P1462. Corcovado, *Jean-Paul Delfino*
P1500. La Tante marquise, *Simonetta Agnello Hornby*
P1501. Anita, *Alicia Dujovne Ortiz*
P1568. La Rose pourpre et le Lys, tome 1, *Michel Faber*
P1569. La Rose pourpre et le Lys, tome 2, *Michel Faber*
P1570. Sarnia, *G.B. Edwards*
P1571. Saint-Cyr/La Maison d'Esther, *Yves Dangerfield*
P1586. Femme en costume de bataille, *Antonio Benitez-Rojo*
P1587. Le Cavalier de l'Olympe. Le Châtiment des Dieux II *François Rachline*
P1588. Le Pas de l'ourse, *Douglas Glover*
P1627. Equador, *Miguel Sousa Tavares*
P1628. Du côté où se lève le soleil, *Anne-Sophie Jacouty*
P1629. L'Affaire Hamilton, *Michelle de Kretser*
P1630. Une passion indienne, *Javier Moro*

Collection Points

DERNIERS TITRES PARUS

P1500. La Tante marquise, *Simonetta Agnello Hornby*
P1501. Anita, *Alicia Dujovne Ortiz*
P1502. Mexico City Blues, *Jack Kerouac*
P1503. Poésie verticale, *Roberto Juarroz*
P1506. Histoire de Rofo, clown, *Howard Buten*
P1507. Manuel à l'usage des enfants qui ont des parents difficiles *Jeanne Van den Brouk*
P1508. La Jeune Fille au balcon, *Leïla Sebbar*
P1509. Zenzela, *Azouz Begag*
P1510. La Rébellion, *Joseph Roth*
P1511. Falaises, *Olivier Adam*
P1512. Webcam, *Adrien Goetz*
P1513. La Méthode Mila, *Lydie Salvayre*
P1514. Blonde abrasive, *Christophe Paviot*
P1515. Les Petits-Fils nègres de Vercingétorix, *Alain Mabanckou*
P1516. 107 ans, *Diastème*
P1517. La Vie magnétique, *Jean-Hubert Gailliot*
P1518. Solos d'amour, *John Updike*
P1519. Les Chutes, *Joyce Carol Oates*
P1520. Well, *Matthieu McIntosh*
P1521. À la recherche du voile noir, *Rick Moody*
P1522. Train, *Pete Dexter*
P1523. Avidité, *Elfriede Jelinek*
P1524. Retour dans la neige, *Robert Walser*
P1525. La Faim de Hoffman, *Leon De Winter*
P1526. Marie-Antoinette, la naissance d'une reine. Lettres choisies, *Évelyne Lever*
P1527. Les Petits Verlaine *suivi de* Samedi, dimanche et fêtes *Jean-Marc Roberts*
P1528. Les Seigneurs de guerre de Nin. La Saga du Roi Dragon II *Stephen Lawhead*
P1529. Le Dire des Sylfes. La Malerune II *Michel Robert et Pierre Grimbert*
P1530. Le Dieu de glace. La Saga de Raven III *Robert Holdstock et Angus Wells*
P1531. Un bon cru, *Peter Mayle*
P1532. Confessions d'un boulanger, *Peter Mayle et Gérard Auzet*
P1533. Un poisson hors de l'eau, *Bernard Comment*
P1534. Histoire de la Grande Maison, *Charif Majdalani*
P1535. La Partie belle *suivi de* La Comédie légère *Jean-Marc Roberts*
P1536. Le Bonheur obligatoire, *Norman Manea*

P1537. Les Larmes de ma mère, *Michel Layaz*
P1538. Tant qu'il y aura des élèves, *Hervé Hamon*
P1539. Avant le gel, *Henning Mankell*
P1540. Code 10, *Donald Harstad*
P1541. Les Nouvelles Enquêtes du juge Ti, vol. 1
Le Château du lac Tchou-An, *Frédéric Lenormand*
P1542. Les Nouvelles Enquêtes du juge Ti, vol. 2
La Nuit des juges, *Frédéric Lenormand*
P1543. Que faire des crétins ? Les perles du Grand Larousse
Pierre Enckell et Pierre Larousse
P1544. Motamorphoses. À chaque mot son histoire
Daniel Brandy
P1545. L'habit ne fait pas le moine. Petite histoire des expressions
Gilles Henry
P1546. Petit fictionnaire illustré. Les mots qui manquent au dico
Alain Finkielkraut
P1547. Le Pluriel de bric-à-brac et autres difficultés
de la langue française, *Irène Nouailhac*
P1548. Un bouquin n'est pas un livre. Les nuances des synonymes
Rémi Bertrand
P1549. Sans nouvelles de Gurb, *Eduardo Mendoza*
P1550. Le Dernier Amour du président, *Andreï Kourkov*
P1551. L'Amour, soudain, *Aharon Appelfeld*
P1552. Nos plus beaux souvenirs, *Stewart O'Nan*
P1553. Saint-Sépulcre !, *Patrick Besson*
P1554. L'Autre comme moi, *José Saramago*
P1555. Pourquoi Mitterrand ?, *Pierre Joxe*
P1556. Pas si fous ces Français !
Jean-Benoît Nadeau et Julie Barlow
P1557. La Colline des Anges
Jean-Claude Guillebaud et Raymond Depardon
P1558. La Solitude heureuse du voyageur
précédé de Notes, *Raymond Depardon*
P1559. Hard Revolution, *George P. Pelecanos*
P1560. La Morsure du lézard, *Kirk Mitchell*
P1561. Winterkill, *C.J. Box*
P1562. La Morsure du dragon, *Jean-François Susbielle*
P1563. Rituels sanglants, *Craig Russell*
P1564. Les Écorchés, *Peter Moore Smith*
P1565. Le Crépuscule des géants. Les Enfants de l'Atlantide III
Bernard Simonay
P1566. Aara. Aradia I, *Tanith Lee*
P1567. Les Guerres de fer. Les Monarchies divines III
Paul Kearney
P1568. La Rose pourpre et le Lys, tome 1, *Michel Faber*
P1569. La Rose pourpre et le Lys, tome 2, *Michel Faber*
P1570. Sarnia, *G.B. Edwards*

P1571. Saint-Cyr/La Maison d'Esther, *Yves Dangerfield*
P1572. Renverse du souffle, *Paul Celan*
P1573. Pour un tombeau d'Anatole, *Stéphane Mallarmé*
P1574. 95 poèmes, *E.E. Cummings*
P1575. Le Dico des mots croisés.
8000 définitions pour devenir imbattable, *Michel Laclos*
P1576. Les deux font la paire.
Les couples célèbres dans la langue française
Patrice Louis
P1577. C'est la cata. Petit manuel du français maltraité
Pierre Bénard
P1578. L'Avortement, *Richard Brautigan*
P1579. Les Braban, *Patrick Besson*
P1580. Le Sac à main, *Marie Desplechin*
P1581. Nouvelles du monde entier, *Vincent Ravalec*
P1582. Le Sens de l'arnaque, *James Swain*
P1583. L'Automne à Cuba, *Leonardo Padura*
P1584. Le Glaive et la Flamme. La Saga du Roi Dragon III
Stephen Lawhead
P1585. La Belle Arcane. La Malerune III
Michel Robert et Pierre Grimbert
P1586. Femme en costume de bataille, *Antonio Benitez-Rojo*
P1587. Le Cavalier de l'Olympe. Le Châtiment des Dieux II
François Rachline
P1588. Le Pas de l'ourse, *Douglas Glover*
P1589. Lignes de fond, *Neil Jordan*
P1590. Monsieur Butterfly, *Howard Buten*
P1591. Parfois je ris tout seul, *Jean-Paul Dubois*
P1592. Sang impur, *Hugo Hamilton*
P1593. Le Musée de la sirène, *Cypora Petitjean-Cerf*
P1594. Histoire de la gauche caviar, *Laurent Joffrin*
P1595. Les Enfants de chœur (Little Children), *Tom Perrotta*
P1596. Les Femmes politiques, *Laure Adler*
P1597. La Preuve par le sang, *Jonathan Kellerman*
P1598. La Femme en vert, *Arnaldur Indridason*
P1599. Le Che s'est suicidé, *Petros Markaris*
P1600. Les Nouvelles Enquêtes du juge Ti, vol. 3
Le Palais des courtisanes, *Frédéric Lenormand*
P1601. Trahie, *Karin Alvtegen*
P1602. Les Requins de Trieste, *Veit Heinichen*
P1603. Pour adultes seulement, *Philip Le Roy*
P1604. Offre publique d'assassinat, *Stephen W. Frey*
P1605. L'Heure du châtiment, *Eileen Dreyer*
P1606. Aden, *Anne-Marie Garat*
P1607. Histoire secrète du Mossad, *Gordon Thomas*
P1608. La Guerre du paradis. Le Chant d'Albion I
Stephen Lawhead

P1609. La Terre des Morts. Les Enfants de l'Atlantide IV
Bernard Simonay
P1610. Thenser. Aradia II, *Tanith Lee*
P1611. Le Petit Livre des gros câlins, *Kathleen Keating*
P1612. Un soir de décembre, *Delphine de Vigan*
P1613. L'Amour foudre, *Henri Gougaud*
P1614. Chaque jour est un adieu *suivi de*
Un jeune homme est passé, *Alain Rémond*
P1615. Clair-obscur, *Jean Cocteau*
P1616. Chihuahua, zébu et Cie.
L'étonnante histoire des noms d'animaux
Henriette Walter et Pierre Avenas
P1617. Les Chaussettes de l'archiduchesse et autres défis de la prononciation
Julos Beaucarne et Pierre Jaskarzec
P1618. My rendez-vous with a femme fatale.
Les mots français dans les langues étrangères
Franck Resplandy
P1619. Seulement l'amour, *Philippe Ségur*
P1620. La Jeune Fille et la Mère, *Leïla Marouane*
P1621. L'Increvable Monsieur Schneck, *Colombe Schneck*
P1622. Les Douze Abbés de Challant, *Laura Mancinelli*
P1623. Un monde vacillant, *Cynthia Ozick*
P1624. Les Jouets vivants, *Jean-Yves Cendrey*
P1625. Le Livre noir de la condition des femmes
Christine Ockrent (dir.)
P1626. Comme deux frères
Jean-François Kahn et Axel Kahn
P1627. Equador, *Miguel Sousa Tavares*
P1628. Du côté où se lève le soleil, *Anne-Sophie Jacouty*
P1629. L'Affaire Hamilton, *Michelle De Kretser*
P1630. Une passion indienne, *Javier Moro*
P1631. La Cité des amants perdus, *Nadeem Aslam*
P1632. Rumeurs de haine, *Taslima Nasreen*
P1633. Le Chromosome de Calcutta, *Amitav Ghosh*
P1634. Show business, *Shashi Tharoor*
P1635. La Fille de l'arnaqueur, *Ed Dee*
P1636. En plein vol, *Jan Burke*
P1637. Retour à la Grande Ombre, *Hakan Nesser*
P1638. Wren. Les Descendants de Merlin I
Irene Radford
P1639. Petit manuel de savoir-vivre à l'usage des enseignants
Boris Seguin, Frédéric Teillard
P1640. Les Voleurs d'écritures *suivi de* Les Tireurs d'étoiles
Azouz Begag
P1641. L'Empreinte des dieux. Le Cycle de Mithra I
Rachel Tanner